야누스의 얼굴

야누스의 얼굴

심인자 | 수필집

수필과비평사

옆집 아줌마의 이야기처럼

나는 끈기가 없다. 그래서 무엇이든 진득이 오래하지 못하는 성격이다. 모처럼 마음먹고 시작은 하였으나 끝맺음이 없는 것이 큰 흠이다. 결혼 전에도 그랬지만, 결혼을 하고서도 하겠다 하는 일 없이 십여 년을 허송세월했다.

사실 그 동안 전혀 시도하지 않은 것도 아니다. 지점토를 비롯하여 꽃꽂이도 해봤고, 아이들이 귀여움을 한창 부릴 때엔 사진 찍기에도 열을 올렸다. 또 건강을 위해 등산도 시도했지만 흐지부지 꼬리를 내리는 데 걸린 시일은 달포도 채 되지 않았다.

어떤 경우든 늘 그랬다. 이런 나의 성격을 가장 잘 아는 사람은 당연히 남편이다. 내색을 잘 하지 않는 그이가 보다 못해 한소리했다. 제발 이것저것에 기웃거리지 말고 한 가지 일에 푹 빠져보라는 것이다.

그 즈음 글쓰기에 뛰어들었다. 얼마 가지 못하리라던 남편의 예상을 깨고 십여 년째 이어오면서 나의 취미생활이던 수필이 마침내 나의 모두가 되어버렸다. 한동안 방황했던 시간들을 뒤로하고 비로소 정착을 한 것이다.

그랬다. 내가 해야 할 일을 찾지 못하여 잠시 헤매고 있었을 뿐이다.

수필은 나의 삶이다. 그래서 손을 놓을 수가 없다. 언어를 대신하는 또 하나의 수단이며, 몸짓이기 때문이다. 입으로는 도저히 고백할 수 없는 일들을 글로 대신하고 있다. 그래서 부끄러운 것도, 속상한 것도, 은근히 자랑하고 싶은 것도 모두 쏟아내는 것이다.

남편은 난蘭을 기른다. 결혼 전부터 해오던 취미다. 난 처음부터 남편의 취미생활에 불만이었다. 난우회 회원들끼리 모임이 잦았고, 주말에도 산행이다 뭐다 하여 집에 있기보다는 나가는 날이 많아서 다툼도 잦았다. 처음엔 그이의 취미를 독단이라 여겼다. 내가 싫어하는데, 그것으로 인하여 다툼이 있는데도 끊어 버리지 않는 것이 도저히 이해되지 않았다.

십 년 세월이 지났다. 나에게도 변화가 많았다. 무엇보다도 이젠 그이의 취미를 이해한다는 것이다. 베란다에 하나씩 늘어가는 화분을 볼 때마다, 새 촉이 오르거나 변종이 나왔을 때의 마음은 내가 밤을 새면서 한 작품을 완성시켰을 때와 똑같으리라.

우리의 취미는 같지 않다. 동질성을 찾기엔 너무 다르다. 남편은 산행을 나가야 하고, 나는 주로 밤을 밝혀 한 줄의 글을 이어가야 한다. 그러나 나의 오늘이 남편의 이해와 배려 없이 가능했을까. 부스럭거리는 소리에 때론 숙면을 취하지 못했을 것이다. 그럼에도 나의 취미생활을 이해해 주고 적극 후원한 사람은 든든한 남편이다.

애초에 내가 하는 행동에 제동은 전혀 없다. 세미나로 숙박을 하거나 모임 때문에 늦게 귀가해도 예전의 나처럼 얼굴이 굳어지지 않는다. 그럴 때면 슬그머니 미안한 마음이다. 그래서 보답하는 뜻으로 서둘러 조졸한 글을 가슴에서 꺼내려 한다. 활자화시키려 한다.

아직 몽글몽글한 나이가 아니어서 가슴이 아려오는 감동적인 이야기는 못 만들었다. 그냥 편하게 살아가면서 옆집 아줌마 이야기거니하며 간간이 페이지를 넘겨주었으면 한다.

십 년 만이다. 두 번째 이야기가 나오기까지는 또 얼마가 걸릴지 모른다. 기약이 없어 약속을 할 수가 없다. 그러나 여기서 절대 펜을 놓지 않을 것을 다짐한다. 입으로 말하기엔 부끄러움이 아직도 많이 남아 있기에 더욱 그렇다.

남편과 두 아이에게, 그리고 지인들에게 이 글을 바친다.

2006. 8.

심 인 자

제3부 술 권하는 아내

제4부 적과의 동침

01

파란 대문

어머니

    습관인 것 같다. 틈만 나면 밖을 내다본다. 길 건너 공사장에서 들려오는 시끄러운 소리에 아예 문을 닫고 살건만 유독 재미를 느끼는 모양이다. 포클레인의 움직임을 내내 따라다닌다. 그런데도 정적이다. 적막감이 묻어난다. 불편할 텐데 싶어 의자를 내어놓는다. 겸연쩍어하면서도 얼른 앉는 모습에 울컥 마음이 상한다.

    오랜만에 어머닌 딸네들 집에 다니러 오셨다. 큰딸, 막내딸집을 거쳐서 우리 집이다. 올 봄까지만 해도 정정하셨던 분이었는데 걸음걸이가 영 시원찮다. 계단도 쉬이 오르내리지 못하고, 시장을 한 바퀴 도는데도 한참이나 걸렸다.

    영락없는 촌로村老의 모습이다. 얼굴에 없었던 검버섯이 피었다. 주름진 얼굴을 만지며 안타까워하자 아예 팔까지 걷어붙이며 저승꽃을 보여준다. 갈 날이 멀지 않았다고 한다. 그 말씀을 끝으로 또다시 정적에 싸인다.

어머닌 아들 내외를 따라 도시로 떠났다. 은근히 고향에 남고 싶어 했지만 외아들이라 달리 선택의 여지가 없었다. 두 내외가 밖에 나가고 손자들도 학교에 가면 하루 종일 넓은 집안에 홀로 남아 무슨 생각을 하셨을까. 아는 이도 없고 대문 열어놓고 왕래할 사람은 더더욱 없었으니 적막강산이었을 게다. 구경거리라곤 빼곡히 들어선 건물과 도로를 채우는 장난감 같은 차들의 움직임을 고층아파트 유리창을 통해 내려 다보는 것이 전부였을 것이다. 여기까지 생각이 미치자 목이 멘다. 얼마나 외로웠을까. 딸네들이 보고 싶고 고향 또한 오죽 그리웠을까.

자주 불러 모시지 못한 것이 두고두고 걸릴지 모른다. 출가외인이라고 참 마음 편하게 지냈다. 생신 때나 찾아뵙고 약간의 용돈으로 의무를 다했다고 뿌듯해 했다. 그 생각을 지우기라도 하듯 외출준비를 서두른다. 종일 아파트 밖에 시선을 두는 어머니에게 세상구경을 시켜드리려 한다. 밖에 나가자는 말에 기분이 좋은지 선뜻 옷을 갈아입는다. 오신 지 달포가 다 되어가니 어느새 날씨가 쌀쌀해져 입은 옷이 얇게 느껴진다.

자꾸만 걸음이 처진다. 더디기만 한 어머니와 보조를 맞추려면 내가 게으름을 부려야 한다. 어머니 손을 잡는다. 어릴 땐 어머니 손에 이끌려 장터 구경을 다니곤 했었는데.

옷가게에 들어서자 어머니는 가격부터 묻는다. 걱정하지 말래도 부담이 되는 모양이다. 두어 가지 입어보더니 마음에 드는 옷 하나를 골라 고개를 끄덕인다. 개량 한복을 보여 달라 했더니 손을 내젓는다. 단풍구경 갈 때 꼭 입고 가시라 했다. 내 아이 둘의 해산수발을 하셨으나 미련한 나는 옷 한 벌도 못해 드렸다. 그 땐 왜 그리 철이 없었는지.

돈 많이 썼다고 걱정하면서도 내심 얼굴에 홍조가 인다. 내친김에 신기 편한 신발도 사 드리고 좋아하시는 홍시와 떡도 샀다. 어머니 얼굴이 환해짐을 한눈에 알 만큼 밝다. 시장구경이 재미있다고 하신다.

여기서는 심심찮게 나들이를 하셨다. 오래 살아왔던 터전이라 외출이 편했을 것이다. 즐겨 드시는 먹을거리도 사고 여기저기 난장에 놓인 것들을 구경하는 재미도 쏠쏠하게 즐기셨다. 이곳을 떠나는 순간부터 모든 게 단절되어 버렸을 것이다. 지리도 모를 뿐더러 친구가 없으니 나서기 두려웠을 것이다. 초하루면 어김없이 법당에 드셔서 불공삼매에 드실 터인데 그것마저도 끊어졌다. 그저 잘 계시려니 했을 뿐, 어머니의 외로웠을 도시생활을 한번도 생각해 보지 않았다.

운동도 할 겸 집까지 걷자 했다. 어머니 손을 잡고 천천히 걸으면서 한 가지씩 당부를 드렸다. 다리가 아파 점차 거동이 불편할지 모르니 가볍게 매일 운동하시라 했다. 집에만 있지 말고 노인정에 가서 이웃들도 사귀고 어울리시라 권했다. 바쁜 아들 내외 혹여 소홀할 때가 있어도 이해하고 섭섭한 마음 아예 갖지 마시라 했다. 딸 여럿보다 아들 하나가 큰 몫을 하니 든든하게 생각하시라 말씀드렸다. 그러면서도 나의 목소리는 점점 힘을 잃고 수그러든다. 아들이다 딸이다 구별 않고 여식들도 똑같이 대하셨건만 자꾸 뒷전에 서 있으니.

코고는 소리가 방안을 가득 채운다. 깊이 잠든 듯 나의 기척에도 반응이 없다. 잠귀 밝은 노인이 웬일인가 싶다가 나도 모르게 미소를 짓는다. 무엇이 그리 좋은지 어린아이처럼 입가에 웃음기마저 돈다. 내내 돌아다녔으니 피곤도 하실 테지. 아침까지 푹 주무실 게다.

어머니의 모습이 예전 같지 않다. 총총하던 기억력이 자꾸 떨어지고
옛 일도 희미해지는 모양이다. 혹여 치매 증세는 아닐까. 아침에 일어나
면 화장실 등이 켜져 있고 화장지도 여기저기 널브러져 있다. 잘하시던
뒷정리도 깔끔하지 못하다.

저번 생신 때까지만 해도 정갈하고 단정한 모습으로 한 점 흐트러짐
이 없었다. 머리카락 한 올 옷에 붙어 있지 않고 옷매무새도 단정했다.
우리 집에 오셔도 솜 이부자리 빨아서 곱게 바느질하시랴, 구석구석
집안 청소에 뒷정리하시랴 바쁘셨다. 딸네 집에 다녀오시면 한 이틀
누워 계셔서 속상했다는 올케언니의 싫은 소리도 들었었는데.

피곤도 하련만 잠이 멀리 달아난다. 마음이 무겁다. 물끄러미 어머니
를 바라보다 되뇐다. 아직은 남편 험담 늘어놓고 아이들이 말을 안 들
어서 속상하다며 투정부리고 싶다고. 여려져 가는 당신의 모습을 받아
들일 준비가 전혀 되지 않다고.

작아져 가는 어머니를 왜 여태 모르고 있었을까. 나를 보듬기보다는
기대고 싶을 만큼 힘이 달린다는 것을 왜 눈치 채지 못했다. 언제나
어머니의 자리를 지키고 계실 것 같았는데, 이제 슬그머니 놓을 준비를
하시는 건가. 갑자기 놓아버리면 놀랄까 봐 조금씩 아주 조금씩 받아들
일 마음의 준비를 하도록 시간을 주시려 함인가.

그래, 진작 알아차렸어야 했다. 딸이 해주는 한 벌 옷에 얼굴 가득
미소가 번지는 것도 당신의 나약함을 굳이 숨기지 않으려 함이었다.
횡단보도를 건널 때 나의 손을 꼭 잡던 것도 힘에 부치고 약해져만 가
는 육신을 장성한 딸에게 의지하려 함이다. 이젠 내가 어머닐 챙겨야
한다. 알맹이는 우리 다섯 형제들에게 다 나눠주고 빈 껍데기만 남은

노인을 보듬어 안아야 한다. 바람에 쓸려갈 것 같은 육신을 받쳐줄 든든한 지주가 되어야 한다.

어둠이 걷히고 있다. 온 밤을 지새우는 사이 철부지 딸의 흔적이 비로소 걷히고 있다. 그리고 어머니라는 또 다른 모습이 조금씩 드러나고 있다.

(2004. 9)

어둠 속에서

안으로 들어서는 순간 깜깜하다. 소리만 요란할 뿐 아무것도 보이지 않는다. 앞서 자리를 잡은 친구들이 작은 소리로 위치를 알린다. 그럼에도 멈춰선 채 발을 내디딜 수가 없다. 희미하게 내부가 보이기 시작한다. 보이기는 하지만 아직도 발걸음을 떼기엔 불안하다. 계단을 더듬거리며 겨우 내려가 친구들 옆에 앉는다. 잠깐이지만 먼 거리를 힘들게 걸어온 것 같다.

휘장 하나를 사이에 두고 밝음과 어둠이 대치하다니. 지금 나는 영화관에 있다. 2002년 칸 영화제에서 감독상을 수상했다는 화제작인 <취화선>을 관람하기 위해서이다. 조선말기 천민 출신 화가인 장승업의 일대기를 그린 영화로 영상미가 그만이라고 한다.

그럼에도 내키지가 않았다. 장승업에 대한 책도 이미 보았고 텔레비전에서 그의 일화를 다룬 적이 있어 외출준비를 한다는 것이 번거로웠다. 발뺌할 궁리를 찾느라 뜸을 들이는데 친구가 서둘러 말을 이어간다. 영화를 보고 나서 전망 좋은 찻집에서 수다 떨며 차를 마시자는 얘기가 나를 끌어당겼다. 그래, 오랜만에 기분 전환을 하고 나면 눅눅해서 몸살이 날 것 같은 기분을 날려 보낼지도 모를 일이다.

모처럼의 외출은 친구 말처럼 집안에 파묻혀 몇날 며칠을 보내던 게으름을 불시에 쫓아 버렸다. 나의 눈은 지나치는 전경을 마치 처음 보기라도 하는 듯 익히기에 바쁘다. 적당히 내려진 차창 틈으로 밀려드는 바람은 옷 속까지 스며들어 상쾌하다. 차창 밖으로 펼쳐진 들판을 바라보는 것만으로도 기분이 좋아졌다.

어둠에 익숙해진다. 대형 스크린에 펼쳐진 풍광은 살아 있는 한 폭의 그림이다. 바람 따라 이리저리 흔들리는 갈대밭이 진풍경이다. 자연은 아무런 대가 없이도 나의 마음을 상쾌하게 만들어 준다. 벽면에 설치된 스피커를 통해 전해지는 대화의 울림도 실감난다. 그러나 이내 마음은 갈피를 잡지 못한다. 눈앞에 클로즈업되는 한 사람이 자꾸만 화면을 흐려놓는다. 아버지다. 암흑 속으로 들어서는 순간부터 내 마음은 이미 흐려지고 있었던 것 같다.

영화 속에는 장승업 대신 아버지가 걸어가고 있다. 오랫동안 생각하지 않았던 당신을 지금 이 순간 떠올려야 하는지. 처량한 선율 속에 터벅터벅 짚신 발로 한 발짝 한 발짝 힘겹게 걸음을 옮기고 있다. 더 이상 참지 못하고 뛰어들어 아버지 손을 덥석 잡는다.

내 눈은 흐려질 대로 흐려져 더 이상 영화를 볼 수가 없다. 암흑이 얼마나 무서운지 이제 알았다. 한번도 아버지의 고통을 생각해 보지 않았던 내게 잠시의 어둠은 곧 아버지였다.

오 년 만에 작은아이를 낳았다. 세이레가 채 지나지 않아서부터 온갖 병치레를 했다. 아이가 커감에 따라 겨우 한숨 돌렸는가 싶더니 또 탈이 났다. 이번에는 눈이 문제였다. 약시에다 원시, 심한 난시였다. 평생 두꺼운 안경을 써야 한다는 의사의 얘기가 희미하게 들려왔다. 가슴으로부터 단단한 뭉텅이가 밀치고 올라왔다. 속으로 '이게 다 아버지 때문'이라고 소리쳤다. 아이의 눈이 나쁜 게 순전히 아버지 피를 이어받은 탓이라고. 그 때만큼 아버지가 원망스러웠던 적도 없었다.

천둥 번개가 상념에 빠져 있던 나를 사정없이 때린다. 화면은 한참을 건너뛰어 중반을 넘어서고 있다. 장승업은 한치 앞을 구분하기 힘든 장대비를 맞으며 걷고 있다. 가누기조차 힘들 만큼 세찬 비를 맞아 온갖 고뇌를 씻어내기라도 하는 것처럼.

나도 저 비를 맞고 싶다. 대찬 빗줄기가 회초리라면 종아리를 하염없이 맞고 싶다. 장승업은 떠난다. 훠이훠이 손을 내저으며 걸림 없는 유랑을 한다. 그러다 마치 미친 사람처럼 정신없이 붓을 들어 그림에 빠져든다.

또다시 생각에 파묻힌다. 작은아이를 데리고 잘한다는 병원을 찾아다녔다. 약시를 그대로 두면 실명한다는 의사의 말이 두려웠기 때문이다. 남편에게 아버지 얘기를 한 적이 거의 없었다. 더구나 눈 이야기는. 아무 말도 못하고 혼자 끙끙 앓았다, 아버지 짝 날까 봐. 아버지 때문에 눈에 대해 예민할 대로 예민해져 있던 나는 혹여 약시가 고쳐지지 않으면 어쩌나, 본래 이름을 두고 아버지처럼 안경쟁이라는 별명을 달고 다니면 어떻게 봐야 하나. 그런 것들이 나를 불안하게 했다.

평생 동안 아버지는 두꺼운 돋보기 안경을 쓰셨다. 많은 딸을 내리

낳은 끝에 아버지를 본 조부님의 아들 사랑은 말로 표현할 수 없었다. 어릴 때부터 사랑을 독차지했던 아버지는 그에 따른 기대만큼 인물도 좋고 영특했다. 하나 몸이 병약해 약을 달아놓고 있었으니 어른들의 걱정은 이만저만 아니었다. 죽을 고비도 여러 번 넘겼다고 한다. 내가 직접 확인한 것으로도 아버지의 건강이 어떠했을지 알 수 있었다.

등을 보면 군데군데 움푹움푹 들어간 흉이 있었다. 어렸을 때는 등을 긁어 달라는 아버지를 피해 도망을 갔다. 열세 군데의 뼈를 잘라낸 상흔 때문이었다. 죽을 고비를 수도 없이 넘긴 아버지는 몸이 허약할 대로 허약해 내가 중학생이 되면서 그나마 돋보기에 의지하던 눈은 점점 악화되어 실명하고 말았다.

아버지의 마음을 알지 못했다. 볼 수 없는 고통이 얼마나 참담하고 두려운 것인지. 잠시 눈을 감아도 무섭고 두려운 것을. 일분도 견디기 힘든데 그 많은 시간을 이겨내려 자신과의 싸움을 수없이 해야 했을 아버지를. 병치레하는 나를 언제나 업어 키운 아버지인데. 아버지의 고통이 싸하니 내 가슴에 전해온다. 당신을 원망했다는 것이 못내 가슴을 때린다. 자식을 낳아 봐야 부모 마음 안다더니 자식을 둘이나 두고서도 부모 생각은커녕 힘들다고 원망만 늘어놓았다. 내 몸이 약한 것도 아버지 탓이고 아이 눈이 나쁜 것도 모두 다 아버지 책임이라며 철없는 원망의 눈물만 흘렸었다.

아이의 눈은 열 살이 되면서 나았다. 활동하다가 안경이 부러져 생긴 상처는 큰 자국을 남겼지만 난시가 심해 평생 안경을 써야 하는 것 외 불편한 점은 없다. 아버지처럼 될 거라는 걱정도 정말 한낱 기우에 불과했다.

장승업은 많은 걸작을 남겼다. 자신의 삶을 불사르며 혼신의 힘을 다해 그림을 그렸던 그는 조선 삼대 화가로서 손색이 없는 인물이다. 하지만 나에게 있어서 오늘은 단순히 장승업의 삶만 본 것이 아니다. 잊고 있었던 아니, 하마터면 지나칠 뻔했던 내 아버지의 삶을 본 것이다. 육체의 눈을 뜨고서도 정작 봐야 할 것은 외면한 채 마음의 눈은 감고 있었던 것이다. 아버지의 삶을 한번이라도 생각했더라면 좀더 빨리 어둠을 뚫어볼 수 있었을 텐데. 아, 그리운 아버지.

영화가 끝났다. 세월의 저편을 넘나드느라 온몸에 비를 흠뻑 맞았다.

(≪계룡수필≫. 창간호. 2004)

청개구리가 되어

날씨가 무덥다. 하늘에는 회색 구름이 낮게 드리워져 한바탕 비가 쏟아질 기세다. 성냥갑 같은 아파트에서 더위와 싸우려니 여간 고역이 아니다. 이럴 땐 나무 그늘 아래 평상을 놓고 살랑살랑 부채질이나 했으면 좋으련만.

어릴 적 마당이 넓은 집에서 살았다. 여름날 저녁, 그 마당에 평상을 놓고 식구들이 둘러앉아 더위를 쫓으며 얘기꽃을 피웠다. 시원한 물에 미숫가루를 타서 마시고 잘 익은 수박을 쪼개 먹으면 더위가 가셨다. 땀 흘리면 허해진다고 아버지는 식구들에게 자주 계삼탕鷄蔘湯을 먹게 하셨다. 그때마다 나는 고기 한 점을 입에 넣었다가 아버지 몰래 뱉어 내곤 했다. 아버지 호령에 먹는 척이라도 해야 혼이 덜 나기 때문이었다. 어렸을 때부터 건강해야 한다며 남부럽지 않을 만큼 챙겨주시는 아버지 덕에 먹는 것은 늘 풍족했다.

아버지는 청결해야 한다고 강조하셨다. 밖에서 놀다 집에 들어오면 손부터 씻어야 했고 흙장난은 허락되지 않았다. 하지만 흙이 묻지 않고서는 놀 수가 없었다. 대부분 흙바닥에서 소꿉놀이며 공깃돌놀이, 땅따먹기를 했기 때문이다. 놀이를 하고 아버지 모르게 미리 씻고 집에 와도 손톱 밑에 낀 때는 숨길 수가 없었다. 안되겠다 싶었는지 손톱을 짧게 자주 깎아주셨다. 또 식사 전에는 소화를 더디게 한다며 밀감을 먹지 못하게 할 만큼 건강에 관한 일이라면 세세히 신경을 쓰셨다.

아버지는 매를 드는 것을 두려워하셨다. 고집을 피우고 말을 잘 듣지 않아도 "저 늠의 여식아!" 하며 쩌렁쩌렁한 목소리로 호통만 칠 뿐 차마 매를 들지 않으셨다. 늦게 자식을 두셨기에 아버지의 사랑은 각별했다. 다른 집들은 시멘트로 마당을 매끈하게 입혔어도 우리 집은 그대로였다. 삐죽 솟은 돌을 아버지는 괭이로 일일이 파내고 편편하게 다졌다. 어린 자식들이 놀다 엎어져 무릎을 다칠까 해서였다.

형제 중 유독 나만 병치레가 잦았다. 편식을 하는 데다가 육식은 물론 생선도 못 먹었으니 당연했는지도 모른다. 아버지는 애가 타서 호통 반 달램 반으로 이것저것 먹이려 하셨지만 비위가 약해 생선 냄새를 맡기만 해도 구역질을 했다. 그럴 때마다 아버지는 호통을 치셨고 밥상 앞에서 나는 눈물을 뚝뚝 떨어뜨렸다.

환절기에 접어들면서 열이 심하게 올랐다. 의사가 다녀가고서도 잠시일 뿐 고열이 계속되었다. 물수건으로 몸을 닦아내어도 차도가 없자 아버지는 나를 업고 마당을 돌아다니셨다. 열이 내려가고 내가 잠들어서야 방으로 들어오셨다. 아팠다 하면 일주일 가량은 학교에 나가지 못했다. 완전히 낫기 전에는 학교에 보낼 수 없다면서 아버지가 책가방을 내주지 않으셨기 때문이다. 결석이 잦은 탓에 개근상 한번 타보지 못하고 초등학교를 졸업했다.

아버지는 아플 때마다 신경을 곤두세웠고 열이 심하면 잠을 이루지 못하고 걱정을 하셨다. 아버지가 아픈 나에게 신경을 쓰시는 이유를 알게 되었다. 서른을 훨씬 넘어 본 첫 자식을 병으로 잃고 한동안 아버지는 제정신이 아니었다는 얘기를 훗날 어머니께 들었다. 방바닥에 누일 새도 없이 업어주며 애지중지했던 첫 자식을 고열로 잃고 얼마나 고통스럽고 힘들었을까. 후에서야 뜬눈으로 밤을 지새우는 아버지의 마음을, 아프다 하면 지레 겁부터 먹던 아버지를 이해할 수 있었다.

아버지는 밥을 굶고 가면 학교 앞까지 오셔서 빵을 사 주어야 마음을 놓는 분이셨다. 하지만 나는 그런 아버지가 싫었다. 사십팔 년이라는 나이 차가 아버지와 나 사이에 있었다. 할아버지 같은 사람이 내 아버지라는 것이 부끄러웠고 '내 아이는 몸이 약하니 청소 같은 힘든 일은 시키지 말라.'고 선생님께 부탁하시는 게 싫었다. 뛰어나게 공부를 잘하지도 않았고 수줍어서 매사에 자신이 없는 나였다. 더군다나 예쁜 옷과 구두를 신고 다녀서 '멋쟁이'라는 닉네임이 육 년이나 따라붙어 나를 괴롭혔다. 그 때문에 죽고 싶은 마음까지 들었는데 아버지는 속도 모르고 한사코 예쁜 옷과 신발을 신게 하셨다. 까만 고무신에 보자기로 책가방을 대신하는 아이들이 태반이어서 무릎밖에 닿지 않는 짧은 원피스와 빨간 가방과 구두는 놀림과 질투를 일으키기에 충분했다. 어떤 때는 친구 집에 가방을 맡겨두고 보자기에 책을 싸서 들고 다니기도 했다. 그때는 아버지가 왜 그리 야속하고 미웠던지 모르겠다.

　내가 중학생이 되면서 아버지의 시력이 희미해지기 시작했다. 뭍으로 읍내로 나다니시던 아버지의 날개가 꺾였다. 푸드득거리며 마음껏 활개를 쳐야 하는데 어쩌란 말인가. 아버지는 약주로 세월을 보내셨다. 답답함과 자신의 무기력을 한탄하기 시작했다. 아버지의 온갖 투정에 어머니는 자주 눈물지으셨다. 나의 반항이 고개를 내밀기 시작했다. 고등학교 삼학년 때 진학문제로 아버지와 다투게 되었다. 아버지께 심하게 대들었다. 계집아이가 공부를 많이 하면 못쓰게 된다는 생각을 아버지는 갖고 있었다. 그런 아버지로부터 벗어나고 싶었다. 떨어져 살면 뭐든 잘될 것 같고 또 못할 일이 없을 것 같아서였다. 학교 졸업을 하고 언니 집에서 두 계절을 보내게 되었다. 마음의 안정도 찾고 해서 입시 준비를 하고 있는데 아버지가 위급하다는 어머니의 연락을 받았다. 집에 돌아온 내게 아버지는 아무 말씀이 없으셨다. 이미 혼수상태였고 다음날 세상을 떠나셨다.

　겨우 스무 해를 아버지와 같이했다. 잘 해드린 기억은 없고 속 썩이며 가슴 아프게 한 일들만 뚜렷하게 떠오를 뿐이다. 연거푸 드신 약주에 취해 자신의 한을 토로하는 아버지의 심정을 그때는 정말 몰랐었다. 살아가면서 속상한 일이 한두 번이었겠는가. 이제 겨우 아버지의 마음을 읽어갈 나이에 이르렀는데. 아버지가 원하시는 모든 것 다 해드리고 싶고 팔다리도 주물러 드리고 하루 종일 푸념을 하셔도 곁에 앉아 들어주고 싶은데 정작 아버지는 계시지 않는다. 흐르는 눈물방울은 굵어가고 잘 해드리지 못한 불효가 가슴에 크게 자리 잡고 있다. 아버지가 그립다. 정 많고 자상한 분이셨음을 이제야 느끼니 얼마나 불효여식인

가. 갈수록 아버지 생각을 더할 것이다.

정말 비가 오려는지 청개구리 울음소리가 들린다. 창가에 서서 나는 청개구리가 되어 사부곡思父曲을 부른다.

(≪수필과비평≫. 2000. 7/8)

파란 대문大門

파란 대문 집이 고모 댁宅이다. 안방을 둘러본다. 작은 텔레비전도 예전 그대로 재봉틀 위에 놓여 있고 장롱도 고모가 쓰던 대로다. 안방 주인이 바뀌었을 뿐 변한 것은 없다. 오랜 세월 척박한 삶을 살다 가신 고모 대신 이제는 며느리가 안방을 지키고 있다. 대쪽 같던 고모의 고함소리가 들리는 듯하다.

고모는 열아홉에 연애를 하셨다 한다. 부모님이 정해주는 혼처 자리를 마다하고 같은 동네 총각을 사랑하게 된 것이다. 얼굴도 모르고 혼인을 하던 시절이었으니 고모의 연애는 큰 사건이 아닐 수 없었다. 버린 자식이라며 조부님은 고모와의 연을 끊었다. 양가의 반대에도 불구하고 두 사람은 맺어졌다. 아들을 낳고 행복했지만 그것도 잠시였다.

아이가 걸음마를 배울 즈음 남편은 일본으로 유학을 떠나게 되었다.

스물을 갓 넘은 새댁의 몸으로 혼자 살아가야 했다. 몇 년을 기다렸지만 남편은 돌아오지 않았다. 같이 떠났던 친구 분이 돌아와서 살림을 차려 아이까지 두었다는 소식을 전해 주었다.

고모는 충격에 몸져눕고 시댁에서는 아이를 데려가려 했다. 아이는 고모의 삶을 이어주는 끈이었다. 포기할 수 없었다. 아이를 지키기 위해 궂은일도 마다않았다. 악착같이 일했다. 땅마지기 문서가 고모 손에 쥐어지던 날 하염없이 흐르는 눈물을 닦지도 않았다 한다. 그날 처음으로 호사스런 울음을 터트렸는지도 모른다. 남의 이목 때문에 마음대로 울어 보기나 했겠는가.

고향에 잠시 돌아온 남편은 '다시 태어나면 영원히 함께하자.'며 일본으로 떠나갔다. 애타게 기다렸던 남편은 이미 내 남자가 아니었다. 행여 나에게로 다시 돌아올지 모른다는 기대마저 무너졌다. 그쪽에도 처자식이 있으니 더는 옷자락을 붙잡을 수도 없었다. 가슴이 찢어지는 아픔을 견뎌야 했다. 남편을 잊는다는 건 쉬운 일이 아니었다. 미움으로, 때로는 그리움으로 떠오르는 얼굴을 지울 수가 없었다. 마음뿐이었다. 금방이라도 대문을 밀치고 들어설 것 같아 차마 문을 잠그지 못했다.

아버지는 고모보다 열 살이나 아래였다. 고모의 삶을 누구보다 가슴 아파했다. 고생이라곤 모르던 누이였다. 어렵게 살아가는 누이가 눈에 밟혀 잠이 오지 않는다며 눈물을 흘리셨다. 내가 일곱 살이 되면서부터 아버지는 심부름을 시키셨다. 바구니에는 생선과 찬거리, 그리고 소주 한 병이 늘 들어 있었다. 긴긴 밤을 지새우며 가슴 아파 할 누이에게 어쩌면 술 한잔이 위로가 될지도 모른다는 배려에서였다.

푸줏간에서 고기를 사 오는 날이면 조금 전에 다녀왔어도 또 고모

집을 향해야 했다. 그럴 때면 아버지가 야속했고 집에 오지 않는 고모까지 미웠었다. 십여 분의 거리가 그때는 왜 그렇게 멀기만 했던지.

고모는 유독 나를 좋아하셨다. 아버지가 나에게 심부름을 보내신 것도 그래서였다. 나만 보면 머리를 쓰다듬으며 시렁 위에 얹어 둔 과자를 내려놓고는 골라 먹게 했다. 가져간 바구니를 가득 채우고도 양에 차지 않아서인지 이것저것을 챙겨 나를 앞세우고 집 앞까지 바래다주셨다. 집에 들어가기를 청해도 고개를 저으며 발길을 돌렸다.

친정에 발을 딛지 못하는 마음은 바위가 짓누르는 고통보다 컸을 것이다. 보고 싶은 어머니를 두고 돌아서는 발길은 얼마나 무거웠으랴. 어머니가 그리워 베개가 젖도록 흘린 눈물은 오죽 많았겠는가. 형제들과 오순도순 살던 그때가 얼마나 그립고 사무쳤겠는가. 그럼에도 친정 아버지 제사에 한번 오지 않고 대문 안으로 장본 바구니를 살짝 들여놓곤 갔다. 부모님의 뜻을 거역한 불효여식이 그나마 잘살아 주었더라면 좋았으련만, 남편에게 버림받았으니 감히 친정에 발을 들일 염치가 없어서였다. 시댁과도 왕래를 끊었고 아는 사람도 거의 없었다. 늘 외롭고 허전했다. 아버지가 고모의 외로움을 덜어주었을 뿐.

오랫동안 바구니는 우리 집에서 고모 집을, 고모 집에서 우리 집을 오가며 정을 이어주었다. 안부安否가 바구니에 들어 있었다. 언제나 술이 한 병뿐인 것은 고모의 건강을 염려한 아버지의 마음이 깃들어 있었기 때문임을 늦게서야 알았다.

어느 순간부터 고모 집에 가기가 두려웠다. 내 손을 잡으면 놓지를 않았다. 무슨 얘기든 해야 했고, 또 들어주어야 했다. 살아가기에 급급해 앞뒤 생각할 여유마저 없었던 고모였다. 얼굴에 주름이 패고 노안老眼

의 눈으로 바라보는 세상이 두렵고 무서웠기에 나에게조차 의지하려 했음을 왜 알지 못했던지. 어린 나로서는 황급히 대문을 나서고만 싶었으니…….

고모를 평생 걱정하며 사신 아버지가 먼저 세상을 떠나셨다. 여전히 고모는 집에 오지 않았다. 아들과 손자만 보낸 채 멀찍이 서서 동생의 마지막 가는 길을 지켜보며 오열했다. 고모의 슬픔은 처절했다. 믿고 의지했던 동생이 떠났으니 기댈 곳을 잃은 것이다.

이제는 나 대신 아니, 아버지 대신 어머니가 바구니를 드셔야 했다. 이것저것 챙겨 가면 언제 올지 알 수 없었다. 한참 지나서야 돌아오는 어머니 눈가가 축축한 걸 보니 우셨던 모양이다. 어머니는 같은 여자로서 시누이의 마음을 알아주셨고 많이 애달파하셨던 것 같다.

고모도 세상을 떠나셨다. 상여 뒤를 따르는 행렬이 초라했다. 남들처럼 평범하게 살았더라면 많은 가솔家率들이 줄을 이었을 턴데. 아들 내외와 손자들, 그리고 아버지 형제들이 전부였다.

고모를 생각하면 가슴이 아려온다. 내 나이 사십에 가까우니, 육십 년이 넘도록 자식 하나 바라보며 살아온 세월이 얼마나 쓰라리고 힘이 들었겠는가를 조금은 알 것 같다. 홀로 살아가는 것은 쉬운 일이 아닐 것이다. 더구나 지아비에게 버림받고 살아온 삶이 편했을 리가 없다. 등뒤로 수군대는 사람들의 따가운 시선에 더욱더 삶은 고달팠을 것이다. 감당할 수 없는 일에 부닥쳐 울기도 많이 했을 것이며, 아비 없는 자식이라고 놀림이라도 당하면 지아비를 원망하는 마음은 하늘만큼 높아 갔을 것이다. 나로서는 도저히 감당할 수 없을 것 같은 힘겨운 삶을 고모는 끝까지 감내하며 사셨다.

파란대문을 들어설 수 있는 것은, 자신을 다스리며 안방을 지켜온 고모가 있었기 때문이 아닐까. 주어진 삶을 거부하고 뛰쳐나갔더라면 나에게 고모가 있었다는 사실조차도 몰랐을 것이다. 오늘따라 고모 생각이 간절하다. 고모의 삶을 껴안고 싶은데……. 이제는 손때 묻은 유품들을 어루만져 볼 뿐이다.

대문을 나선다. 자꾸 돌아보지만 고모가 서 있던 자리는 비어 있다. 올려다보는 쪽빛 하늘이 오늘따라 유난히 푸르다.

업業

난 불교에 관심이 많다. 그래서 생사를 되풀이한다는 윤회설을 받아들이고 있다. 또 모든 존재가 서로 인연을 맺고 있다는 의미를 지닌 인연법과, 과거의 선하거나 악한 행위로 말미암아 현생이나 미래에서 받게 되는 응보에 따라 자신의 운명이 결정된다는 업에 대해서 부정적이지 않다.

이십칠 년 전이다. 막 결혼식이 끝나고 신랑신부의 행진이 시작되고 있었다. 그러나 두 사람의 표정은 어둡기만 했다. 고와야 할 신부의 얼굴은 밤새 울었는지 퉁퉁 부어 있고 신랑 또한 못내 굳어 있다. 뭇사람들에게 축복받으며 새 출발을 하는 그들에게 오늘보다 더 소중한 날이 또 있을까마는 분위기가 예사롭지 않다.

양가 부모의 반대가 심한 때문이었다. 신랑은 금지옥엽 외아들이요, 신부 또한 고명딸이었으니 여느 집 자식보다 귀하게 컸으련만, 부모의 기대를 저버린 이들의 이른 결혼식이 달가울 리 없었다. 각자 해야 할 일들이 많은데 젊은 남녀의 만남은 서로의 발목을 잡고 만 것이다. 서둘러 날을 잡은 것도 주변 사람들의 이목을 사는 데 한몫을 했다.

결혼 이후, 신랑은 처갓집을 지나쳐도 대문 안에 발을 디디지 않았고, 장인 또한 별반 반기는 기색이 없었다. 그 쪽 사정이 그러하니 신부 또한 시집살이가 편할 리 만무했다. 어린 나이에 시아버지 병수발 하고, 시어머니 서슬에 편한 잠 한번 못 잤을 것이다.

태중의 아이는 먹고 싶다는 것도 많은데 가뜩이나 미운털 박인 며느리가 시어머니 눈치에 제대로 먹기나 했겠는가. 이래저래 남은 재산 속속 까먹고 젊은 부부에게 남은 건 가난뿐이었다. 설움도 많았을 거고, 어떻게 살아갈까 하는 책임감에 잠도 못 잤을 것이다. 그러기에 속수무책 주저앉아 있을 수만은 없었다. 신랑은 진로를 바꿔 직장을 얻었고, 신부 또한 어린아이를 시모에게 맡기고 장사를 시작했으니 고생이야 말로 다할 수 없었다.

두 사람의 만남은 필연이었을까. 이대二代를 거슬러 올라가면 두 집안의 사연이 드러난다. 신랑의 조부祖父와 신부의 조모祖母 집안은 막역한 사이였다.

신랑의 조부는 장사를 하여 제법 많은 땅마지기를 가지고 있었다. 동네 사람들이 그 땅을 밟아야 다른 마을로 갈 수 있었다 하니 그럭저럭 살림이 따뜻했던 모양이다. 신부의 조모도 어릴 때부터 부친이 어장을 하여 인근에서는 큰 부자로 떵떵거렸다. 그런 두 집안이 불시에 원수지간이 된 것이다.

어장을 하던 신부의 조모 집안에 자꾸 안 좋은 일이 생겼다. 어장의 수확이 갈수록 줄어들어 힘들어졌다. 엎친 데 덮친 격으로 풍랑에 배가 뒤집히고 사람이 여럿 다치는 통에 돈이 속속 들어갔다. 기우는 가계를 살리기 위해 신랑의 조부에게 돈을 빌려 썼다. 그러나 현금을 빌려주기에는 한계가 있었다. 땅은 있어도 현금이 많지 않아 더 이상 돈을 대줄 형편이 안 되었다. 결국 땅을 담보로 빚 보증까지 서주게 되었다. 그것이 돌이킬 수 없는 화근이 될 줄이야 누군들 알았을까. 사업 운이 다되었는지 속수무책, 가세가 기울어 더 이상 회복하지 못하고 몰락하니 아무것도 남은 게 없었다.

빚 보증을 선 신랑 집안도 마찬가지였다. 빚쟁이들이 들이닥쳤다. 땅은 물론이고 고가구며, 대대로 내려오는 물건까지 고스란히 빚쟁이들에게 넘어갔다. 불시에 들이닥치니 뭣 하나 숨길 새도 없었던 것이다. 숟가락 하나 챙기지 못한 채 빈털터리가 되어 길바닥으로 나앉게 되었다. 두 집안이 다 같이 망해버린 것이다. 엄밀히 따지면 신랑 집안은 억울했다. 그 집안에서 잘못한 것도 아니고 남의 빚 보증 때문에 일어난 일이니 말이다.

조부는 속병이 들어 몸져누웠고, 마지막 가는 길에 자식들 앉혀놓고 보증 서지 마라는 유언을 남겼다. 뜻하지 않은 일로 집안이 풍비박산되었으니 참 한스러웠을 게다. 신랑신부가 결혼한다 할 때 신랑 고모들이 야단이었다. 호강하며 살다가 어느 날 알거지 신세가 되었으니 충격이 컸을 것이다. 그러하니 후손인 신부와의 맺음이 반갑지만은 않았을 것이다.

지금 두 사람은 어떻게 되었을까. 삼십 년 세월이 가까워지니 이들도 예전의 신랑신부가 아니다. 며느리의 나약함이 보이지 않는다. 오히려 시모가 백발이 성성하여 아들 내외를 따르고 있다. 예전엔 며느리에 대한 원망도 있었겠지만 지금은 오히려 잘살아 주어서 고마운 눈치다. 사위에 대한 장인의 태도도 완전히 바뀌었다. 성실하기만 한 사위에 대한 믿음과 신뢰가 하늘까지 높아졌기 때문이다.

이들 부부는 지금 오십을 앞두고 있다. 부친이 물려준 집에서 시작한 장사는 시간이 감에 따라 점점 커졌다. 집 한 채가 어느새 두 채가 되고 제비가 새끼 치듯 살림이 늘어났다. 어느 정도 기반을 다졌건만 여기에서 안주하려 않는다. 늘 일에 매달려 산다. 그럼에도 즐거워 보인다. 토라지다가도 한쪽이 웃으면 그만이다. 오래도록 같이 일하면서 한마음이 되었던 때문인지 별반 다투는 일이 없다. 너무 잘 알아 마음을 훤히 읽기에 서로 거슬리지 않게 된 모양이다. 금슬이 좋으니 천생연분이라는 말은 이 두 사람을 두고 하는 말이 아닐까 싶다.

신부는 어린 나이에 시집와 온갖 고생을 했다. 너무 힘들어 자기 속으로 낳은 자식이지만 버려두고 집을 뛰쳐나갔을 수도 있었을 것이다. 그럼에도 시부모 수발들랴, 자식 키우랴 힘든 세월 다 감당했다. 신랑 또한 반대하는 장인이 원망스러워 눈 딱 감고 장가들지 않았다면 지금의 반석은 없었을 것이다.

그런 의미에서 그들의 만남은 필연이었으며, 선업이라는 결과를 낳았다. 선대에서는 두 집안이 악연이었다. 그러나 후대에서 만난 두 사람이 노력하여 오랜 업을 닦음으로써 화해의 길을 트지 않았나 싶다.

신부가 신랑 집안을 일으켜 세웠다고 해도 말할 사람이 없을 것이다. 험하고 모진 세월을 억척스럽게 다 감당했으니 말이다. 늘 일 속에 파묻혀 호강 한번 해보지 않았어도 원망의 눈빛이 없으니 빚 갚음을 제대로 한 모양이다.

난 두 집안에 얽힌 이야기와 두 사람의 만남을 불교와 연관짓는다. 그런 생각을 하면 재미도 있지만 한편으로 숙연해진다. 행하는 일에 따른 값은 스스로가 치러야 한다는 생각이 나를 바른 길로 가게 해주기 때문이다. 흐트러지려는 자신을 돌아보게 하고 또 나쁜 생각을 여지없이 몰아내 주니 불교의 끈을 놓을 수가 없다.

나와 얽어진 인연의 고리를 끌어당겨 본다. 미운 얼굴도 떠오르고 반가운 얼굴도 떠오른다. 미운 사람 만나서 괴롭고, 사랑하는 사람 못 만나서 괴롭다는 이 세상에 태어나 그들 한 사람 한 사람에게 좋은 의미가 되려 한다. 불교의 이치를 깨닫고 싶어 하는 내가 첫 번째로 해야 할 과제이며 화두話頭이기 때문이다.

(2006. 1)

콩나물

얼마 전 어머니가 시루를 가져오셨다. 자동재배기를 소제하는 일이 번거롭고 귀찮아 중단하고 있다는 얘길 듣고 장에 간 길에 사 오신 것이다. 어머니가 기르던 시루는 컸었는데 내게 가져온 것은 이웃 두세 집과 나눠먹을 정도의 작은 것이었다. 큰 시루는 잘못 기르다 보면 뿌리가 썩을 수도 있고 또 우리네 식구가 먹기에는 양이 많다는 어머니의 생각에서였다.

시루를 사용하기 전에는 자동재배기에 콩나물을 길러 먹었다. 수시로 물을 주지 않아도 자동으로 알아서 콩나물을 키워준다기에 장만했다. 분무기가 돌아가면서 골고루 물을 뿌려주니 편했다. 검은 보자기를 덮어주지 않아도 되고 또 투명한 통속을 들여다보면 얼마나 자랐는지 보였다. 외출을 해도 안심이었다. 알아서 물을 줄 터이니 무슨 걱정이랴.

재배기에서 자란 콩나물로 국을 끓였다. 고춧가루를 듬뿍 넣어 얼큰

한 국을 끓이기도 하고 시린 속을 위해 북어국을 끓이기도 했다. 그 외에 찜이나 무침으로도 밥상에 자주 올렸다. 그런데 문제가 생겼다. 갈수록 물때가 앉아 재배기가 지저분해지는 것이었다. 깨끗하게 닦아야 하는 일이 점점 귀찮아졌다. 차츰 콩나물로 만든 찬이 밥상 위에서 멀어져갔다. 마침내 재배기는 구석진 곳으로 밀려나 먼지를 뒤집어쓰게 되고 이후로 그것을 사용하지 않게 되었다.

콩을 가린다. 콩나물을 기르기 위한 작업이다. 통통하고 빛깔이 고운 것으로 가려 물에 담근다. 하루쯤 지나면 하얀 싹이 고개를 내민다. 싹이 나면 물주기에 바빠진다. 사오 일이 지나면 국거리로 뽑아 먹을 수 있을 만큼 자란다. 얼마나 자랐는지 궁금해 자꾸 검은 보자기를 들추어 본다. 오동통하고 윤기가 도는 것이 잘 자랐다. 직접 길러먹는 것에 이젠 재미가 붙었다.

시루에 콩나물을 길러 먹자면 신경이 쓰일 때가 있다. 이웃사람들과 차 마시고 어울리다 보면 물주는 일을 잊기도 하고 장시간 집을 비워야 할 일이 더러 있기 때문이다. 그것도 잠시이고 콩나물이 자라는 걸 보면 마음이 참 즐겁다. 직접 물을 주어 키워 먹는 것이 얼마나 재미나는지 모른다. 풋풋하고 소담스럽게 자라고 있는 콩나물을 보고 있으면 마음이 넓어지고 여유가 생긴다.

검은 보자기를 열어보며 재미를 느꼈는지 아이들이 물주기에 바쁘다. 시간이 많이 흐른 것 같다. 콩나물 기르는 일에 아이들이 동참하고 있으니. 세월 저편에서 물을 끼얹는 소리가 들린다.

추운 겨울, 새벽닭이 울 즈음 인기척에 이어 올망졸망 다섯 형제들이 잠든 큰방 문을 열고 어머니가 들어선다. 곧이어 콩나물시루에서 물 흐르는 소리가 난다. 어머니의 하루가 시작됨을 알리는 소리다. 단정히 빗질하여 쪽찐 머리는 언제 봐도 매끈하고 곱다. 어머니는 아랫목에 손을 넣어본 후 이불을 다독거려 덮어주고는 부엌으로 나간다. 솥에 물을 가득 붓고 군불을 땐다. 뜨겁던 온돌방이 새벽녘이면 식어 당신의 다섯 자식들이 추울까 해서다.

어머니는 내내 콩나물을 길렀다. 장사를 하는 것도 아니었는데 콩나물 기르는 일을 멈추지 않았다. 콩나물은 간밤에 과한 약주로 속 아파 할 아버지를 위한 해장국이 되고, 고춧가루로 벌겋게 버무린 무침이 되어 밥상에 오른다. 한겨울 찬이래야 몇 가지나 되겠는가. 국과 김장김치에 구운 생선 몇 토막 정도다. 비린 것을 싫어한 나는 어머니가 커다란 무김치를 젓가락에 푹 꽂아주면 그것과 콩나물을 넣고 끓인 국을 떠먹으며 밥 한 그릇을 비웠다.

한번은 어머니가 심한 감기로 앓아 누우셨다. 의사가 다녀가고도 열이 내리지 않아 물수건을 이마에 얹어주고 있었다. 여태 아픈 모습을 본 적이 없었던 나는 걱정이 되어 방을 연신 들락거리며 어머니를 살펴보았다. 밥을 지어야 하는데 해본 적이 없으니 난감했다. 어머니가 부엌일을 하던 것을 떠올려 쌀을 씻어 솥에 넣고 물을 부은 다음 불을 때었다. 조금 있으니 타는 냄새가 진동했다. 삼층밥이 되어 있었다. 연신 솥뚜껑을 여닫기만 하고 불은 조절할 줄을 몰랐으니 그럴 수밖에.

밥이 탔으니 반찬이라도 잘해야 한다는 생각에 어머니가 늘 하듯 콩나물을 한 움큼 뽑았다. 그 뒤에 물을 듬뿍 준 다음 검은 천을 덮어두었다. 문제는 삶지도 않은 콩나물로 무침을 하려고 고춧가루, 마늘, 참기름을 넣고 손으로 주무르니 어떻게 되었을까. 어깨너머로 콩나물 무치는 순간만 보고 그대로 흉내를 내었으니 식구들은 물론 아픈 어머니도 웃던 기억이 난다.

겨울밤이 긴 탓에 저녁을 먹었어도 속이 허전했다. 어머니는 대청 마루에 식혜며 고구마를 담은 바가지를 두셨다. 김치를 찢어서 고구마에 얹어 먹으면 얼마나 맛이 나는지. 목이 메면 살얼음이 언 식혜를 단숨에 들이켰다.

때때로 자식들의 허전한 배를 든든하게 해주기 위해 추위에도 어머니는 부엌을 드나드셨다. 별식으로 찬밥 한 덩어리와 김치, 대파를 송송 썰어 넣고 끓인 콩나물국밥을 금시 만들어서 내어오면 우리 다섯 형제들은 뜨거운 국밥을 후후 불어가며 맛있게 먹었다. 어머니의 수고와 사랑 때문에 긴 겨울이 마냥 춥고 지겹지는 않았던 것 같다.

지금, 나는 콩나물국도, 무침도 곧잘 한다. 그리고 이러한 음식을 즐긴다. 어릴 때부터 먹어 온 것이고 보니 시집와서도 곧잘 밥상에 올린다. 그런데 내가 끓이는 콩나물국이나 무침은 어머니의 손맛과는 다른 것 같다. 깊은 맛도 없는 것 같고 얼큰하다거나 시원한 느낌이 덜하다. 어머니가 우리 집에 오셔서 가끔 끓여주는 국밥 맛은 예전 그대로인데. 아마도 당신의 오랜 손맛과 가없는 사랑이 가미되어서일 게다.

노란 빛깔의 콩나물이 곱고 매끈하다. 넉넉히 뽑아서 옆집에 돌려야겠다. 눈을 감고 시루에 물을 끼얹는다. 흐르는 물소리와 함께 어머니가 떠오른다. 내게 시루를 가져다주신 어머니의 마음을 알 것 같다. 훗날 손때 묻은 작은 시루를 들고 어머니처럼 나도 딸네 집을 찾을 것이다.

오늘 저녁은 콩나물국과 무침으로 푸짐한 식탁을 만들어야겠다.

(2000. 1)

겨울나기

바람이 거세게 문을 두드린다. 그것도 모자라 반쯤 열린 창문 사이를 비집고 들어와 나뭇가지를 마구 흔들어댄다. 집 뒤 전선도 요란하게 흐느끼며 합세를 한다. 늘 내게 위안을 주던 풍경도 오늘따라 두서없이 마구 소리를 지른다. 겨울이 시작됨을 알리는 소리다.

바람소리를 들으면 마음은 벌써 고향집으로 가 있다. 유년의 겨울은 몹시도 추웠다. 함석집 틈바구니를 찾아 웬 바람은 그리도 숭숭 새어들던지. 겨울 내내 불어대는 북풍에 기가 질려 밖에 나가 놀기는커녕 다들 아랫목을 찾아 기어들기부터 했다.

내 어릴 적엔, 겨울을 나려면 어머니가 가장 바빴다. 한겨울을 보내기 위해서는 월동준비에 차질이 없어야 했기 때문이다. 여러 가지 준비로 부산했지만, 그 중에서도 가장 큰 일은 땔감 준비와 김장하기였다. 이 두 가지를 해결하고 나면 일을 다한 것처럼 한시름 놓았다.

　동네 사람들은 다들 한파가 닥치기 전에 땔감을 비축하느라 여념 없었다. 이 일은 초겨울까지 이어졌다. 우리 형제들도 산에 총출동하여 삭정이를 주워 왔다. 그러나 턱없이 모자랐다. 이웃집들은 남정네들이 그전부터 미리 땔감을 비축하여 두었지만 우리 집은 달랐다. 병약한 아버지가 그 일을 하실 수 없었기 때문이다. 어머니가 감당하기엔 버거웠다. 아버지 대신 어머니가 장작을 사러 수레를 끌어야 했고, 틈틈이 마른 솔가지를 베어와 불쏘시개로 모아 두었다. 그래서 유달리 겨울이 오면 월동준비에 어머니가 몸살을 앓곤 했다.

　또 하나는 김장하는 일이었다. 이 즈음이면 동네 선착장에 진풍경이 벌어졌다. 그 때는 바닷물이 오염되지 않아 맑고 깨끗했다. 큰 통에 바닷물을 퍼 올려 배추를 절였다. 인근 사람들까지 수레에 가득 배추를 싣고 와서 절여 놓고 갔다. 간이 드는 한나절 동안 다른 일을 하기 위해서였다. 그러나 남의 배추에 손대는 사람은 없었다.

　한겨울을 나려면 몇 십 포기의 배추로는 어림도 없었다. 일찍부터 서둘러도 산더미 같은 배추를 가르고 절여서 소쿠리에 건져 물기 빼는 일까지 마치면 거의 저녁이었다. 그 일을 어머니 혼자 해내느라 손은 얼고 손가락마저 퉁퉁 불어 감각조차 없었다.

　저녁을 일찍 해 먹고 어머니는 젓국에 고춧가루를 풀어 개어 놓았다. 갖가지 양념에 생굴을 넣고 김치를 버무렸다. 큼직큼직하게 토막 낸 무를 김장 속에 간간이 넣어 두었다. 그래야 김치가 익으면 맛이 시원시원하다는 것이다. 그 땐 어머니가 힘든 것도 모르고 옆에 앉아 찢어 주는 김치를 덥석덥석 받아먹기만 했다. 위생장갑이 있었던 것도 아니고 맨손을 하루 종일 혹사시켰으니 오죽 손이 아렸을까.

큰 것, 작은 것 하여 댓 동이나 되는 독을 묻으려면 땅을 파내어야
했다. 그것도 어머니 몫이다. 괭이로 깊이 파헤치는 동안 맏언니가 흙을
들어내고 잔심부름을 해주었다. 대야에 김치를 조금씩 담아 독에 여러
번 날랐다.

겨울이 깊어지면 바람은 유독 드셌다. 윙윙 요란한 소리를 내며 창문
을 두드렸다. 파도를 허옇게 일으키고, 선착장 위에까지 바닷물을 퍼
올리며 사납게 굴었다. 문풍지를 바르고 작은 창은 아예 겨울 동안 열
수 없도록 봉해버렸다. 파도가 길 위로 덮칠 만큼 사나워지면 밖에서
노는 것은 엄두도 못 내고 방안에서 놀아야 했다.

지금의 나는 달리 월동준비를 하지 않는다. 힘들 일이 없다. 입던 옷
을 정리해 옷장에 보관하고 대신 겨울옷을 꺼내는 정도다. 춥기는 그때
나 지금이나 매한가지일 텐데 지금의 나는 옷 속으로 스며드는 추위를
느끼지 못한다. 바람이 숭숭 새어드는 집이 아니라서 그렇다. 보일러
시설이 잘되어 땔감 걱정을 하지 않아도 된다.

산길을 오르면 유년시절 나무하러 다닌 기억이 떠오른다. 산주인 몰
래 숨어서 삭정이를 줍느라 불안했고 눈치를 봐야 했다. 어쩌다 들키는
날은 주워 놓은 나무도 버리고 무작정 도망부터 해야 했다. 그땐 그렇
게 귀했건만 지금은 여기저기 불쏘시개거리가 지천으로 널려 있다. 필
요치 않으니 탐내어 가져가는 사람이 없어서다. 그런데 난 유독 그것들
에 마음이 가고 새삼 주워담고 싶은 생각을 한다.

지금은 예전에 비해 모든 것이 다 편리하다. 슈퍼에서 배추를 절여
주고 또 김치에 넣을 속 재료까지 판다. 그보다 더 편한 것은 아예 김치
담그는 일을 대신하는 업체가 생겼다. 필요한 만큼 주문을 하면 집까지

배달해 준다. 정말 걱정 없이 겨울을 맞을 수 있다.

일 년 내내 대형매장에서 배추를 팔고 있다. 그래서 힘들게 많이 할 필요가 없다. 그때그때 먹을 만큼 담그는 가정도 많다. 편하긴 하지만 어머니의 손맛이 느껴지지 않는다. 깊은 맛이 없다. 맛있다는 소문을 듣고 이곳저곳에 주문을 해보지만 어머니가 담근 김치 맛 그대로인 것은 어디에도 없다. 어머니의 손맛이 가미되지 않아서일 게다.

시간을 잡아서 옷 정리를 해야겠다. 외투도 미리 준비해 두고 두꺼운 솜이불도 내려야지. 보일러 온도를 올리고 열어둔 창문을 잘 닫아두면 아무리 한파가 닥쳐도 끄떡없을 것이다. 그럼에도 마음 한구석이 허전하다. 자꾸 찬바람이 숭숭 새어드는 것 같아 몸이 으스스 떨려온다.

친정어머니가 걸려서다. 얼마 전 안부 차 전화를 드렸더니 무릎이 시리고 찬바람이 든다는 것이다. 마음이 애잔하다. 세탁기도 없는 시절 찬물에 늘 손을 담가서인지도 모른다. 아니 배추 사러, 장작 사러 수레를 끌다보니 골병이 들어서일 것이다. 평생 궂은일을 마다않고 자식 건사하느라 제대로 몸 한번 챙기지 못했으니 삭신인들 온전하겠는가.

이번 주말에는 사골을 푹 고아 어머니를 뵈러 가야겠다.

(1999. 12)

선착장

순구네 집이 보인다. 동네 첫 집이다. 낡은 함석집이 헐리고 그 자리에 양옥이 아담하게 앉았다. 장미넝쿨이 담장 위로 쭉쭉 뻗은 것이 예전의 울타리를 보는 듯하다. 계절따라 목련이며 함박과 장미, 국화가 만발해 꽃집이라 불렀다.

순구 조부는 편안하신가 모르겠다. 별일 없다면 오늘도 낚시를 갔을 것이다. 소식이 없는 남편을 기다리며 자식 뒷바라지에 한평생을 보낸 순구 조모가 병으로 앞서 세상을 떠났다. 그 후 돌아온 순구 조부는 낚시로 세월을 보냈다. 생선을 팔아서 푼푼이 모은 돈은 손자 학비가 되고 며느리의 용돈이 되기도 했다.

면목이 없어서라고 다들 말했다. 먼저 간 아내에게 손 한번 따뜻하게 잡아주지 못한 것이 못내 미안했고, 또 아비 노릇 제대로 못한 죄책감이 가슴을 파고들었을 것이다.

새벽부터 바다에 나가 해질녘 돌아올 즈음 순구는 선착장에 마중을 나와 있었다. 도시락이며 낚시도구를 챙기는 손자가 기특했다. 아니, 순구에게 마중을 내보내며 속으로 걱정하는 아들의 마음을 읽고 있었다. 겉으로는 무덤덤한 부자지간이었지만 속으로 흐르는 정을 서로가 모를 리 없었다.

새벽녘에 잠이 깨면 순구 조부의 마른기침 소리와 선착장으로 몰려드는 사람들의 발걸음 소리가 뒤섞여 들려왔다. 순구 조부는 노를 저어 소리 없이 바다로 나가고 밤새 쳐놓은 그물을 걷은 어부들은 통통배를 이끌고 선착장을 향해 들어섰다. 가까울수록 뱃소리는 커져가고 사람들은 그것이 신호인 양 모여들었다. 굵고 싱싱한 생선을 먼저 사기 위하여 앞 다투어 배에 올랐다.

아낙들은 이웃 동네를 돌아다니며 생선을 팔고 힘이 센 장정들은 읍내 시장에 내다 팔았다. 작은 항구에 사람들이 한바탕 소란을 피우고 돌아가면 산 위로 해가 높이 솟아올랐다. 이른 아침의 왁자지껄한 일상이 지나가면 마을은 고요를 되찾았다.

선착장에 앉는다. 오늘따라 바다가 잔잔하다. 물고기가 보이고 해조류의 움직임이 선명하다. 오염되지 않아 다행이다. 동네 앞은 썰물 때 갯벌이 훤히 드러나지만 선착장은 여객선과 어선들이 드나들 만큼 수심이 깊다. 여름에는 이곳이 놀이터였다. 몇 되지 않는 친구들과 어울려 잘 지냈었는데.

숙이 생각을 한다. 그녀는 두 살이나 위인 내 친구로 옆집에 살았다. 학교를 파하면 모여들어 놀이에 여념 없었다. 여름에는 바다에서 살다시피 했다. 숙이는 깊은 곳에서 자맥질도 곧잘 하고 남자아이들을 이길 만큼 수영을 잘했다. 겁이 많은 나로서는 여간 부러운 게 아니었다.

숙이를 비롯하여 친구들과 갯벌에서 조개를 줍고 해수욕을 즐겼다. 햇볕에 피부를 태워 온몸이 허물 벗듯 벗겨져도 틈이 나면 바다에 나갔다. 숙이는 키도 컸고 힘이 세어서 큰 일이나 어려운 일도 척척 해결해 냈다. 그런 만큼 대장이 되어 우리를 이끌었다. 가끔 싸우는 일도 일어났다. 주로 숙이와 나의 다툼이었다. 다른 애들은 고분고분했지만 의견이 다를 때면 서로의 주장을 굽히지 않았다. 하지만 싸움은 오래 가지 않았다. 노는 일이 신나서 하루를 버티지 못했기 때문이다.

여름 어느 날 신나게 놀다가 집에 오니 숙이네 마당에 동네 사람들이 모여 있었다. 숙이 어머니가 죽었다는 것이다. 갑작스런 사고였다. 좁은 선착장에 서 있던 트럭이 숙이 어머니를 미처 발견하지 못해서였다. 어린 동생들을 부둥켜안고 목놓아 통곡하는 숙이 옆에서 같이 울었다. 숙이네는 조그만 가게를 했다. 그 날도 장사할 물건을 받기 위해 선착장에서 배를 기다리다가 사고를 당한 것이다.

어머니를 땅에 묻고 서울로 떠난다고 했다. 여객선에 실려 이곳을 떠나던 날 동네 사람들은 보이지 않을 때까지 손을 흔들었다. 배가 안 왔으면 했고, 정작 배가 왔을 때는 기계 고장이라도 나길 바랐는데 여객선은 제 시간에 뱃고동을 울리며 떠나고 말았다. 그 날 나는 눈이 퉁퉁 붓도록 서럽게 울었다. 한동안은 숙이가 보고 싶고 허전해서 밤마다 눈시울을 적셨다.

그 후로 전혀 숙이 소식을 듣지 못했다. 한번쯤 어머니 묘소에 다녀갈 법한데. 그립다. 싸웠던 기억마저도 소중하게 가슴에 담겨 있다. 변변한 위로의 말도 못하고 친구를 보냈으므로 마음이 아프다. 한번만이라도 만났으면 좋겠다. 고향을 찾아와 내 소식을 물어온다면 버선발로 달려가 얼싸안을 것인데.

텅 빈 선착장이 넓어 보인다. 만남과 이별이 공존하는 곳이다. 마중 나온 사람들은 흥분과 설렘으로 환해지고, 이별하는 사람들은 아쉬움과 걱정스러움이 얼굴에 나타난다. 누군가 나의 얼굴을 본다면 필시 진한 그리움이 배어 있음을 느끼리라.

숙이가 떠나고 나서부터 선착장은 기다림의 장소가 되었다. 다시 돌아올 것만 같아 마중을 나갔다. 온다는 기별을 받은 것은 아니지만 매일 기다리다 보면 언젠가 오리라 믿으며 선착장 한 켠에 서서 내리는 사람들의 얼굴을 확인하곤 했다. 다들 환한 웃음을 보이며 손을 맞잡고 돌아간 사람들 뒤에 홀로 남아 복받치는 울음을 참지 못하고 토해냈다.

이제 자리를 털고 일어서야 한다. 어둠이 선착장을 덮어온다. 숙이 어머니의 죽음도, 그로 인해 떠나버린 숙이네도, 순구 조부의 착잡함도 어둠 속에 묻힌다. 지금은 텅 비었지만 내일 새로운 해가 떠오르면 또다시 바쁜 사람들의 일상이 시작될 것이다.

떠나보내는 이와 찾아오는 이들이 어우러진 이곳에서 난 숙이를 기다릴 것이다. 순구 조부가 돌아온 것처럼 숙이도 고향을 꼭 찾을 것이라 믿는다. 떠나간 벗이 찾아올 곳이고 나 역시 그녀를 기다리며 서 있는 곳, 선착장에서 우리는 유년을 떠올리며 긴 회포를 풀 것이다.

(≪수필과비평≫ 동인지. 제7집. 2001)

오월의 길목에서

　오월의 시작이다. 만물이 한껏 모양을 내는 다채로운 축제가 온 누리에 펼쳐진다. 하늘을 나는 새들이 원을 그리며 높은 비상을 꿈꾼다. 땅에선 숨죽이며 겨울을 나던 생명들이 경쟁이라도 하듯 온갖 꽃잎을 활짝 펴댄다. 완연한 봄이다. 터져 나갈 것 같은 벅찬 봄이다. 겨울잠에서 깨어난 나도 기지개를 켜며 축제에 동참한다. 아름다운 비상을 꿈꾸기도 하고, 폐부 속까지 스며드는 봄의 향연에 취해 훨훨 날개옷을 입어본다.

　오월의 중턱에 섰다. 슬며시 고민에 빠진다. 종전과 달리 마냥 즐겁지만은 않다. 가정의 달인 만큼 행사가 많아서이다. 오월을 지탱해 줄 생활비가 길을 잃고 정체성에 빠졌다. 보통 구멍이 아니다. 뻥 뚫려 메울 길이 없다. 여태 그럭저럭 틈을 잘 메워온 터지만, 이번엔 큰 사고다.

　자정을 훌쩍 넘기면서까지 대책을 세운다. 예산을 세우고, 세운 예산에서 또 얼마를 줄여보지만 턱없다. 비어버린 적자의 숫자가 날을 세우며 레드카드를 들이민다. 나의 가슴을 한없이 움츠리게 하는 경고장이다. 괜스레 원망스러운 마음이 든다. 왜 대책 없이 오월에 행사가 다 몰린 걸까. 이럴 때 특별 상여금이 지급된다면 얼마나 고마워할 것인가. 마음 졸이며 이 궁리 저 궁리 하지 않아도 될 텐데.

달력의 숫자에 두 번 세 번 강조되어 그려진 동그라미들이 여기저기 산란하다. 오월 들어 첫날인 근로자의 날, 어린이날과 겹쳐진 석가탄일, 어버이날, 스승의 날, 집안 대소사인 친척 시누이 시집가는 날, 아버님 생신에 친정어머니 생신, 또 남편 생일, 동창야유회까지 그야말로 정신없이 바쁜 오월이다.

한 주도 그냥 지나가는 법 없이 행사가 끼여 있다. 그나마 다행인 것은 올해부터 어린이날 행사를 제외시켰다. 작은아이가 중학생이 되었으니 말이다. 근로자의 날도 그럭저럭 넘어갔고. 대체 어디에서 줄여야 할까? 불자이다 보니 석가탄일에는 지극 정성으로 연등을 달아야 한다. 그렇다면 시누이 축의금에서 대폭 줄일까. 작년에 시어른들을 못 챙겼으니 이번 어버이날은 빼선 안 된다. 아버님 생신은 두말할 것도 없다. 스승의 날은 아이들을 시켜서 초콜릿으로 감사의 뜻을 전하면 되겠지.

문득 친정어머니를 떠올린다. 그래, 눈 한번 딱 감고 어버이날을 겸해서 생신에 돈만 부치는 거다. 찾아뵙는 것보다 훨씬 경제적이겠지. 조금 섭섭해 하실지라도 어머닌 아마도 이해해 주실 거야.

각종 행사에 참석하다 보면 부수적으로 드는 돈도 만만치 않다. 야유회는 야유회대로 챙길 것이 있고, 결혼식은 아무렇게나 갈 수 없으니 정장도 한 벌 장만해야 한다. 더구나 친정에 가면서 청바지 입기도 민망하다. 그러니 참석보다 이번엔 부조만 하자는 생각에 초점을 맞춘다. 밤새 계획하고 쥐어짠 생각들이 뇌리를 스치며 질서정연하게 대책을 세워 나간다. 내가 세운 대책이지만 그럴듯하다며 속으로 회심의 미소를 짓는다.

전화가 울린다. 동생이다. 친정어머니 생신에 대한 얘기일 것이다. 이번엔 내 생각을 말해야지. 밤잠 설치면서 짠 계획을 무너뜨릴 순 없어. 그러나 결심과 달리 어머니와 올케언니 서운해 하지 않도록 먹을거리와 선물을 마련하자며 단숨에 말해 버린다. 이게 아닌데. 어젯밤 내내 구상하고 줄여온 대책이 소리 없이 사라지는 순간이다. 늦도록 모래성만 쌓은 셈이다.

매년 오월이면 겪는 일이다. 언제나 계획의 끝은 성공하지 못했다. 이것이 걸리고, 저것이 눈에 밟혀서 어느 것 하나 놓지 못하는 것이다. 신기한 것은 힘들다 울상을 지으면서 그래도 오월이 잘 지나간다는 것이다. 이제 남은 오월의 끝을 잘 마무리하여 일 년 중 가장 어려운 달을 무사히 보낼 수 있도록 빌어야겠다.

어머니의 환한 얼굴을 떠올리면서 참 푸른 오월임을 상기해 본다.

(≪거제신문≫ '계룡여심'. 2006. 5)

고향, 그리고 길

달리는 버스를 따라 나의 시선도 빨라진다. 조금 지나면 눈을 감아도 훤한 동네가 펼쳐질 것이다. 가볍게 흥분이 인다. 버스는 모퉁이를 돌아 정류장에 나를 내려놓고 바쁜 듯 사라진다.

저 멀리 해안을 끼고 올망졸망한 집들이 보인다. 내 고향이다. 동네래야 겨우 열하고 서너 채의 집들이 전부인 작은 마을이다. 예전엔 낡고 허름한 함석집이 낮은 울타리를 사이에 두고 정다웠는데 지금은 상가로 변하여 길손들의 눈길을 끌고 있다.

면 소재지에 내린 나는 잠시 갈등한다. 어느 길을 택해야 할지 정하지 못하고 섰다. 길이 네 개나 되기 때문이다. 신작로와 도살장 길, 그리고 양순네 길과 유일하게 다른 동네와 연결되는 길, 모두 네 개다. 전설이 있어 항상 무서움에 떨며 걷던 길이다. 그런데 지금은 왜 그리 넓고 훤해 보일까. 샛길에도 적당한 간격으로 꽃나무가 심어져 있어 전설과는 어울리지 않아 보인다.

신작로로 내 어렸을 땐 우마차가 다녔다. 그 뒤로 버스가 나오고 먼지를 내며 달리던 큰길이다. 예전에 난 이 길을 거의 가지 않았다. 가장 멀기도 했지만 고개를 돌려 애써 외면을 해도 공동묘지가 한눈에 들어오기 때문이다.

이 길도 구구한 이야기들이 나돌았다. 일테면 도깨비불이 쫓아온다거나 발걸음 소리가 들려 뒤돌아보면 아무도 없어 혼비백산 달려왔다는 얘기들이다. 특히 옆집 할머니의 얘길 듣고 나서는 감히 밤에 나간다는 것은 엄두도 못 내었다.

할머니는 밤마실을 잘 다녔다. 저녁을 먹고 나면 윗마을의 동서 집에 놀러 다녔는데, 늘 그렇듯 실컷 놀다 내려오는 길이었다고 한다. 그런데 길 옆 웅덩이에서 하얀 소복을 한 여인이 빨랫방망이를 탕탕 두드리고 있더란다. 평소 간담이 큰 할머니였지만 너무 놀라서 “네 이년, 물렀거라.”는 소리만 반복하다 보니 어느새 집 앞이었다고 한다. 그 뒤로 할머니의 밤마실은 더 이상 이어지지 않았다.

무섭던 길이 이젠 아무렇지도 않다. 아버지가 묻혀 있는 묘지를 볼 수 있어 반갑다. 오히려 정답게 느껴진다. 어느덧 나이를 먹어서일 테고, 또 아버지를 먼발치에서나마 느낄 수 있어서일 게다.

또 다른 길은 신작로에서 갈라진 샛길이다. 중·고등학교를 다니면서 이 길을 걸었다. 집까지 가는 데는 이 길이 가장 빨랐기 때문이다. 그런데 중간 지점에 소 도살장이 있었다. 이미 오래 전에 도살장으로서의 역할은 끝났고, 가끔 거지나 떠돌이가 이슬을 피해가는 곳이 되었다.

이곳도 소문이 무성했다. 밤중에 소의 혼령이 슬피 운다는 것이다.

삼학년에 들어 보충수업을 했는데, 마치고 나면 밤중이었다. 들었던 얘기가 생각나 친구들과 여럿이 지나가도 머리끝이 쭈뼛쭈뼛 서곤 했다. 뒤에서 끌어당기는 느낌이 들어 자꾸 돌아보면서 발걸음을 재촉했다. 지금도 없어지지 않고 쓰러져가듯 그 자리에 흔적이 있어 자꾸 옛 생각이 난다.

다음은 양순네 길이다. 초등학교를 마치는 육년 내내 이 길을 걸었다. 좁아서 둘이 걷기에도 벅찼다. 이 길도 혼자 다니기엔 무서웠다. 지금은 흔적도 없어졌지만 내가 다닐 때만 해도 언덕 밑에 움막이 있던 터가 남아 있었다.

육이오 전란을 피해 내려왔던 양순 모녀가 마땅한 곳이 없어 산 밑 이곳에 움막을 지었다. 대충대충 얼기설기 엮은 집은 처음부터 무너져 내릴 듯이 위태위태했다. 어느 날 태풍이 불고 비가 내렸는데, 힘을 이기지 못하고 떠내려갔다고 한다. 그 통에 두 모녀는 그리던 고향에 돌아가지 못하고 한 많은 생을 마쳤다고 한다.

유일하게 부모님으로부터 들은 이야기이니 떠도는 소문이 아니고 사실일 것이다. 그래서 더 무서운 기분이 들어 한달음에 지나치곤 했다.

마지막으로, 이 길은 한번도 가 보지 않았다. 논둑길이었는데 사람들이 다니다보니 억지 길이 된 셈이다. 지금은 차가 다닐 만큼 잘 닦여져 공설운동장으로 가는 지름길이 되었지만 예전엔 이 길과 연결된 동네에 어장막이 있었다. 그래서 사람들이 꼬불꼬불한 길을 걸어 마른멸치를 사러 다니기도 했는데 날씨가 흐리면 도깨비가 곧잘 나타났다고 한다.

이젠 네 길의 전설도 곧 묻힐 것이다. 이미 친정어머니도 이곳을 떠났고, 옆집 할머니도 아들네로 갔다. 나이 드신 어르신들도 유명을 달리

했고, 내가 태어나기도 전부터 이곳을 지키던 터줏대감 격인 사람들도
거의 나가고 없어 오히려 내가 이방인이 된 듯하다.

이젠 새로운 이웃들이 이곳을 지키고 있다. 생업에 쫓겨 네 길의 전
설을 들을 여유가 있을는지. 어느 길을 가든 전설을 모르니 무심히 지
나치겠지.

(2000. 9)

고향, 그리고 바다

바다다. 알몸을 벗듯 조금씩 갯벌이 드러나고 있다. 그러나 벅적거려야 할 갯벌엔 아낙네들이 없다. 예전 같으면 허연 수건을 두른 아낙들이 부지런히 조개며, 낙지를 잡느라 허리 한번 펴지 않을 터인데.

나 어렸을 땐 바다가 생활의 터전이었다. 갯벌이 드러나면 해산물이 지천이었다. 우리 동네 사람들은 물론 이웃 마을사람들도 호미와 바구니를 챙겨서 삼삼오오 몰려들었다. 아예 점심까지 준비해 온 아낙도 있었다. 해산물을 잡기 위해 미리 와서 기다렸다가 바닷물이 나가고 나면, 앞 다투어 정강이까지 옷을 걷어 올린 채 푹 빠지는 갯벌을 향해 걸음을 서둘렀다. 물이 가장 많이 빠지는 날은 온통 사람들로 가득 찼다. 아낙들의 재잘대며 수다 떠는 소리, 웃음소리가 들리는 듯하다.

밀물시간이 되어서야 다들 허리를 폈다. 바닷물이 조금씩 밀려들면 마지못해 수확물을 챙기며 집에 갈 채비들을 했다. 아쉬워서였다. 팔뚝과 정강이에 튀어 군데군데 얼룩진 흙덩어리를 바닷물에 씻어냈다.

멀리서 온 사람들의 아쉬움은 유독 더했다. 바닷물이 발목까지 밀려들어도 갯벌에서 손을 빼지 못했다. 바닷물이 그들마저 밀어내면 어쩔 수 없어 무거워진 바구니를 이고 갯벌을 떠났다. 바다가 아낙들의 수다를 삼키고 나면 한동안 부산하고 활기 넘치던 동네에 서서히 어둠이 깔렸다.

바다는 사람들에게 먹을거리를 풍성하게 제공했다. 사람들 거의가 여기에서 얻는 갖가지 해산물로 살림을 살았으니, 참 고마운 갯벌이 아니던가. 찬이 없어도 별스레 걱정을 하지 않았다.

잠시 바다에 나가면 되기 때문이었다. 파래 한줌 뜯고 조개 한 바가지 캐서 부글부글 된장찌개와 파래무침을 밥상에 올렸다. 또 바위에 지천으로 붙어 있는 홍합을 따다 부침개 몇 장 부쳐 놓으면 아이들 간식거리가 되고 남정네의 술안주로도 그만이었다.

요즘처럼 시장에 가서 이것저것 살피며 무엇을 해먹을 것인가, 고심하는 것은 생각지도 못할 일이었다. 갯벌에 나가기만 하면 무엇을 채우든지 빈 바구니로 돌아오는 법이 없었기 때문이다.

바다는 원하는 사람에게 찬거리 이상이 되어 주곤 했다. 낙지잡이가 그것이었다. 큰아이 학비가 될 만큼 수입이 좋았다. 그러나 예사가 아니었다. 힘이 들었다. 남정네들이 삽으로 파들어 가지만 갯벌을 뚫고 이리저리 도망을 쳤다. 한참 파 들어가면 여러 개의 구멍이 나 있어 놓치기 십상이었다. 새로운 구멍을 내어놓고 옆길로 새어버리는 눈속임을 하는 것도 있었다.

낙지잡이를 하는 남정네 속에 아낙이 있었다. 체구도 작고 도저히 그 몸으론 무리란 생각이 들었다. 그런데도 낙지를 보면 끝까지 쫓아갔다. 남정네도 포기하는 상황에서 그녀의 끈질김은 낙지가 손을 들고서야 끝났다.

아낙은 그 힘으로 자식들을 대학까지 가르쳤다. 언젠가 한번 봤는데 허리가 휜 촌로의 모습이었다. 세월이 흐른 탓도 있지만 오랫동안 바다에서 허리 한번 펴지 않고 낙지잡이를 했기 때문이다. 주름투성이인 얼굴에는 자신감이 넘쳐흐르고 있었다. 당연했다. 비록 삶은 힘들었어도 억척스럽게 일하여 자식 건사를 야무지게 해냈던 것이다.

바다는 원하는 사람에게 최대한 자신의 것을 내어 준다. 그래서 어렵고 힘든 시절에도 무던히 살아갈 수 있었다. 오늘도 바닷물은 묵묵히 밀려갔다 밀려들어 온다.

(2000. 9)

02

다시 산문을 지나며

나를 찾아서

회색빛 하늘이 낮게 내려앉았다. 한바탕 비가 쏟아질 것처럼 무거워 보인다. 지금 내 마음의 색깔도 회색빛일 것이다. 아들 녀석을 때렸기 때문이다. 약속을 어기고 제 마음대로 한 행동에 대한 벌이었다. 매를 드는 순간부터 내 감정을 억제하지 못해 지도가 아닌 분풀이가 되어버렸다. 정신을 차리고 보니 심한 말로 상처를 내고 그것도 모자라 몸에 생채기까지 만들어 놓았다.

가슴이 답답해지며 아파온다. 애초에는 종아리 몇 대 때릴 생각이었다. 매를 멈추어야 하는데도 마음뿐 몸이 말을 듣지 않는다. 내 안의 또 다른 내가 반란을 일으킨 모양이다. 머리 속이 혼란스럽다.

내 몸속에는 두 마음이 살고 있다. 바른 길을 걷는 본연의 나와 그렇지 않은 나. 그들은 하루에도 수십 번을 다툰다. 불교라는 종교가 내 마음을 채우고 있는데도 말이다. 수행이 부족하기 때문이다. 탐욕과 성냄과 어리석음에서 벗어나지 못한 까닭이다.

십여 년이 넘게 나의 의지처가 되어 왔던 종교를 떠나 한동안 방황한 적이 있었다. 그 즈음 나에게 다가온 종교가 있었다. 우연히 불교를 알게 되었다. 서점과 암자를 드나들며 종교에 대해 흥미를 가지기 시작했다. 예전에 알았던 종교와는 또 다른 느낌을 받았다.

앞의 종교에서는 '남을 사랑하라'고 가르쳤지만 불교에서는 '내'가 먼저였다. 나 자신을 제대로 다스려야만 남을 사랑하고 이해하고 용서할 수가 있게 된다는 것이었다. 나를 충족시키기 위해 온갖 욕심을 내었고 그것이 채워지지 않음으로 해서 불같은 화를 일으키니 그 또한 어리석음이 빚어낸 일 아니던가. 탐욕과 성냄과 어리석음을 삼독三毒이라 했으니 그것으로부터 벗어나야 해탈한다는 진리였다.

그 진리를 받아들이면서부터 오랜만에 편안함을 느꼈다. 탐욕과 성냄과 어리석음 때문에 버거웠던 고통이 조금씩 덜어지고 있었다. '모든 원인은 나 자신으로부터 시작된다.'는 그 한마디가 나를 돌아보게 했다. 누군가를 미워하기 전에 나를 돌아보면 그 역시 원인의 시작은 자신이었다. 쌀 한 톨만 한 말 한마디가 상대방의 마음을 상하게 했고 그것이 점점 불어 결국은 쌀 한 말의 무게가 되어 내게로 다시 돌아온다는 평범한 진리를 모르고 살아온 것이다.

이제는 불교의 진리를 믿는다. 그래서 한 점 의심없이 받아들인다. 불교 교리에 따르면 모든 사람은 인연에 의해 태어난다고 한다. 전생에서 뿌린 씨앗을 현생에서 거두고, 현생에서 이룬 일들은 그 업에 따라 내생에서 결과를 맺는다. 욕심과 성냄과 어리석음을 되풀이하면 끝없는 윤회輪回 속에서 아귀나 축생이 되는 업을 받을지도 모른다. 이제 불연을 맺었으니 부처님 진리에 매달려 앞만 보며 정진할 것이다. 진심으로 죄를 뉘우치며 굴리는 염주 소리에 부처께서도 한쪽 눈을 지그시 감으시고 죄 많은 나의 업을 덜어 주실지 누가 알겠는가.

지난날 원대했던 꿈과 그것을 이루지 못해 가슴 아파한 일들이 눈에 선하다. 자신을 갉아먹어 상처투성이인 육신을 들여다본다. 한때는 누구에게도 지기 싫어했고 겉멋만 부린 채 본연의 모습을 숨기며 또 다른 나를 치장하기에 바빴던 삶이 있었다. 부족함이 너무도 많았던 나에게 할 일은 무조건 남을 앞서야 한다는 생각에서였다.

이 모든 것이 흘러가는 뜬구름 잡기라는 걸 알았을 때 혼란스럽기만 했던 내 마음에 평정이 깃들기 시작했다. 뜬구름을 좇아 헛고생만 한 지난 세월이 안타까웠지만 그래도 지금에서야 깨닫게 된 것에 위안을 느끼니 기쁘기만 하다. 나를 감쌌던 장신구며 허위를 위해 둘렀던 옷가지를 벗어 던졌다. 헌옷을 걸쳐도, 치렁치렁 매달던 패물들이 없어져도, 불혹을 앞둔 나이에 비해 늙어버린 손을 들여다봐도 부끄럽다는 생각이 들지 않는다. 덕지덕지 붙어다니던 허영과 쓸데없이 늘어만 가던 객기를 떨쳐 내니 왜 그렇게 몸이 가벼워지던지.

가끔 산사를 찾는다. 산문을 들어서면 향 내음이 코끝을 스친다. 진하지도 혼탁하지도 않은 향기를 맡으며 마음을 가다듬는다. 눈을 감고 귀를 열면 노스님의 염불 소리가 가슴에 스며든다. 합장하며 머리를 숙일 때 바람은 풍경을 울리고 나는 오랜만에 고향집을 찾아드는 것처럼 마음이 안온해 온다.

삶의 무게를 느낄 때 풍경 소리를 듣는다. 풍경의 울림은 서두름이 없다. 천천히, 그리고 크지도 작지도 않은 소리로 듣고자 하는 이에게 조용히 스며든다. 그 소리는 나락에 빠져 허우적거리는 내게 생명의 끈이 되어 무명無明을 밝혀준다.

법당에 무릎 꿇어 부처님 전에 백팔 배를 올린다. 다리가 후들거리고 등에 땀줄기가 흘러내리도록 절하고 또 절을 한다. 엎드리고 있으면 죄업이 깨끗이 씻겨 내리는 것처럼 마음이 가볍고 후련해진다.

매일 기도하며 불심을 키워나가고 있다. 억만 겁을 태어나더라도 그때마다 수행인이 되게 해달라고, 아니 되겠다고 서원을 세운다. 늦게나마 불심을 얻었다는 것이 너무 다행스럽다. 한치 앞도 모르는 삶을 영원하다고 믿다가 부처님 진리에 뒤통수 한 대 맞고 문득 깨달음을 얻었다.

그러나 세상은 가끔 나의 본연을 흐리게 만든다. 오늘 같은 일이 자꾸 생기면 어쩌나 걱정이다. 세상일에 얽매이게 되어 늦게나마 얻었던 불심을 하루아침에 놓아버리지는 않을까 걱정이다. 어떤 때는 명색만 불교인으로 생활하는 건 아닌가. 그래서 부처님께 누를 끼치는 건 정말 아닐까 조바심이 앞선다.

잠든 아이 얼굴이 평화롭다. 조금 전의 일을 잊었는지 환하고 맑다. 나 자신을 다스릴 능력도 없으면서 나와의 인연으로 만난 아이를 다스리려 했다니. 후회를 한다. 내가 할 수 있는 일은 아이를 위해 조용히 일구월심 무명을 깨치게 해달라고 기도를 올리는 것뿐임을 생각한다.

본연의 내가 보인다. 비로소 참다운 내가 일어서는 모양이다. 매일 나란 두 존재가 부대끼며 살아간다. 어떤 때는 본연의 내가 이기고 또 어떤 때는 다른 내가 승리하기를 반복한다. 하지만 성내고 욕심 부리며

멋대로 살아가라고 부추기는 또 다른 나를 본연의 내가 버려두지는 않
을 것이다.

　참다운 나를 찾아서 오늘도 두 손에 힘을 모아 합장을 한다.

(≪현대수필≫. 2003. 여름호)

대원사를 다녀오며

　새벽 네 시다. 평상시라면 깊은 잠에 빠져 있을 시간이다. 잠이 부족한 큰아이가 깨기라도 할까 봐 조심스레 차비를 한다. 가면서 마실 차를 챙겨서 가방에 넣고 때 이른 식구들 아침을 식탁에 차려둔다. 국만 데워서 먹도록 준비를 해놓고 나오면서도 뭔가 빠진 것 같아 뒤가 돌아봐진다.

　약속시간보다 조금 이르다. 초면인 사람도 있을 터인데 차가 먼저 와서 기다리고 있으면 실례가 될 것 같아서이다. 어둑해서인지 냉한 기운이 한층 더한 것 같다. 이른 시간이라 차도 별반 다니지 않고 인기척도 없다. 추위에 발을 동동거리며 서 있는 앞으로 드디어 차가 멈춰 선다. 처음 보는 분들에게 먼저 인사부터 하고 차에 오른다.

　고속도로에 접어들자 속력을 내기 시작한다. 조금은 불안하다. 다녀오는 동안 아무 일이 없어야 할 텐데. 도로사정이 좋기도 하지만 아무래도 예불시간보다 먼저 도착해서 마음을 가다듬고자 함인 것 같다.

서먹함으로 시선을 어디에 두어야 할지 모르겠다. 동행하는 사람들이 여러모로 신경을 써 준다. 그것이 더 어색하여 몸둘 바를 모르겠다. 그런 나의 심중을 알아채기라도 한 듯 녹음기에서 천수경이 흘러나온다. 모두들 그 소리에 맞춰 나지막이 염불을 한다. 나 역시 눈을 감고 마음속으로 염불을 한다.

절에 가는 길이다. 평소 다니는 절이 아닌 전라남도에 위치한 대원사라는 사찰을 찾아가는 것이다. 그래서 꼭두새벽부터 서둔 거였다. 내 성격에 좀체 없는 행동이다. 평소라면 가족들 챙기느라 먼 길을 간다는 건 엄두도 못 낼 터였다. 더구나 출근해야 하는 남편과 학교에 가야 할 아이들을 두고 앞서 나선다는 것은 더더욱 그렇다.

어떤 단체에서 한 불자를 알았다. 그날 중요한 행사가 있어 일손이 모자란다기에 급히 간 것이다. 음식 솜씨가 없는 나는 주로 설거지를 하게 되었다. 대소사 일을 자주 치르는 시가娚家에서 거의 설거지만 맡다보니 손놀림은 어느 정도 빠른 편이다.

일을 마치고 나니 그 분이 차를 권했다. 주어진 일에 너무 열심이어서 눈여겨보았다고 한다. 별로 한 일도 없는데 칭찬을 하는지라 얼굴이 홍당무가 되었다. 더구나 같은 불자임을 알고서 무척 반가워했다. 그러면서 대원사에 한번 데려가고 싶다는 것이다. 나 또한 그 분이 후덕한 인상으로 나쁘지 않았다. 단순히 같은 종교를 가졌다는 동질감 때문만은 아닌 것 같다. 평소 알고 지내왔던 사이처럼 편안하게 나 또한 그러하겠다고 대답을 했다.

휴게소에서 간단히 아침을 먹고 나니 해가 올라 추운 기가 조금 누그러진 것 같다. 기지개도 켜고 팔다리 운동을 하며 웅크린 몸을 푼다. 잠을 설쳐 잠시 눈을 붙이려 하는데 고향에서 좀체 볼 수 없는 전경이 펼쳐져 있다. 간밤에 눈이 왔었는지 산야는 흰 옷을 입고 있다. 일행 중 한 분이 나에게 말을 건넨다. 멀리 오니 눈 구경도 한다고. 다들 점잖고 인상도 좋아 보인다.

고속도로를 벗어나 꼬불꼬불한 국도를 한참 달리니 숲에 둘러싸인 대원사가 보인다. 아담한 절이다. 예불시간 전에 무사히 도착하여 다행이다. 대웅전 법당에는 근엄한 모습의 삼존불상이 나를 반긴다. 멀리서 오느라 애 많이 썼다는 표정이다.

삼배를 올리고 무릎을 꿇는다. 마음이 고요하다. 이 순간은 모든 끈을 놓는다. 오로지 나 혼자인 것이다. 예불이 시작되기 전에 법당에 앉아 성찰의 시간을 가진다. 나를 돌아보는 시간인 만큼 거짓이 없다.

예불이 시작되고 일사불란하게 스님의 독경 소리에 맞추어 삼배를 올린다. 오래된 사찰이라 벌어지고 틈이 생긴 마루 밑에서 냉한 바람이 올라온다. 방석을 깔고 앉았는데도 무릎이 시리고 뺨이 얼얼해진다. 문득 옆에 앉아 있는 그 분을 의식하고는 자세를 가다듬는다. 선정禪定에 들었는지 눈을 감고서 미동도 없다. 나 역시 이까짓 추위쯤 놓아버리자 마음먹으니 떨림도 서서히 가라앉는다. 목도리로 무릎을 덮어준다. 추운 곳이라고 미리 얘기 못한 것을 오히려 미안해 한다. 참는 것도 수행의 한 방편이라며 웃음으로 답한다.

공양을 마치고 큰스님을 뵈었다. 온화한 얼굴엔 미소가 가득했고 도무지 나이를 가늠할 수 없는 동안童顔의 모습이다. 스님은 나에게 법문 테이프와 동자승이 그려진 그림을 주셨다. 처음 온 불자에게 내린 선물이다. 그러나 무엇보다도 먼 길을 달려온 나에게 준 선물은 스님의 법문이었다. 추운 바닥의 냉기를 떨쳐내며 새겨들은 한마디는 "어떻게 사느냐?"였다.

"치매에 걸린 할머니 한 분이 있었는데…" 스님은 법문의 서두를 치매노인으로 시작했다. 요즘 큰 문제로 대두되는 고령화에 대해서라고 생각하며 스님의 말씀을 저만치 앞지른다. 시어른 두 분과 친정어머니를 염두에 두면서. 그런데 스님의 법문은 점점 나의 의도와는 다르게 진행되고 있다.

"그런데, 그 할머니 인물이 여간 아니야. 젊었을 적에는 배우라고 해도 될 만큼 예쁘고 고왔다지. 그런 노인이 치매라는 병에 걸린 거야. 요양소에서 지내는데 아침에 눈을 뜨자마자 어린애 짓을 하며 말썽을 부리지. 그런데 밤 열두 시가 되면 갑자기 예쁜 새색시처럼 얌전해져. 화장도 하고 예쁘게 몸단장을 하는 거야. 그것도 자기가 싼 똥을 얼굴에 덕지덕지 바르며 거울을 들여다보고 미소를 짓지."

큰일이다. 혹여 우리 시어른들이 이 병에 걸리면 어떡하나. 그래도 나에게는 위로 동서 형님이 두 분이나 있는데 친정어머니가 치매에 걸리면 정말 낭패다. 불쌍한 어머니도 걱정이지만 시집와서 지금껏 혼자 된 시어머니 건사하느라 힘들었을 외며느리인 올케언니는 또 어쩌고…. 한참 걱정을 하는데 스님의 말씀이 이어진다.

"뇌에 손상을 입어 이미 생각이 빠져나간 할머니가 하루도 빠지지 않고 정확히 밤 열두 시에 화장을 한다는 것은 자신의 의지와는 상관없는 행위야. 그것은 오래된 습관에 의한 것이지. 아무런 생각이 없지만 수십 년을 행해온 습관이 자신도 모르는 사이에 계속 이어진 거지.

그 노인은 가정을 가진 남자의 첩이었던 게야. 그래서 매일 밤 남자를 기다리며 몸단장을 한 거지. 병에 걸려 아무것도 인식할 수 없는 상황이지만 오랫동안 행해온 일이 습관이 되어 나타난 거지.”

어른들의 문제가 아닌 나 자신의 문제였다. 먼 후일 과연 어떤 모습의 나로 비춰질 것인가. 어떻게 살 것인가. 바르지 못한 삶을 이어간다면 그 치매노인과 다를 바가 무엇이겠는가. 마음 내키는 대로의 삶이 아닌 정말 곧게, 바르게 자신을 세우라는 말씀이었다.

예불을 마치고 돌아오는 길은 착잡하기만 하다. 가슴 한 켠이 무겁디무겁다. 차가 속력을 내는지, 어디쯤 가고 있는지, 한 생각에 사로잡혀 마음자리는 다른 사상이 들어설 자리도 여유도 없다. 스님의 한 법문을 듣기 위해 그 분과 인연이 닿았고 새벽부터 종종걸음을 치며 전라도와 경상도의 경계를 넘나들었던 모양이다.

차는 아침에 섰던 그 자리에 나를 내려놓는다. ‘어떻게 사느냐.’라는 화두話頭와 함께.

(≪수필과비평≫ 작가회의 동인지. 2004)

무소유

　친구가 비취 원석을 보여주었다. 티가 없고 고와서 한눈에도 괜찮아 보인다. 반지를 맞췄으면 하여 아는 보석상에 갔다. 오랜만에 들른 나더러 발길이 뚝 끊어져 궁금했다며 주인이 반긴다. 그럴 만했다. 예전엔 풀 방구리에 쥐 드나들듯 했으니 말이다.

　보석상에는 물건들로 가득했다. 아름답고 화려한 보석들이 진열장 안에 앉아 마치 날 기다리기라도 한 듯 번쩍거렸다. 조명 불빛을 받아서인지 유난히 빛나고 화려해 보였다.

　간단하면서도 품위가 있고 세련미가 느껴지는 디자인으로 친구의 반지를 맞췄다. 일이 끝났음에도 나의 시선은 보석에서 얼른 눈을 떼지 못했다. 버린 게 아니었던 모양이다. 진열장에 가득한 보석을 구경하면서 마음속 깊이 재워두었던 욕구가 잠을 깼다. 반짝이며 빛나는 액세서리가 강렬하게 나를 잡아끌면서 여태껏 지탱해오던 의지를 무너뜨렸다. 나의 머릿속에는 이미 이불 깊숙이 넣어두었던 결혼반지를 떠올리고 있었다.

한때 보석에 관심을 가진 적이 있었다. 남편의 귀가가 늦고 아이 또한 없을 때다 보니 혼자 있는 시간이 무료하기만 했다. 마땅히 할 일이 없다는 게 문제였다. 백화점은 물론이요 변변한 영화관도 없었으니 집에서 책 보는 일이 낙이며 소일거리였다. 늦은 귀가에 불만이 쌓여가고 남편과 언성 높이는 일도 많아졌다.

무작정 집을 나섰다. 한바탕 언성을 높이고 그 길로 뛰쳐나온 것이다. 그게 시초였다. 그리고 습관이 되었다. 남편과 다투거나 마음이 울적하면 무작정 밤거리를 배회하며 쏘다녔다. 네온사인이 번쩍이는 거리를 돌아다니다 물건을 사기도 했다. 그러다 보석상의 화려한 진열장을 보게 된 것이다. 처음에는 구경하는 것만으로 즐거웠다.

날 눈여겨보던 주인의 친절함에 이끌려 안으로 들어가게 되었다. 망설임 끝에 앙증맞은 귀걸이 한 쌍을 샀다. 작은 보석함을 만지작거리며 집으로 돌아올 때는 이미 화가 풀려 있었다. 비싼 것은 아니더라도 가끔 일을 벌였다. 그러다 보니 간이 커졌다. 값 나가는 물건이 갖고 싶어 무리를 할 때도 있었다. 하나 둘 액세서리 보석이 모이기 시작했고, 그것은 남편 몰래 장롱 깊숙한 곳에 감춰졌다. 미안하기도 하고 들킬까 봐 내심 걱정이었지만 취미가 되어버린 이 일을 그만두고 싶지 않았다.

틈 나면 목걸이며 팔찌를 들여다보고 윤이 나도록 닦았다. 보석함을 열면 눈부신 광채가 났다. 다 내 것이라는 생각에 기분이 극도로 좋아졌다. 알 수 없는 희열감을 은근히 즐겼다. 쳐다보고 껴보는 재미에 취해 있을 그 때야말로 시름과 불만도 잊을 수 있었다.

처음엔 이런 행위를 내 속에 쌓인 화를 쏟아내는 돌파구쯤으로 생각
했다. 어느 순간부터는 화가 나지 않아도 보석에 눈독을 들였다. 뜸하면
허전함을 느낄 정도였으니까. 가지고 있던 보석이 싫증나면 새 디자인
으로 다시 만들어두었다. 큰아이가 태어났어도 여전했다. 아이의 돌 반
지를 내 것으로 만들었다. 미안한 감정도 없었다. 나의 행위는 둘째아이
가 태어났어도 계속되었다.

우연이었다, 겉치레에 불과한 보석을 애지중지 닦아온 것이 한낱 허
상이었음을 알게 된 것은. 무심코 텔레비전을 시청하다가 기아에 허덕
이는 사람들을 보게 되었다. 어른들은 물론이요, 아이들의 퀭한 슬픈
눈망울을 보면서 지금까지의 허영에 종지부를 찍었다. 결혼반지만 남
겨놓고 패물을 정리했다. 아이들의 슬픈 눈망울을 전부 거둬들일 수는
없겠지만 그들을 위해 보탬이 되려 했다. 아깝지가 않았다.

그간 지나친 소유욕에 빠져 주위를 둘러보는 시야가 흐려 있었던
것이다. 몸에 붙어 있던 장신구를 떼어내며 다시는 금붙이를 장만하
는 일이 없을 거라고 스스로에게 다짐했다. 사치를 하지 않겠다는 나
자신과의 약속을 지키기 위해 발길을 끊었다. 액세서리가 보여도 예
전의 내가 아니었다. 보석상을 지나쳐도 편안했다. 그 동안 왜 그리
못 가져 안달이었던가 싶을 정도였다. 십여 년을 지내면서 그 약속을
지켰다. 그런데 느닷없이 병이 난 것이다.

반지를 꺼내려 장롱을 열었다. 이불 속으로 손을 밀어 넣었다. 그런
데 없다. 전부 꺼내 살펴보았다. 끼지도 않을 물건, 아무데나 두어 잃어
버리는 것보다 나을 것 같아 깊숙한 데 넣어두었는데. 어딘가에 있으려
니 했다.

서랍장을 열어보았다. 여행용 가방도 뒤졌다. 옷걸이에 쭉 걸린 옷을 보는 순간 외투가 생각났다. 손에 잡히는 대로 옷을 끄집어냈다. 내가 찾는 옷이 없다. 얼굴이 달아올랐다. 세게 뒤통수 한 대 맞은 것처럼 멍해졌다. 더 이상 찾을 필요가 없다. 좀도둑에게 털린 집마냥 방안이 엉망이다. 손에 힘이 풀려 정리할 엄두가 나지 않는다.

작년여름 일이 뇌리를 스친다. 장마로 습기가 차 집안 구석구석 곰팡이가 슬었다. 장롱 속에 둔 옷가지도 여지가 없었다. 피해 입은 옷을 쳐다보며 머리를 굴렸다. 입지도 않을 옷 눈 딱 감고 수거함에 집어넣었다. 가슴이 후련했고 세탁비를 절약했다는 뿌듯함에 기분이 좋았다. 그리고 까맣게 잊어버렸다.

왜 이리 어리석고 조심성이 없는 걸까. 마음 한구석이 떨어져나간 것처럼 허하다. 버린 외투에 반지를 넣어두었던 것이다. 있겠거니 한 반지의 부재가 내 가슴을 때릴 줄은 몰랐다. 다른 건 없앴지만 결혼반지는 남겨두었다. 새 모양으로 바꾸겠다는 좀전의 생각은 잊어버리고 증표를 잃었다는 것에 마음이 쏠렸다.

모르는 사이 마음이 흔들리고 있었던 모양이다. 슬픈 아이의 눈망울도, 나 자신과의 약속도 희미해졌다. 살며시 내 속을 잠식해오던 소유욕으로 내 눈이 다시 흐려지려는 찰나, 반지의 부재는 나를 돌아보게 했다.

지금 마음이 참 편하다. 아무것도 가진 게 없다는 것이 얼마나 맘 편한 것인지 새삼 느낀다. 온전히 놓아 버렸어야 했는데 반지를 남겨둔 것도 결국은 집착이었다. 하마터면 십여 년의 공이 한순간에 무너질 뻔했다. 나 자신과의 약속을 파기하려는 순간, 일깨움을 주기 위해 반지는 내 곁을 떠나갔다. 곱게 치장된 모양으로 새롭게 태어나기보다 떠남

으로써 주인에게 깨달음을 주려 함이었을 게다. 깰 뻔했던 자신과의
약속을 지키게 해 준 반지가 고마울 따름이다.

　잠시 갓길을 걸었다. 손아귀에 쥔 힘을 빼고 이제 본연의 길을 걸으
려 한다. 나 자신과의 약속을 되새기면서 다시 한번 무소유를 생각하는
오늘이다.

(≪계룡수필≫. 제3집. 2005)

코스모스

떠나 버린 여름의 빈자리에 가을이 서 있다. 산책을 한다. 붉게 물든 산이 노을빛만큼이나 곱다. 길 옆에는 가을걷이가 끝나 논바닥이 반듯하게 잘 정돈되어 있다. 그 논 한가운데에는 예전 모습 그대로 허수아비가 우뚝 서 있다. 맡은 일에 충실해 온 그의 모습에 한 해를 마무리하는 농부의 얼굴이 겹쳐진다.

'올해도 풍작이려니.'

들길에는 가을을 느끼기에 부족함이 없다. 청명한 하늘로 바쁘게 날아드는 고추잠자리의 비행이 그렇고, 무리 지어 핀 코스모스의 움직임이 그렇다.

코스모스를 나는 무척 좋아한다. 우리 집 거실 벽에는 코스모스가 그려진 커다란 액자 하나가 걸려 있다. 언제 봐도 싫증나지 않는다. 살아 있는 느낌이다. 화려하지 않아 더 정감이 간다. 삭막한 겨울에도 가을을 느낄 수 있어 좋다.

줄지어 늘어선 꽃길을 걸으며 어느 스님의 시 한 구절을 읊조려 본다.

별을 사랑한 코스모스는
붉은 빛깔로 태어나고
달을 사랑한 코스모스는
하얀 빛깔로 태어나서
별을 향해 달을 향해
흔들거리는 몸짓으로
그들을 부른다.

작은 흔들림에도 우리네 마음을 설레게 하는 꽃, 고향을 그리게 하고 친구를 생각나게 하는 꽃, 색색으로 수를 놓아 보는 이로 하여금 감상에 젖게 하는 꽃, 그래서 가을이 오면 먼저 코스모스를 떠올린다.

오래 전, 어머니를 모시고 이곳 암자를 찾았을 때 승복 차림의 여인이 나를 반겼다. 나와 눈이 마주치던 순간 얼굴 가득 환하게 미소 짓던 그녀. 소박하고 꾸밈이 없어 정겹게만 여겨지던 여인. 하얀 피부에 꽃잎으로 물들인 것처럼 두 볼이 붉어지던 그녀를 보며 불현듯 코스모스와 닮았다는 느낌은 왜 들었는지. 어쩌면 그녀가 선 자리에 산문山門 대신 소담하게 피어 있던 코스모스에 눈길을 보내면서였는지 모를 일이다.

지난날의 화려함을 벗고 왜 하필 칙칙한 잿빛 옷으로 자신을 감싼 채 산으로 숨어들었는지 의문을 가져보았다. 그럴 만한 사연이 있었으려니 하면서도 이해하기보다는 그녀에 대한 나의 관심사는 부정적이었다. 세상에 대한 원망이 깊었거나 사랑을 이루지 못한 한스러움에 속세와의 인연을 끊어버린 것이라고. 그러한 생각도 잠시였다. 내게는 십

수 년을 지탱해온 종교가 있었기에 불교에 대해서는 알려 하지 않았다. 암자에 갔던 것은 단순히 몸이 불편한 어머니를 부축하기 위한 것이었으니 그녀에 대한 관심은 집에 돌아옴으로써 사라졌다.

어느 날 내게 우울증이 찾아들었다. 삶의 무상에 가슴이 아렸고 무기력한 나 자신이 싫었다. '나는 누구이며, 어떻게 살아야 하는지.' 의문을 가지면서 한치 앞도 나아갈 수 없는 정체감에 빠졌다. 절망 속에서 헤어날 수가 없었다. 두꺼운 커튼으로 빛을 차단한 채 어둠 속에 지내다가 우연히 산사를 찾았다. 해질 무렵 들려오는 범종 소리에 평온함을 느꼈다. 바람에 마음을 씻고 독경 소리에 귀를 기울였다. 바람이 솔가지를 건드릴 때마다 울려 퍼지는 그윽한 풍경 소리는 나를 사로잡았다.

'저 고운 소리를 어디에서 또 들을 수 있을까.'

깊어 가는 가을 밤에 수행하는 이의 귓가에도 풍경의 울림은 찾아들겠지. 차 한잔에 깊은 상념을 들이켜며 정진에 여념 없을 테지.

불교 서적을 읽기 시작했다. 끝없는 번뇌도 '마음'으로부터 온다는 불교의 진리가 가슴에 와 닿았다. 마음을 찾으려 시간을 보내다가 나는 오랜 시간 품어왔던 예전의 종교를 놓아버리고 어느새 불자가 되어 있음을 발견했다.

그녀가 보고 싶어졌다. 암자를 찾았다. 계단 끝으로 법당의 추녀가 반쯤 보이고 바람에 풍경이 울고 있었다. 한 계단, 한 계단에 번뇌를 떨쳐 내며 오른 법당 앞에는 예전 모습 그대로의 여인이 나를 반기며 합장을 했다. 순간 내 영혼의 묵은 때가 씻겨 내렸고 나 역시 합장을 했다. 반가웠다. 아주 오랜 벗을 만난 것처럼. 그녀는 진정한 수행자였다. 독실한 불자 집안에서 최고 학부를 마치고 깨달음을 이루려 출가의 길로 들어섰다는 얘기를 공양주보살에게서 얻어들었다. 강한 이끌림을 받았다. 모든 것을 묵묵히 받아들이며 포용하는 강인함이 그녀에게 있었다.

지금의 만남을 위해 전생에서 우리는 몇 억 겁의 옷깃을 스친 것일까. 전생에서의 인연으로 그녀를 만났고 불심도 얻었다. 그리고 나 자신을 찾았다. 부정적이고 관대하지 못했던 나를 다스릴 수 있는 시간들을 함께해 준 덕분에.

내려서는 마당에는 낙엽이 쌓여 있었다. 내일 아침이면 흩어진 낙엽들이 비질되고 누군가 깨끗해진 계단을 밟으며 법당을 찾아들겠지.

다리 위에서 우리는 걸음을 멈췄다. 이제 이별을 해야 한다. 돌아서는 잿빛 승복에서 향내가 났다. 그녀의 뒷모습에서 외로움을 읽는다. 그 외로움을 털어 내고 싶다. 발길이 떨어지지 않는다. 이별하는 마음이 이런 것일까. 나는 세상으로 나오는 연습을 하고 그녀는 세상을 밀쳐 내고 빗장을 걸겠지. 지난날의 화려한 옷을 벗고 세상의 혼탁함을 털기 위한 몸부림으로 밤새 목탁을 두드릴 테지.

저문 해를 바라본다. 해는 바다를 붉게 물들인 채 저 너머로 사라지고 곧은 소나무 그림자는 길게 늘어져 나를 가린다. 바람이 일어선다. 가을 바람의 상쾌함은 가슴속의 혼탁함을 씻어 내리기에 충분하다. 피부를 살짝 스치는가 싶더니 코스모스의 여린 꽃잎들을 쓰다듬는다. 한 팔 가득 안아 본다. 진하지 않은 향기가 코끝을 맴 돈다. 그리운 이를 그리게 하는 여린 감정의 끝자락을 당겨주는 이 꽃이 한없이 사랑스럽다.

내일은 암자에 올라야겠다.

(≪수필과비평≫. 2002. 11/12)

다시 산문을 지나며

암자를 오르는 길은 좁다. 한 사람이 겨우 오르내릴 정도로 좁은 길이 십수 년이 지난 지금도 그대로이다.

칠순 노모를 모시고 암자에 이르니 산문 대신 수령이 오래된 은행나무와 단풍나무가 잎들을 떨구며 우리 모녀를 맞는다. 법당과 부엌이 달린 방을 가진 요사채가 이 가람의 전부다. 식구도 단출해서 노스님과 시중을 드는 진명행자로, 가끔씩 공양주 보살이 절집 살림을 도우러 암자를 다녀갈 뿐 초하루가 아니면 인적이 뜸한 곳이다. 마침 공양주 보살이 먼저 와서 있다가 반갑게 우릴 맞는다. 어머니의 손을 잡고 반가와 한다.

한낮의 따사로움이 산중에 머물면 가람 곳곳에는 가을이 익어간다. 노랗게 익은 모과가 은은한 자연의 향기를 뿜어낸다.

법당에 참배하고 아침 겸 점심상을 받는다. 채마밭에서 뽑아 온 푸성귀가 시장기를 부추긴다. 된장 속에 묻어 두었다 꺼내 온 장아찌를 숟가락에 걸쳐 밥 한 그릇을 비우고 나니 비로소 허기가 가신다. 절에서 먹는 밥은 진수성찬이 아니어도 맛나다. 비싼 값을 치르며 맛보는 도심의 음식 맛과는 아주 다른 맛깔스러움이 있다.

옹달샘의 물로 설거지를 한 후 공양주를 따라 채마밭으로 향한다. 밭에는 삼동 내내 먹을 배추가 줄지어 섰고 손목만큼 자란 무도 허연 속살을 반쯤 드러내고 있다. 벌레도 없고 속이 찬 것이 탐스럽다. 올 가을에는 김장하는 일을 도와주고 싶다.

유달리 산속은 해가 빨리 기운다. 어둠이 산을 덮자 싸늘한 기운이 가슴을 파고든다. 군불을 땐다. 굴뚝에는 연기가 스멀스멀 피어오르고 온돌방은 금시 달아올라 방안 가득 훈훈함이 어린다.

산 창山窓 틈으로 달빛이 기어들고 이름 모를 풀벌레가 목청을 돋우니 요사채 아래로 흐르는 개울물이 돌 돌 돌 소리를 내며 장단을 맞춘다. 산중의 밤은 자연의 소리로 가득 찬다. 달빛과 별빛이 어둠을 밝히면 소리들이 일어선다. 대나무 부딪는 소리, 짝을 찾는 밤새의 울음소리, 물소리, 바람소리가 적막을 깨뜨리며 가을밤을 노래한다.

잠자리가 바뀌어서인지 잠이 오지 않는다. 뒤척이기를 여러 번, 잠을 포기하고 불을 켠다. 보자기를 풀어 예불드릴 때 입으라며 어머니가 장만해 주신 하얀 저고리와 회색 바지를 입는다.

거울 속에 비친 나는 산문을 들어서는 수행자를 닮았다는 생각이 든다. 성난 얼굴이 아니다. 탐욕과 집착으로 가득 찼던 눈빛은 사라지고 평정을 되찾은 본연의 내가 서 있다. 화장기 없는 얼굴이 밉지 않다. 겉모습이 전부가 아님을 알면서도 치장하려는 속성을 버리지 못함은 나의 내면에 숨겨진 두 마음이 있기 때문이다. 세상일에 적당히 타협하며 통속적인 삶을 부추기는 마음과, 탐욕과 집착에서 벗어나려 안간힘을 다하는 본연의 마음이 서로를 억누르며 파문을 일으킨다. 이럴 때면 나는 어머니의 힘을 빌려 산문에 들어선다. 속俗을 끊고 정진에 든다. 철저한 수행으로 정화된 본연의 나를 찾는다.

독경 소리에 잠을 깬다. 이부자리가 개져 있고 어머니의 모습이 보이지 않는다. 세수를 하니 짜릿한 차가움이 여린 손끝을 타고 전신을 감돈다. 가을인데도 산중의 아침은 겨울만큼이나 시리다. 아침 기운이 온 산을 촉촉이 적시며 하늘로 오른다. 이제 곧 눈부신 햇살이 숲을 말리며 따스함을 뿌려주겠지.

계단을 밟아 법당을 찾아드니 단정히 앉아 염불삼매에 드신 어머니가 보인다. 내세에 다시 나면 수행인이 되겠다는 서원誓願을 세우고 묵묵히 불자의 길을 걷는 어머니. 소리 없이 당신의 여식을 불자로 이끄시고 마음이 흐려질 때마다 산문에 발을 딛게 하신다. 그런 어머니는 나에게 늘 큰 힘이 되어 준다.

오래 전 어머니는 후두암 선고를 받으셨다. 완치율이 높다지만 말기인지라 수술을 한다 해도 다시는 목소리를 낼 수가 없는 삶을 살아가야 했다. 어머니는 6개월의 시한부 삶을 내내 고집하셨다. 결국은 자식들의 설득에 수술을 하셨지만 당신의 모습을 보이기가 싫어서인지 바깥생활을 삼갔다. 삶의 끈이 되어 왔던 종교마저 끊으시고 암울해 하셨다. 2년 뒤, 암이 재발되어 고통스러운 투병생활이 시작되었다. 어머니는 놓았던 염주를 다시 잡으셨다. 원망에 가득 찼던 마음을 비우고 예전의 모습을 되찾으셨다. 불경을 보면서 진리를 깨달으셨는지도 모른다.

어머니는 하루하루의 삶을 소중히 여기신다. 남은 시간들을 헛되이 않고 정진하시는 모습이 참 보기가 좋다. 조용히 어머니 곁에서 염주를 돌린다.

산문을 나서는 나는 욕심과 성냄과 집착으로 가득 찼던 어제의 내가 아니다. 나의 마음은 새털처럼 가볍다. 덕지덕지 붙어 있던 온갖 것들이 하나 둘 떨어져 나가기에.

산길을 내려간다. 여름 내내 달고 있던 이파리들을 아낌없이 대지에 떨어뜨리는 나무에게서 삶의 지혜를 깨닫듯이 불변하는 자연의 모습을 바라보는 내 눈과 귀도 밝아 옴을 깨닫는다. 가을 산은 풍요로움으로 가득 차 내 마음에 기쁨 하나를 더 얹어 준다.

나를 지탱할 수 없을 때 나는 다시 산문을 향할 것이다.

(불광 수기 공모 수상작. 2000)

토우土偶를 보며

언니에게서 전화가 왔다. 주말에 내려오겠다는 것이다. 갑작스러움에 무슨 일인지 물어봤지만 좋은 일이라며 웃기만 한다.

며칠이 지난 후에 조심스럽게 상자 하나를 들고 현관을 들어서는 언니를 맞이했다. 궁금해서 상자부터 열었다. 몇 겹의 포장지를 벗겨내니 형체가 드러났다. 모녀가 마주 앉아 바느질하는 모습의 토우였다. 순간 고마움보다 실망이 앞섰다. 이름 있는 사람의 작품이라는 것을 언니는 덧붙였지만 후줄근하고 초라해 보이는 모녀가 마음에 들지 않았다.

친근감이 생기지 않는다. 가는 눈에 튀어나온 광대뼈며 야위고 긴 목이 구차해 보인다. 소매를 팔뚝까지 걷어붙인 채 두 손에는 옷감을 잡고 있다. 광주리에는 바느질감이 가득 들어 있어 짧은 밤을 지새워야 함을 말하는 것 같다. 또 구부정한 자세는 고달픈 삶을 살아가는 힘겨움을 표현한 것 같아 마음이 아프다. 딸의 모습은 어머니와 달리 살진

볼이 부어 있는 걸 보니 화가 난 모양이다. 밤새워 어머니 일을 도와야 함이 못마땅해서인지 입을 삐죽거리고 있다. 어머니는 철없는 딸을 달래려 하지만 고집이 여간 아니어서 꿈쩍도 않는다.

거실장 위에 올려놓아도 화려함이 없어서인지 눈에 들어오지 않는다. 먼지가 앉았는가 싶어 털어도 보고 살짝 닦아도 보지만 원래부터 태깔이 나는 것이 아니었다. 여러 번 장소를 옮겨봤지만 어울리지가 않아 처음자리인 거실장 위로 되돌려 놓았다.

언젠가 장식품을 파는 가게에서 한복을 곱게 차려입은 인형을 사왔었다. 부드러운 입술과 고운 눈매, 단정히 빗어 쪽찐 머리가 아름다웠고 노랑저고리와 다홍치마가 화려함을 더해주었다.

그런 모습에 익숙해 있던 나에게는 토우 속의 모녀가 궁색해 보이는 것이 당연했는지도 모른다. 하필이면 구차하고 청승맞게 빚었을까. 곱고 화려한 색으로 덧칠을 했더라면 좋았을 것을⋯⋯. 토우에 대해서 아는 바가 없었던 나의 무지한 생각에서였다.

시간이 흐르면서 두 모녀가 자주 눈에 들어왔다. 그러다가 작품을 제대로 볼 줄 아는 안목眼目이 없었음을 깨달았다.

작가는 서민들의 애환이 담긴 삶을 옛 여인들의 일상 속에서 표현하려 함이었다. 지금까지의 생각과는 달리 토우 속에 깃든 어머니는 자애로움이 넘친다. 광주리에는 질박한 삶이 들어 있고 어머니는 그 삶을 꿰매고 있다. 과년한 딸에게 바느질을 가르치며 요모조모 살림살이를 익히게 한다. 딸의 모습도 달라 보인다. 통통한 볼이 맏며느리 감이다. 정담을 나누며 바느질하는 모습이 다정하다. 머잖아 여읠 딸아이가 대견스럽고 한편으로는 서운한 마음이 드는 모양이다.

옛 여인들은 주로 밤에 바느질을 했다. 낮에는 밭일이며 집안일에 바빠 엄두도 못 내고 식구들이 잠든 늦은 시간에 옷가지를 손질하고 버선을 만들었겠지. 웃음기를 머금은 채 잠든 아이들을 바라보며 어머니는 힘든 하루의 고단함도 잊어버린다.

모녀를 보니 어머니가 생각난다. 나 어릴 적 어머니는 호롱불 앞에 앉아 바느질을 하셨다. 밤이 깊었는데도 아랫목에서 동생과 장난을 해 대면 어머니는 윗목으로 슬며시 물러나 앉으셨다. 야단을 치실만도 한데 미소를 머금은 채 바느질만 하셨다. 어머니는 바느질 틈틈이 자투리 천으로 앞치마며, 벙어리장갑, 덧버선, 인형에 입힐 옷을 만들어 주셨다. 그것들을 들고 동네 아이들에게 자랑하고 다녀 또래의 친구들에게 부러움을 사기도 했다.

볕이 좋은 날에 어머니는 이부자리를 뜯어내어 빨래를 했다. 이런 날은 언니들도 한몫하지 않을 수 없었다. 풀을 먹인 호청을 걷어 와서 어머니는 입 안 가득 물을 머금었다가 뿜어내었다. 주름을 펴기 위해 어머니는 큰언니와 마주앉아 호청을 잡아당겼다. 그럴 때마다 '퍽' 하며 소리가 났다. 재미있을 것 같아 나도 해보겠다고 했다. 나를 골려주느라 잡아당기던 호청을 슬며시 놓았다. 벌러덩 뒤로 나자빠지는 통에 식구들이 박장대소하던 기억이 되살아난다.

어머니는 다림질한 호청을 가지런히 펴놓고 이불을 꾸미셨다. 이불을 밟으며 장난을 치는 통에 어머니 일은 더디게 끝났다. 새 이불을 덮는 날은 기분이 좋았다. 풀을 먹여 호청에서 바삭거리는 소리가 났다. 공연히 들썩거리는 통에 언니에게 혼쭐났지만 지금 생각해도 재밌고 그때가 그리워진다. 문틈으로 스며드는 겨울바람이 싸늘했어도 이불

속에서 형제들이 서로의 체온으로 감싸주었기에 혹한 삼동三冬이 지나
가지 않았나 싶다.

식탁보도 새로 만들 겸해서 천을 몇 마 끊어왔다. 장롱 깊숙이 잠자
던 반짇고리를 꺼낸다. 안에는 가위며 바늘, 실이 들어 있다. 녹슨 바늘
이 있는 걸 보니 오랫동안 제 역할을 잃고 있었음이다. 시침질할 부분
을 접어서 다림질을 한 후 바느질을 해 나갔다. 처음 해보는 일이라
무척 힘이 들었고 서툴다 보니 바늘이 손끝을 찔러 아팠다.

오전 내내 시간을 보낸 끝에 식탁보가 완성되었다. 재봉틀을 사용한
것도 아니고 바늘로 한 올씩 뜨다보니 꽤 많은 시간이 흘렀다. 첫솜씨
치고는 식탁보가 괜찮게 만들어졌다. 다음번에는 풀먹여서 이불을 꾸
미던 어머니 흉내를 내볼까 한다.

시집올 때 어머니가 해주신 두꺼운 솜이불 한 채가 있다. 매년 겨울
이 지나면 어머니가 오신다. 겨우 내내 덮어서 숨이 죽은 솜이불을 손
봐주기 위해서이다. 올해는 나 스스로 이불을 꾸며봐야겠다. 눈도 어둡
고 건강이 안 좋은 어머니의 고생을 들어드리고 싶어서이다. 넓은 거실
에 호청을 펼쳐놓으면 아이들이 서로 따라해보겠다며 성화를 부릴지도
모를 일이다. 어머니가 그러하셨듯이 야단치지 말고 넉넉한 웃음을 보
여야겠다.

거실 장에 놓인 후줄근한 어머니도 정겹고 양 볼이 통통한 딸내미도 복
스럽다. 두 모녀를 바라보며 가끔은 옛 추억을 더듬는 시간을 가져서 좋다.

내일은 언니에게 전화를 해야겠다. 그때 말하지 못한 고마움을 전하
기 위해.

(≪거제수필≫. 창간호. 1999)

한 삶에 대하여

텔레비전을 시청하고 있다. '인간극장'이라는 프로다. 난 이 프로그램에 푹 빠진 열렬 팬이다. 드라마는 연극이고 허구지만 인간극장은 꾸며진 드라마가 아니다. 실제 이 사회를 살아가는 주인공들의 삶과 애환을 진솔하게 보여주는 참이기 때문에 오랜 시간 장수프로그램이 된 것이고 나 역시 변하지 않는 애청자가 된 것이다.

인간극장의 주인공은 어둠 속에 피어난 한 떨기 꽃이다. 태양 빛이 스며들지 못할 만큼 깊고 어두운 곳에 주인공들이 힘겹게 서 있다. 지치고 힘든 세파가 몸과 마음에 배어 있지만 그들에겐 지니고 있는 절대적 힘이 있다. 그것이 바로 희망이다. 그래서 꽃인 것이다. 좌절하지 않고 닥쳐오는 운명을 과감히 개척하는 그들이기에 오히려 용기를 얻고 위로를 받는다. 어떤 이는 마음이 아파 채널을 돌린다 했다. 그러나 난 아니다. 그들의 삶 속에 끼어든다.

매주 바뀌는 사람들 모두가 내 가슴에 있다. 그 중에서 특히 잊지 못하는 것은 <친구와 하모니카>다. 요청인지는 모르겠지만 재방송과 특별방송으로 친구와 하모니카는 두세 번 더 방영되어 시청자들의 눈시울을 적시게 했다.

친구와 하모니카 속엔 하늘이와 두한이, 그리고 석현이가 산다. 눈에서 멀어지면 마음도 멀어진다는데도 나랑 상관없는 그들을 오래도록 내 속에서 놓지 못하는 까닭은 무엇일까. 그들 얘기를 하고 싶었다. 그러나 마음정리가 되지 않았는지 몇 줄 적지 못한 채 눈물만 앞섰다. 써야지 하면서도 미뤄둬 늘 마음이 무거웠다. 그런데 오늘 밤 문득 늦은 시간에 켠 텔레비전에 그들이 나오는 게 아닌가. 그리움이 밀려왔다. 지금 현실에서는 사라진 한 사람과 그를 오래도록 기억하며 지낼 두 사람을 생각하면서 밀쳐 두었던 묵은 원고를 끄집어냈다. 오늘은 속시원히 그들의 얘기를 무리 없이 쓸 수 있을 것 같아서이다.

하늘이와 석현이는 노숙자이다. 아무도 봐 주지 않는 사고무친 비렁뱅이다. 비바람을 피해 지하철 바닥에서 신문지를 이불 삼아 밤을 보내는 무리와 생활한다. 직업도 없다. 이름 대신 붙여진 '노숙자'가 지금으로서는 가장 확실한 이력이다.

하늘이는 한쪽 팔다리를 못 쓰는 장애인이다. 말도 어눌하다. 먼 하늘을 하릴없이 쳐다봐 하늘이라 불려진 게 그대로 이름이 되었다. 그는 자신만이 아는 곡조로 특별한 사람에게만 하모니카 소리를 들려준다. 알아들을 수 없는 불명의 곡이지만 듣는 이에겐 큰 활력이 된다. 낡은 연습장에도 역시 정체불명의 그림과 글이 쓰여 있다. 무엇보다 하모니카를 불면 행복하다는 하늘이의 얼굴은 어린아이처럼 순진무구한 티가 역력하다.

두한이는 노숙자가 아니다. 가족도 있다. 그럼에도 거의 그들과 생활하다시피 한다. 스무 살이 넘은 건장한 청년은 틈날 때마다 어두운 지하를 찾는다. 불편한 하늘이의 친구이기 때문이다. 그림자처럼 따라다니며 그를 돌본다. 호주머니의 용돈을 털어 밥을 사 먹이고 어눌한 하늘이의 말을 항시 들어준다. 그 역시 말이 조금 어눌해 보인다. 하늘이가 어림잡아 사십대라면 두한이는 이십대로 턱없는 나이 차이다. 나이 차를 초월한 돈독한 우정이 정말 눈물겹다.

또 한 사람, 석현이다. 그를 생각하면 마음이 찡해 온다. 어느 순간 갑자기 사라져 죽었을지도 모른다고 생각했던 그가 나타나 반가웠지만, 예전의 사람이 아니다. 석현의 모습은 충격이었다. 알코올 중독자가 되어 제 몸 하나 가누기 힘들고 산발한 머리칼 사이로 드러난 눈은 이미 초점을 잃고 있다. 일년 사이 무엇이 그를 이토록 변하게 했는지. 놀랄 정도로 망가져 버린 그는 시종 알 수 없는 혼잣말을 해댄다.

이 프로그램은 20002년 2월과 4월, 두 번에 걸쳐 방영되었는데, 예전의 그는 멋졌다. 노숙자라고 하기엔 믿어지지 않을 만큼 행색이 말쑥하고 귀티 나는 얼굴이었다. 논리 정연하여 똑똑했고 비굴한 기색 없이 당당해 보였다. 긍정적인 사고를 가졌기에 자신의 처지를 비관하거나 한탄하지 않았다. 자신도 오갈 데 없는 노숙자이면서 먹을 것을 챙겨들고 굶고 있는 다른 사람들을 보살폈다. 며칠 굶다 보면 남을 위한 배려는 이미 상실돼 나 밖에 모른다는데. 고달프고 어두운 길모퉁이에서도 그는 다른 사람을 먼저 생각하는 거리의 천사였다. 불편한 하늘이를 늘 챙겨주는 것도 그의 몫이었다.

노숙자인 그를 처음 보면서 참 잘생긴 남자라는 생각을 했다. 밉지 않은 얼굴이었다. 남자인데도 눈이 참 아름다웠다. 그러나 슬퍼 보였다. 석현의 출생을 알게 되고, 무적자無籍者로 살아온 삶을 보면서 왜 그토록 슬픈 눈빛이었는지 알 것 같았다.

텔레비전에 비치는 그는 자꾸 울었다. 왕방울만큼 큰 눈에서 굵은 눈물을 뚝뚝 흘렸다. 가야 할 날이 머지않았음을 감지했던가. '죽지 못해 사는 산송장… 인간거지 김석현…' 두서없이 내뱉는 혼잣말은 철학이 담겨 있는 자학이었다. 앞전 방송과 달리 자기 몸도 제대로 가누지 못하게 황폐해져 버린 까닭이 무엇인지 안타까울 따름이었다.

내 마음을 아리게 하던 석현이가 가버렸다. 이제 다시는 올 수 없는 곳으로 훨훨 날아갔다. 출생신고를 하지 않았으니 당연 사망신고도 없는 마흔 하나의 생이 끝났다. 무연고자 묘지에 한 뼘 땅을 차지하고 누웠다. 처음부터 존재하지 않았고 이제 완벽하게 흔적이 지워지는 순간이다. 세상에 태어나 당연히 남아야 할 흔적이 그에게만 없다는 것이 얼마나 무섭고 슬픈 일인지 석현이는 잘 알고 있었을 것이다. 그래서 한없이 슬픈 눈으로 세상을 바라본 건지도 모른다.

시간이 흐른 지금도 난 친구와 하모니카를 잊지 못한다. 하늘이와 두한이를 생각하고 그들에게 무한한 애정을 보낸다. 그러나 곧 석현이를 떠올리게 되고 눈시울이 붉어진다. 다른 이는 살아 있고 그가 세상을 떠나서 만은 아니다.

석현은 현대판 김삿갓인지도 모른다. 그의 등엔 멍에가 씌워져 있었다. 어떤 연유인지는 알 길 없으나 아버지가 목매달아 자살을 했다. 여섯 살 된 어린 아이를 고아원에 맡기고 어머니 또한 개가를 했다. 그런 어머니가 석현이 나간 후 자책감에서인지 자살했다는 불행한 가족사를 걸머진 채 방랑 걸인으로 사십 생을 살다 이제 떠나갔다.

　그는 호적이 없는 대신 자신의 흔적을 사람의 마음에 새겨두려 했는지 모르겠다. 아니, 이제 석현은 무적자가 아니다. 대한민국의 건장한 남자였다. 인정 많은 천사였으며, 멋진 철학자였음을 사람들의 가슴에 각인시키고 떠난 것이다. 나 혼자만 그를, 그의 순수하고 바른 마음을 사랑한 게 아니었다. 모두가 그를 공유하고 있었음을 안 것은 네 번째 방송을 보고서였다.

　'인간극장'이라는 프로그램이 막을 내릴 때까지 난 영원한 팬으로 남을 것이다. 그 속으로 들어가면 사람냄새를 맡을 수 있다. 즐겁기보다 가슴이 절절切切한 사연뿐이다. 그러나 어둠 속에서도 한 줄기 빛이 꺼지지 않고 있음을 볼 수 있다. 우리 이웃의 숨겨진 많은 이야기를 들을 수 있고 또 공감할 수 있다. 그리고 무엇보다도 드라마가 아닌 참 이야기가 켜켜이 녹아 있기 때문이다.

(≪계룡수필≫. 제4집. 2006)

인연

'이름: 모하메드, 나이: 12세, 초등학교 6학년의 남자아이, 국적: 방글라데시, 열악한 환경에서 네 식구가 힘들게 살고 있음.'

위의 내용이 내가 아는 전부다. 그 아이와 인연을 맺은 것은 칠 년 전이었다. 텔레비전을 무심히 보다가 잔뜩 부른 배와 비쩍 마른 팔 다리, 까만 피부에 초점을 잃은 눈동자를 가진 아이들에게서 시선이 멈추었다. 낯설었으며 내가 잘 알지도 못하는 방글라데시라는 나라의 아이들이었다. 빈민가 거리에는 굶주림과 전염병이 만연해 하루에도 수많은 사람들이 굶주림으로 손 써볼 틈도 없이 죽어가고 있었다. 수도시설이 되어 있지 않은데다 식수가 모자라 균이 득실거리는 지저분한 물을 마시고 병이 들어 빈민가 사람들 태반이 목숨을 잃어가고 있었다. 면역이 약한 아이들은 더 그랬다.

열악한 점은 한두 가지가 아니었다. 여성들은 남성들에게 차별을 받왔다. 아내는 남편을 하늘처럼 받들어야 하고 이유 없이 쫓겨나도 말없이 내몰려야 했다. 심지어 남편의 모진 매에 꼽추가 되어 평생을 불구로 살아야 하는 참상에 같은 여자로서 가슴이 아팠다. 한창 사랑 받아야 할 아이들은 공부는커녕 일을 해서 살림에 보탬이 되어야 했다. 그보다 더 어린아이들도 부모의 보살핌을 받는 것을 포기했는지 흙바닥에서 놀다가 그대로 잠들었다. 파리 떼가 아이 얼굴이며 몸에 붙어도 손을 내젓기조차 귀찮은 듯 쫓지를 않았다.

텔레비전을 보게 된 당시에 나는 둘째아이를 낳은 지 얼마 되지 않았을 때였다. 힘들게 아이를 가졌는데 80%는 유산될 것 같다는 의사의 말에 적지 않은 충격을 받았다. 다행히 아이는 열 달을 버티고 무사히 세상에 얼굴을 내밀었다. 가족들의 축복 속에 잘 자라나 싶더니 한 달이 지나면서 토하기 시작했다. 힘들어 잠깐 눈을 붙이다가도 일어나 보면 아이는 새파랗게 질린 채 숨을 쉬지 않았다. 친정어머니와 교대로 아이 곁을 내내 지키며 힘든 하루하루를 보냈다. 병명은, 유문幽門의 기능이 미약해서라고 했다. 음식물을 삼키면 괄약근이 닫혀 역류를 막아주고 장 아래로 내려가게 하는 것인데 그 기능이 정상이 아니었다. 의사는 약을 먹여보고 그래도 낫지 않으면 수술하는 수밖에 없다고 했다. 늦게는 첫돌이 되어야 정상으로 돌아온다더니 반년의 시간이 흐르면서 서서히 토하는 것을 멈추었다. 병원 문턱을 수시로 드나들었고 눈물도 꽤나 흘렸다. 아이가 아팠을 때의 심정은 캄캄했다. 저러다 죽지 않을까 하고.

사실, 방글라데시의 참상은커녕 그런 나라가 있는지조차 몰랐다. 내 나라도 아니고 형제도 아닌 먼 나라 일이니 상관없지 않은가. 그럼에도 눈에서 뜨거운 눈물이 흘러내렸다. 내 아이는 애지중지 보살핌 속에 잘 크고 있는데 그 아이들은 먹을 것이 없어 죽어간다니 너무 가엾었다. 테레사 수녀의 말이 떠올랐다. 큰 일을 하려고 계획을 세우는 데 시간을 보내기보다 작은 일을 지금 당장 시작하라는 것이었다. 뭔가 도움이 되고 싶었다. 방글라데시의 한 아이를 도와주기 위해 작은 금액이었지만 매달 보내기로 했다. 그 돈으로 한 아이를 책임질 수 있다는 것이다. 세상의 많은 의인들이 하고 있는 선행과는 비교할 수 없지만 위로가 되었다. 내 아이에게만 사랑을 베푸는 것에 대한 미안함이 덜어지고 또 마음이 조금은 편해질 것 같아서. 그렇게 시작되어 칠 년을 이어 온 것이다.

아이가 보내온 편지에는 사진이 들어 있었다. 쌍꺼풀진 검은 눈과 오뚝한 코, 곱슬머리의 소년으로 이름은 모하메드였다. 딸아이에게 오빠라고 했더니 "검은 오빠는 싫어."라며 도망을 쳤다. 그러던 아이가 사진을 또래 친구들에게 보이며 오빠라고 자랑을 한다.

해마다 모하메드는 사진과 편지, 카드를 보내왔다. 영어 실력이 좋지 않아 정확히 해석은 할 수 없었지만 감사하다는 말과 우리 가족들이 축복 받고 내내 행복하길 빈다는 내용이 적혀 있었다. 보내온 사진 속의 아이는 해가 지날수록 의젓해지고 어린 티를 벗어났다. 아이들을 가르치는 교사가 꿈이라고 했다. 장성하면 가난하고 척박한 땅을 옥토로 만들고 많은 사람들을 위해 봉사하고 헌신하는 모하메드가 될 것이라 믿는다. 그 아이의 강한 눈빛에서 느낄 수 있었다.

2년 전, IMF가 오면서 모두들 어려운 시기를 보낼 때였다. 남편은 직장에서 소년가장을 도와준다며 기부금을 떼고 봉급을 가져왔다. 상여금도 일부 받지 못하는데다가 이중으로 나가는 기부금액은 나를 시험하고 있었다. 작은 금액의 기부금은 아이들 교재비를 견주고 급식비를 견주기 시작했다. 고민 끝에 나아지면 다시 시작하겠노라고 자신을 위로하며 기부금을 끊었다. 그 이후로 왠지 편하지 못했고 모하메드가 마음에 걸렸다. 3개월쯤 되었을까. 둘째아이가 넘어져 다치더니 중이염과 눈병까지 겹쳐 세 곳의 병원을 돌아가며 다녔다. 큰아이도 두통을 호소하고 감기도 잘하지 않는 남편까지 병원 문을 드나들기 시작했다. 급기야 작은아이는 상태가 나빠 수술로 한동안 병원신세를 졌다. 환난이 온 것 같았다. 후회와 함께 내 마음에도 병이 왔다. 기부금을 충실히 보냈더라면 가족 모두 건강했을 거라는 생각이 나 자신을 몰아세웠다.

모하메드와 처음 인연을 맺게 해준 단체에 전화를 걸었다. 미안함을 표시하고 다시 시작하겠다고 했다. 그 동안의 복잡하고 힘들었던 마음에 평화가 온 것 같았다. 생각인지 몰라도 차츰 병원 출입도 줄어들었다.

모하메드는 이제 중학생이다. 집안 형편도 나아졌고 더 이상 도움을 받지 않아도 된다며 감사의 편지를 보내왔다. 잘된 일이다. 아쉬운 것은 답장을 보내지 못했다는 것이다. 바쁘다는 핑계와 영어실력이 형편없어서였다고 변명을 해본다. 어렸을 때 병치레를 자주해서 나를 고생시켰던 둘째 아이가 이제는 초등학생이 되었다. 손길이 많이 가지 않아도 될 만큼 자랐으니 영어공부에도 신경을 써야겠다.

얼마 전 새로운 아이와 인연을 맺었다. 초등학교 일학년인 남자아이로 이름은 호세인이다. 내 아이와도 끈을 이어주고 싶다. 좋은 환경에서 자라고 있음을 늘 감사해 하고, 또 주위에는 불우한 사람이 많다는 것을 깨닫고 그들을 도와주는 마음을 늘 가졌으면 해서다. 이제 나에게는 세 아이가 있다. 우리 아이 둘과, 비록 만나지는 못하지만 새로운 인연을 맺은 또 한 아이인 호세인이다. 그리고 내 힘이 닿는 한 끊어지지 않는 인연을 계속 맺어갈 것이다. 제3의, 4의 모하메드와.

세상의 아이들 모두가 행복했으면 좋겠다.

(≪수필과비평≫ 동인지. 2002)

웃음을 찾아서

식구가 또 늘었다. 아이가 줄줄이 딸린 대가족이 이사를 왔기 때문이다. 시끌벅적 정신이 없다. 동네 사람들 모두가 짐 풀어 정리해주느라 바쁘다. 오는 사람도 맞이하는 사람도 한결같다. 이상한 눈초리로 바라보거나 그 어떤 선입견도 보이지 않는다. 마치 그전부터 서로 알고 지내던 사람처럼 자연스럽다. 따뜻함으로 두 손을 감싸며 환한 웃음으로 인사를 대신한다.

오줌싸개 쌍둥이 녀석들이 오늘은 키를 둘러쓰지 않았다. 온갖 개구쟁이 짓을 다하더니 점잖기만 하다. 냇가에서 세수를 하고 왔는지 얼굴 또한 말끔하다. 새로 온 제 또래 계집아이에게 은근슬쩍 잘 보이려 함인지 모르겠다.

자정이 되면 나는 현실의 세상과 단절한다. 아무도 침범하지 않는 나만의 세계에 빠져든다. 이름하여 소국小國이다. 낮 동안의 고단함도 시린 마음도 이곳에 발을 들여놓는 순간 깨끗이 지워진다. 언성 높이고 왁가왁부하며 줄기차게 언쟁하던 삶의 흔적들을 털어 버리고 그들, 토 우들이 사는 세계로 달려간다. 낮 동안 정지되어 있던 그네들 또한 기 다렸다는 듯 모두 깨어난다. 활력이 넘치는 소국에서의 일상이 시작된 다. 이제 그들과 어우러져 한바탕 신명나는 시간을 보낼 참이다. 시름을 잊어서 좋고 슬픈 눈동자로 만물을 바라보지 않아서 좋다. 누가 감히 내 영역을 침범할 것이며, 나의 세계를 알려 들 것인가.

소국에서 제일 먼저 두 모녀를 만났다. 묵묵히 제 할 일만 하고 나에 게 별다른 관심을 보이지 않아 처음엔 말을 걸지 않았다. 말수가 적은 그들에게 말붙이기가 쉽지 않았던 때문이다. 그러나 소곤거리는 언어 들을 엿들으면서 정을 붙이기 시작했다. 얼마나 다정스럽고 애틋한 눈 길로 미소짓는지. 모녀는 밤을 지새며 정답게 바느질을 해나갔다. 얼굴 엔 고단함이 묻어났지만 딸과의 정겨움이 그것을 지워가고 있었다.

그네들과의 인연으로 새로운 식구들을 만나게 되었다. 두 번째 만남은 노부부였다. 할아버지는 근엄한 데라곤 없었다. 굵게 팬 주름까지도 정 겹기만 했다. 소리 없이 할아버지의 시중을 드는 할머니의 얼굴도 자상 함이 가득 찼다. 부부의 연을 맺어 오순도순 오래도록 살아왔으니 생김 새마저 닮는 모양이다. 노부부는 두 손자의 재롱에 밤새는 줄 모른다. 작은 손자녀석 할아버지 무릎에 앉아 쉴새없이 재잘거리고, 큰 손녀딸 턱을 고이며 할머니가 들려주는 옛이야기에 두 눈이 초롱초롱 빛난다.

일곱 가구가 정겹게 살아간다. 각기 다른 인연으로 만났어도 부모 같고 형제 같은 이웃들이다. 아니, 한 식구들이다. 마을을 돌아다니며 안부를 묻는다. 모두들 반가워하며 덥석 손부터 잡는다. 매일 똑같은 인사를 나누지만 늘 다정스럽다.

삼돌이네 부부가 새벽같이 집을 나선다. 쉴새 없는 농번기가 아닌가. 시집 안 간 시누이가 조카 보랴, 새참에다 점심 준비하랴 여간 분주한 게 아니다. 그런데도 싫은 내색 한번 안 하니 참 어진 시누이다. 올가을 농사 거두고 동네 칠복이와 혼인을 할 참이니 남은 기간 동안 집안일 거들고 조카도 잘 거둬 먹일 요량인가 싶다. 복스런 얼굴에 착하기까지 하니 시집가면 시어른들 사랑 듬뿍 받고 살겠다.

참, 판술이네 집에 경사가 났다. 떡두꺼비 같은 사내아이가 태어나 온 집안이 들썩거린다. 아이 아버지 덩실덩실 어깨춤을 추는데, 어찌나 좋은지 입이 귀에 걸렸다. 막둥이 남동생 덕에 누이들 함지박 가득 담은 떡 돌리느라 바쁠 것 같다.

언덕배기에 온 동네 아이들이 다 모였다. 누가 힘이 가장 센지 한바탕 씨름판이 벌어졌다. 다들 저고리 벗어 던지고 맹렬한 기세로 달려든다. 선수를 둘러싸고 이편저편 갈라서 응원하는 열기가 대단하다. 아무래도 가장 힘이 센 억쇠가 만복이를 번쩍 들어 메칠 것 같다. 언덕바지에서 신나게 미끄럼 타고 내려오는 아이들의 궁둥이가 불난다. 풀물이 진하게 들어 잘 지지도 않을 터인데. 빨랫감만 잔뜩 만들어 누이의 팔이 저리겠다. 오줌싸개 아이들의 주특기인 멀리 오줌누기 시합도 볼 만하다.

얼굴 붉히며 바락바락 악쓰는 아낙네도 없다. 바가지에 삶은 감자 몇 알 담아서 빨래터로 나오면 거기가 그네들의 세상이다. 사는 것이 엇비슷하니 누구를 비교하며 누구를 비웃음의 대상으로 삼아 흉을 볼 것인가.

싸움꾼이 없으니 송사를 일으킬 일도 당연 없다. 아이 싸움이 어른 싸움이라 해도 이곳은 다 한 형제요 식구 같으니 위계질서를 말해 무엇하랴. 도둑 또한 있을 리가 만무하다. 금덩이를 숨겨두어 걱정할 것인가. 비단을 쌓아 놓아 마실 나갈 일이 걱정인가. 담장이 왜 필요하며, 대문은 무엇하러 잠가 둘 것인가.

소국에서는 큰소리가 나지 않는다. 우는 사람도 없다. 웃는다. 그네들을 보고 있으면 한결같이 웃고 있다. 어른 아이 할 것 없이 같이 즐기고 더불어 웃는다. 나도 따라 웃는다. 박장대소다. 뱃속에서부터 절로 터져 나오는 웃음이다. 웃고 또 웃어도 웃을 일만 생긴다. 웃지 않고는 못 배기는 곳, 그곳이 나의 세계 소국이다. 현실세계에서는 웃어야 할 때 제대로 웃어야 실수가 없지만 이곳에서는 웃음에 그 어떤 법칙도 세울 일이 없다.

아쉬운 아침이다. 이제 다시 세속의 인간으로 돌아온다. 그럼에도 내 얼굴이 환하다. 애써 웃는 연습을 이제는 하지 않아도 된다. 소국에서의 일상이 오랫동안 굳어 있던 내 표정을 바꿔놓았다.

웃음은 소국의 이웃들이 내게 준 귀한 선물이다.

(≪계룡수필≫. 제3집. 2005)

액자 속에는

그림을 바라본다. 몇 마리의 새가 전선에 앉아 쉴새없이 재잘거린다. 그 뒤로 나지막한 산이 정답게 새들을 바라보고 있다. 근엄하기만 한 소나무도 긴 겨울의 무료함을 떨치듯 기지개를 켠다. 무엇에 놀랐는지 새들이 한꺼번에 하늘로 날아오른다. 신기하다. 그림 속의 물체가 살아서 움직인다.

부엌 쪽으로 조그만 창이 있다. 나는 그것을 살아 있는 액자라 고집한다. 정지되어 있는 것이 아니기에 언제 봐도 싫증나지 않는다. 부엌일을 할 때도 열려진 창으로 간간히 그림을 감상한다. 일이 고되거나 무료해도 움직이는 그림을 따라다니며 마음을 다스린다. 어느새 그림을 감상하는 것이 즐겁고 또 일상이 되어버렸다.

그림은 계절따라 바뀐다. 봄에는 연두 잎들이 싱싱함을 자랑하듯 바람에 한들거리며 사람들의 눈길을 모은다. 여름에는 녹음 짙은 나무에 앉아 힘차게 울어대는 매미를 따라잡느라 두 눈을 크게 뜨며 바빠진다. 사색의 계절 가을에는 노란 은행잎과 붉은 단풍이 뭇사람들의 시선을 끈다. 겨울에는 어떤가. 자랑하던 옷을 한 잎 한 잎 떨어뜨리며 겨울잠에 빠져든다. 한 잠 푹 자고 나면 어느새 봄이 와 있을 거라며 스르르 눈을 감는다.

누워서 감상할 때와 앉아서 바라볼 때의 배경이 다르다. 누워서 볼땐 지치도록 푸른 하늘로 날아다니는 새들이 그려진 그림이고, 앉아 있을 땐 어머니 품속같이 포근한 산이 크고 작은 나무들을 정겹게 품고 있는 그림이다. 액자 가까이 다가서서 보면 밭이 보인다. 주변 사람들이 노는 땅을 일구어 채소를 가꾸고 있다. 유채꽃도 보이고 상추를 비롯하여 봄나물이 소담스럽게 자라고 있다. 그 사람들의 부지런함으로 나는 집에서 편안히 앉아 물오른 봄을 감상하고 있으니 조금 미안한 생각이 든다.

집 뒤에는 까치가 많다. 이른 아침부터 시끄럽게 짖어대는 통에 알람 시계가 필요 없을 정도다. 전선에 앉아 서로 부리를 쪼아대다가 한 놈이 먼저 날아오르면 한꺼번에 여러 마리가 뒤를 따른다. 그 모양도 재미있다. 대장까치가 있어 그들을 지휘하는 모양이다. 땅에 내려앉아 흙을 뒤적이고 집 주변을 돌아다니며 먹이를 찾는다. 사람들을 무서워 않고 가까이 가도 종종거리며 다닐 뿐, 날아가지 않는다. 장난기가 나서 '훠이' 하고 손을 내저으면 그때서야 도망치듯 날다가 이내 돌아와서 먹이 찾기에 바쁘다.

한참 분주하게 날아다니더니 집 뒤 전신주에 둥지를 틀었다. 새끼를 칠 모양이다. 뒷산에 나무가 많은데 왜 하필이면 그곳에다 지었을까.

위험하지는 않을까. 수컷의 행동이 날쌔다. 둥지를 나는가 싶더니 이내 시야에서 사라져 버린다. 부지런하지 않으면 알을 품고 있는 어미 새가 굶을 터이니 그러할 것이다.

쳐다보고 있다는 것을 눈치 채지 않도록 조심해야 한다. 창을 열면 바로 보이는 곳에 전신주가 있다. 밖에서 올려다보는 것보다 더 잘 보인다. 새끼가 태어났는지 여간 시끄러운 게 아니다. 얼마나 컸을까. 혹여 먹이가 많지 않아 굶지는 않을까. 둥지 속이 보이지 않아 새끼들을 볼 수 없는 것이 아쉽다.

시끄럽게 짖어대던 소리를 제법 오래 듣지 못했다는 생각이 머물자 창을 열었다. 한동안 바쁜 일이 있어 까치에 대한 생각을 잊고 있었다. 전신주가 말끔하다. 까치가 보이지 않는다. 한전에서 철거를 했다는 이웃사람의 얘기를 들었다. 걱정이다. 새끼들이 날아간 후에 집이 헐렸으면 더 바랄 게 없는데.

까치에 대해서는 사실 아는 것이 별로 없다. 텃새이며 사람들에게 기쁜 소식을 전해주는 길조吉鳥라는 것 외에는. 백과사전을 뒤적여보았다. 산란기는 삼월 초부터이며 일주일 정도 지나면 대여섯 개의 알을 낳고 스무 날 가량 지나면 부화한다. 둥지에서 먹이를 받아먹고 한 달 정도 지나면 자립해서 무리를 이루고 살아간다.

까치는 우리 주변을 크게 벗어나지 않고 살아온 친근한 새이다. 그래서 오지나 깊은 산속에서 살지 않고 사람들이 생활하는 주변을 빙빙 돌며 오늘에 이르렀다. 전신주에 집을 짓는 것은 사람 주위에서 살아가는 까치의 터전이 점점 없어지기 때문이다. 야산의 큰 나무가 베어지고 그 자리에 건물들이 들어서니 전신주에 둥지를 틀 수밖에 없다.

전신주가 높아서 뱀 같은 위험한 적들로부터 보호를 받는 장점도 있다. 그래서 감전, 정전 등의 피해를 막기 위한 한전직원들의 철거에도 불구하고 둥지 틀기를 계속한다는 것이다. 내 걱정과 달리 까치 새끼들이 다 자라서 둥지를 벗어났을지도 모르겠다. 여긴 봄이 조금 빠르게 오지 않던가.

예전에는 내가 사는 이곳이 울창한 산이었다. 인구가 늘고 아파트가 생겨나면서 숲이 점점 뒤로 물러서고 있다. 사람들이 도심을 벗어나 공기 좋고 물 맑은 곳을 찾다보니 까치를 비롯한 새들의 터전을 적잖게 빼앗았다. 미안한 마음이 든다.

사람들은 발전과 건설이라는 명목 아래 점점 더 깊숙이 자연 속으로 파고든다. 숲이 없어지고 계곡도 말라버리고 기암괴석은 어느 집 정원으로 실려와 돌아가지 못할 고향을 그리며 서 있다. 동물들의 보금자리마저 골프장이니 뭐니 하며 빼앗아 간다. 터전을 잃으면 살 곳이 없어지고 결국 멸종할지도 모른다. 다행인 것은 아직도 집 뒤 산에 새들이 많다는 것이다. 까치를 비롯하여 비둘기와 이름 모를 작은 새들이 어우러져 아침부터 소란을 떤다. 사람이 살아가는 주변에서 멀리 떠나지 않고 새소리를 들려주니 고마울 따름이다.

내가 사는 곳은 공기가 맑고 소음도 적다. 아파트 뒤로 약수터가 있어 산책길에 물 떠다 먹는 재미도 괜찮다. 새소리에 눈을 뜨고 여름밤 풀벌레소리를 들으며 잠을 청한다. 이 얼마나 살맛나는 일인가. 도심 속에서 이런 곳을 찾기란 쉽지가 않다. 공기 좋고 물 맑으니 사람들 마음 또한 넉넉하다. 이웃끼리 문 열어 놓고 서로의 마음 알아주니 벗이 어찌 아니될까.

낮 동안 삭막하고 매캐한 공기에 짓눌려 있다 집으로 돌아오면 그림은 반갑게 날 맞이한다. 좋을 때도, 나쁠 때도, 답답할 때도 액자 속으로 빠져들면 자연은 나를 보듬어 안아주고 쓰다듬어 준다. 벗이 되어 위로해 준다.

시간이 지나면 집 뒤 산에 고층건물이 들어설지도 모른다. 그때는 아름다운 새소리, 바람에 나뭇잎들 비비는 소리, 한밤의 풀벌레 소리도 사라지겠지. 사계절이 오가는 자연의 멋스러움을 더 이상 볼 수 없다면 가슴이 무거울 게다. 삭막하고 답답할 것이다. 자연을 이대로 두어 푸른 숲이 더 이상 밀려나지 않았으면 좋겠다. 액자를 바라보는 즐거움이 내내 지속되기를 바랄 뿐이다.

그림을 쳐다본다. 물오른 잎에 바람이 지나고 누워서 보는 푸른 하늘 위로 한 무리 새들이 비행을 한다. 내일이면 또 다른 그림을 보여줄 것이고 나는 그 즐거움에 푹 빠져들 것이다.

(≪수필과비평≫ 동인지. 제7집. 2001)

동창모임

건배를 한다. 앞, 옆, 건너편까지 팔을 뻗어 잔을 부딪친다. 못하는 술이지만 오늘만큼은 한잔 쭉 들이켠다. 목청이 높아가도 쉬쉬하며 눈치보고 주위를 살필 겨를이 없다. 흉금을 터놓은 담소가 식당 밖까지 번져나간다. 그러나 아무도 신경 쓰지 않는다.

모임을 시작했다. 이상한 일이다. 남녀간의 모임은 어딘가 모르게 내외하게 마련인데 다들 그런 기색이 없다. 사십을 넘긴 중년의 중후함도 보이지 않는다. 우스갯소리에 박장대소다. 서로 등을 두드리고 애, 재, 하며 격이 없다.

동창모임이기 때문이다. 그 시절로 돌아가 수다떨고 재잘거리며 추억을 끄집어내기 바쁘다. 그야말로 속사포처럼 쏘아대는 수다를 누가 막을 수 있을까. 그대로다. 뭣하나 변한 게 없다. 웃음소리도, 곤란한 일이 생기면 하던 몸짓도 그때와 똑같다.

모임에 잘 나왔다는 생각을 한다. 사실 처음엔 망설였다. 작은아이가 어리다는 핑계로 친구들의 권유를 거절했다. 가정이라는 테두리에서만 생활하여 남녀간의 모임이라는 부담이 컸었기에 나가기를 꺼린 것이다.

이제 불혹의 중반에 들었다. 세상일에 미혹되지 않는다 하여 불리어졌다는 공자의 말씀도 가슴에 와 닿지 않는다. 사십대가 안정된 시기라지만 오히려 어려운 때가 아닌가 싶다. 자녀 뒷바라지에 여념 없고, 명퇴니 뭐니 하며 직장에서의 불안감은 고조되고, 사십대 돌연사 운운에 다들 불안한 기색이 역력하지 않은가.

돌파구를 찾아야했다. 찌든 일상 속에서 일탈을 꿈꾸며 잠시 삶을 어딘가에 걸쳐놓고 쉬고 싶은 것이다. 쌓인 울분을 토로하고도 싶고, 어려운 난제도 털어 내고 싶은데 대상자가 쉽지 않다. 배우자? 직장동료? 아니면 부모형제? 보태는 격이니 차마 입이 떨어지지 않는다. 자기 정체성에 빠져 맥놓고 있을 때 문득 떠오르는 이, 그리운 벗들인 것이다.

세월이 변했다. 그에 따라 풍속도도 많이 바뀌었다. 예전엔 부모형제지간이 주축이지만 현재는 그런 것에서 조금씩 비껴 가는 듯하다. 부모와 자식간도 평생을 같이할 수 없다. 형제 또한 많지 않다 보니 외롭다.

이러다 보니 각종 계나 모임이 갈수록 늘어간다. 그 중 가장 결속력이 좋고 친밀감이 드는 것은 동창모임이 아닐까 싶다. 이권을 챙기지 않는 순수한 시절에 만났으니 특별한 목적이 있을 리 없다. 같은 동네에 살면서 뉘 집 밥숟가락이 몇 개인지도 잘 아는 막역한 사이니 새삼 숨기고 부끄러워 하며 위축될 일도 없다. 그저 모이면 좋은 것이다. 그런 모임을 한 때는 나 스스로 거부했었다. 그리고 내 아이에게조차 만들어주지 않으려 한 중대한 실수를 범할 뻔했다.

오 년 전 일이다. 아이가 중학교에 들어갔다. 다니는 것도 힘들었지만 그 보다 더 큰 문제는 시험점수에 대한 스트레스였다. 과목마다 다 잘할 수는 없겠지만 유독 예체능 점수가 처졌다. 힘들어하는 아이가 불쌍했지만 성적을 위해 일시적으로 미술과 음악학원에 보냈다. 아는 학부형에게 들은 바로는 시험 치르기 전에 다들 그렇게 한다는 것이다. 아이의 성적에 예민했던 나는 그녀를 따라 덩달아 등록을 시켰다. 그러면서도 회의감이 나를 무겁게 눌렀다. 성적을 위해 비싼 과외비를 들여가며 이렇게 해야만 하는가. 반문과 자기합리화를 만들어 가며 갈등에 휩싸였다.

그러다 대안을 생각해냈다. 학교를 그만두게 할 참이었다. 삼 년이란 시간을 매번 비싼 과외비를 들여가며 성적에 연연하느니 차라리 검정고시를 보게 하자는 생각이었다. 일년만 열심히 공부시켜 졸업자격을 따게 한다면 나머지 시간은 아이의 적성개발이나 하고픈 것을 시키면 되지 않겠는가.

나대로의 갈등은 있었다. 과연 옳은 선택인지, 실패로 끝나면 그 후유증은 어떻게 감당해야 할지 두려웠다. 오랜 시간 고민했던 나와 달리 아이는 학교생활이 그럭저럭 해볼 만하다는 것이다. 그 한마디에 나의 계획은 막을 내렸다.

아찔하다. 만약 아이가 내 생각을 따랐다면 지금쯤 삶의 항로는 어디로 향해 있을까. 몇 년 일찍 졸업장을 따고 적성 개발로 뭔가를 거머쥐고 있을지는 모른다. 하지만 학창시절에 누려야 할 시간들을 송두리째 잃어버린 아이의 추억은 어디에서 사와야 하는 것인가. 가뜩이나 외로운 시대에 단단하게 엮어진 벗들마저 없으니 누구와 결속되어 살아갈 것인가.

　친구들 얘기로 열변을 토한다. 그런 아이를 보고 있으면 송곳에 찔린 것 마냥 가슴 한 곳이 뜨끔하다. 지금 내가 가지는 든든함을 아이도 언젠가는 공감할 것이다. 그리고 벗이란 줄을 단단히 엮어갈 것이다.

　또 다시 건배를 한다. 바로 이 순간이 일상탈출인 것이다.

(≪거제신문≫. 2006. 3)

03
술 권하는 아내

귀농歸農을 꿈꾸며

숨고르기를 한다. 이제 움츠렸던 가슴을 열고 몸속에 남아 있던 냉기를 털어 내야겠다. 지난겨울은 참으로 길고 어둡고 추웠었다. 그러나 그 혹한을 맨몸으로 버티고 마침내 따스한 봄을 맞이할 수 있었던 건 오직 하나, 희망을 버리지 않았기 때문이다.

바쁘고 고달파 다른 곳으로 시선 한번 주지 못했던 지난날들을 뒤로 하고 문득 바라본 세상 끝에 어느새 봄이 와 있었다. 겨울 내내 불어대던 삭풍도 봄기운에는 어쩔 수 없었던지 꼬리를 감췄다.

봄기운을 가득 안고 텃밭에 서 있다. 큰 아이가 네댓 살쯤에 마련했으니 십오 년이 되어가나 보다. 오백여 평의 땅을 장만하여 '텃밭'이라는 이름도 지어주었다. 뒤꼍에 있는 밭마냥 푸성귀를 제때제때 먹겠다는 뜻에서였다.

사실 농사지을 일이 걱정이었다. 일을 해보지 않아서이다. 나와는 달리 남편은 농촌에서 자랐다. 어려서부터 소 꼴 베는 일은 물론이요 부모님을 도와 웬만한 농사일도 척척 해내었다. 거의 남편에게 미루다시피 하겠지만 그래도 거들 일이 전혀 없지는 않을 터였다.

텃밭에 꿈을 심었다. 치자나무 육백여 그루를 심고, 가 쪽에 울타리마냥 감나무와 대추나무 묘목을 둘러 심었다. 남겨둔 땅에는 갖가지 푸성귀를 거둬먹으려 씨를 뿌렸다. 듬성듬성 구덩이를 파 호박씨도 심었다. 더덕 뿌리를 구해와 부드러운 흙을 덮어 묻어두었다. 집에서 키우던 화분을 몽땅 밭에 옮겨 심고는 제대로 뿌리가 내리는지 살폈다. 좁은 아파트에서 숨죽이며 자랄 식물들이 안 되어 촉촉한 대지에 마음껏 뿌리를 내리게 했다. 케일과 상추는 야무지게 자라 저녁 식탁을 풍성하게 해주었다. 새끼손가락만 하던 더덕도 제법 커서 저녁 찬이 되었다.

남편은 영판 농부였다. 어느 사이 동네 사람들의 눈에 든 모양이니. 농사일에 여념 없는 남편을 이웃인 양 대하는 것이다. 오가며 눈여겨보던 동네 어르신이 참 부지런한 양반이라며 칭찬을 아끼지 않았다.

작업복을 입고 따가운 햇살을 피할 새도 없이 저녁까지 풀을 매고 두둑을 북돋아주었다. 치자나무는 경쟁이라도 하듯 꽃을 피워냈다. 열매가 익어갈 무렵 하루 휴가를 내어 해질 때까지 첫 수확물을 거두었다. 동네 노인 분들이 도와주어서 하루 만에 일을 끝낼 수 있었다. 거두는 재미에 목이 타는 것도 해가 지는 것도 잊고 있었다. 두 자루가 넘는 결실은 수고한 노인 분들에게도 나눠졌다. 뿌듯함에 어깨가 들썩거렸다. 격 없는 이웃이 되어 노동 중에도 내내 즐거운 웃음을 쏟아냈다.

누런 호박도 덩그러니 앉아 이제나저제나 따주기를 바랐다. 얼마나 크게 자랐던지 짊어진 어깨에 멍 자국이 생길 만큼 대풍이었다. 재미가 났다. 볏단을 어깨에 메고 논둑길을 걸어가던 농부의 환한 마음을 알 것 같았다. 땡볕에 탄 남편의 얼굴이 볼 만했지만 밝아서 좋았다.

보살핌을 받은 생명은 푸르고 튼실했다. 해마다 껑충 커 가는 감나무도, 대추나무도 첫 결실을 맺었다. 알알이 익은 단감과 대추알이 치마폭에 가득 찼다. 해를 보낼 때마다 치마폭에서 바구니로, 또 자루로 가득 넘쳐나리라는 생각에 절로 웃음이 났다.

그러던 어느 날, 거센 풍파가 집안을 휩쓸었다. 든든한 지주가 힘을 잃고 무너진 때문이었다. 불시라 대처할 틈도 없었다. 텃밭의 지주요 나의 주인인 남편은 한동안 농사일을 놓을 수밖에 없었다. 오랫동안 텃밭을 찾지 못했다. 그리고 삼 년 만이었다. 텃밭은 제구실을 못한 채 방치되었다. 어떤 종자도 다 받아줄 만큼 좋은 땅이었는데 돌보지 않은 태가 한눈에 드러나 보였다. 황량하기 그지없어 기름졌던 흔적은 이제 찾아볼 수가 없었다.

거의 다 죽고 수십 그루의 치자나무만 겨우 살아 남았다. 힘없어 하는 나무를 곱게 봐줄 리 없는 잡초가 때를 만난 듯 기승을 부렸다. 거칠고 억센 풀은 있는 대로 자라 치자나무를 온통 뒤덮어버렸다. 버티다 못한 나무는 절망 속에 말라갔다. 그나마 숨이 붙어 있는 것도 제대로 살핌을 받지 못해 열매가 튼실하지 못했고 수확도 자연히 확 줄었다. 삼 년 전만 해도 하얗게 핀 치자 꽃이 만발해 멀리서도 환하게 빛이 날 정도였는데. 향기는 또 어떻고 근처 사방에 은은함이 퍼져 지나가는 이의 마음을 사로잡았었는데. 사람 손이 가지 않았다고 그 새 이렇듯 황폐할 수가 있을까.

푸석한 땅을 밟으며 반쯤 쓰러져 있는 나무를 일으켰다. 꺼져가는 생명줄을 그래도 부여잡고 떨고 있었다. 생기라곤 찾아볼 수 없을 만큼 힘을 잃고 있었다. 그런 중에도 사력을 다해 버팀목을 찾는 것이었다.

일으켜 세워야 했다. 돌보지 않아 마르고 비틀어진 나무에 생명의 숨결을 불어넣어야 했다. 누렇게 뜬 잎을 윤기 흐르는 녹색 빛으로 되살려야 했다. 그런데 대처할 아무런 방법을 알지 못했다. 매사에 건성건성 했던 탓이었다. 진정한 땀의 대가는 미처 알지 못하고 결실만 봐왔기에 앞이 깜깜할 뿐이었다. 그 누구의 도움 없이 스스로 일어서야 했다. 절망 속에 빠져 헤어나지 못하는 나무를 위해 고단한 잠을 깼다. 고사 위기에 몰린 생명을 구하기 위해 비단 옷을 벗어 던지고 대신 뻣뻣한 광목치마를 둘렀다. 여린 손에 잡힌 낫은 손을 보호해줄 완전한 방패막이가 못되었다. 긁히고 찢긴 자국이 쓰라렸다. 손바닥에 맺힌 물집이 터져 낫자루가 제대로 잡히지 않았지만 이를 악물었다.

친친 감은 풀을 제거하는 데만도 많은 시간이 걸렸다. 잡초는 나무의 목을 졸아 매고 놓지 않았다. 겨우 떼어 놓은 목엔 심한 생채기가 그대로 남아 있었다. 얼마나 힘든 시간들을 버티며 목숨을 지탱해 왔는가 알 수 있었다. 두둑을 돋우고 물을 퍼 날랐다. 풀을 매고 호미로 흙을 골라주었다. 하루가 가고 또 가고, 달포가 지나 해도 여러 번 바뀌었다. 손등은 갈라져 엉망이 되었다. 예전의 모습은 어디로 가고 군데군데 난 생채기가 고단한 삶을 대신 말해주었다.

좋다는 거름과 영양분을 정성껏 만들어서 땅에 묻었다. 땅은 다디단 습기를 흠뻑 빨아들여 촉촉해졌다. 텃밭이 조금씩 달라지고 있었다. 여린 새싹을 틔워내는가 했더니 어느 사이 짙은 녹색 잎을 보이고 있었다. 거두어주는 대로 빨아들여진 자양분은 쓰러져 가던 나무의 구석구석을 돌고 또 돌았다. 튼실한 몸을 가꾸는 중추가 되어주었다. 절망 속에 허우적대던 텃밭은 조금씩 회복되어 갔다.

　남편은 귀농의 꿈을 오래도록 꾸었다. 그는 다시 예전처럼 농사지을 채비를 서두를 것이다. 괭이를 메는 남편을 위해 정성이 가득한 새참 바구니를 머리에 이고 조용히 그를 따라 대문을 나설 것이다.

(≪수필과비평≫ 작가회의 동인지. 2005)

난蘭, 그 향기에 젖어

난蘭이 꽃망울을 터트렸다. 은은한 향기가 집안에 머문다. 비로소 봄을 실감한다. 때를 놓치지 않고 꽃을 피우는 춘란이 있기 때문이다. 봄을 알리는 꽃이라 하여 보춘화報春化라고도 불린다.

난은 종류가 무척 다양하다. 내가 좋아하는 것은 한국 춘란 중의 하나인 소심素心과 중국춘란이다. 소심은 티없이 맑은 백색 꽃을 피운다. 화려하지도 향기가 짙은 것도 아니다. 우아함이 배어나는 청순한 여인의 모습을 연상케 한다. 추운 겨울을 이기고 푸른 잎 사이로 수수한 얼굴을 드러낸다. 꽃망울이 청초하다. 화려함은 없어도 단아한 자태가 기품이 넘친다. 꽃잎이 열리면서 옅은 향기가 스멀스멀 새어 나온다. 풋풋하고 싱그럽다. 향이 없다고 들었는데 그렇지도 않은 모양이다. 연녹색 잎은 넓고 두터우며 윤기가 흐른다. 긴 잎이 아래로 늘어져 곡선의 멋과 부드러움을 준다. 하지만 잎 끝이 뾰족한 칼날 같아 함부로

범접 못할 선비의 기개가 서린 듯하다.

중국춘란은 향기가 진하다. 분 하나만으로도 집안 가득 차지만 은은해서 역하지 않다. 연한 갈색 꽃이 학鶴을 닮았다. 덜 핀 꽃봉오리는 날개를 접고 망중한忙中閑을 즐기는 모양이고, 활짝 핀 꽃은 이제 막 나뭇가지에 내려앉는 학 같다. 그 모습이 고고하고 우아하다.

꽃은 종류에 따라 조금씩 다르지만 대개 한 달 가량 피어 있다. 꽃이 지는 순간까지 향기와 어우러져 우아함을 잃지 않는다. 작고 아담해서 관상용으로 어디에 두어도 제격인 것 같다.

전에 살던 집은 베란다가 좁았다. 남편은 그곳에 난실蘭室을 만들었다. 난 분盆이 늘어나자 동백이며 국화 화분을 이웃에게 나누어주었다. 자리를 많이 차지한다는 이유에서였다. 남편은 난초를 가꾸는 것을 좋아했다. 주말이면 산으로 향했다. 좋은 난을 구해 온다는 것이다. 취미생활도 좋지만 가족과 함께 있기를 나는 원했다. 등산장비를 숨기기도 했고 앞을 가로막아도 봤지만 소용없었다.

해질녘에 돌아오는 남편에게 언성을 높였지만 산행은 계속되었다. 난 점점 말수가 줄어갔다. 우울증이었다. 나들이를 즐기는 부부를 보게 되는 날이면 증세는 심해졌다. 창 밖을 쳐다보는 것이 괴로웠다. 종내는 남편과의 대화를 끊어버렸다. 남편의 취미생활이 내게는 극도의 스트레스였기 때문이다.

또 다른 불만은 내가 좋아하는 꽃나무를 키울 수 없는 거였다. 있던 화분을 이웃에게 나눠주고 넓지도 않은 베란다를 혼자 차지했다. 넓은 곳으로 이사를 하면 향기 좋은 장미며 국화꽃을 가득 심어 베란다를 정원으로 꾸미겠다는 생각을 했다.

지금 사는 집으로 이사를 오면서 그때의 생각을 행동으로 옮겼다. 베란다를 반으로 나누었다. 여러 가지 꽃나무를 가꿀 수 있어서 좋았다. 화원에서 어린 나무를 사오기도 하고 이웃집에서 작약 뿌리를 얻어다 심기도 했다. 넝쿨장미 한 뿌리를 구해 심었더니 앙증맞게 꽃봉오리가 맺혔다. 베란다는 꽃나무로 가득 차 멋진 정원이 되었다.

그것도 잠시, 꽃나무가 생기를 잃어갔다. 병이 들어서인지 아니면 영양부족인지 알 수가 없었다. 걱정스런 마음으로 들여다봤지만 더 이상 살려는 의지를 잃은 것 같았다. 생명력이 강한 두세 개의 화분만 남게 되었다. 정성으로 보살펴야 함을 몰랐다. 간간이 물을 주는 것으로 할 일을 다한 것이라 생각했다. 바라보는 즐거움만 누렸지 정작 살펴주어야 할 중요한 일은 팽개쳐둔 것이다.

암울한 나날을 보내던 어느 날 남편 친구가 소심 한 분盆을 가지고 왔다. 애란인愛蘭人을 이해하려면 난을 길러보는 것이 가장 빠르다면서 덥석 안겨주었다. 우리 부부가 걱정이 되어서 왔겠지만 반갑지가 않았다. 난蘭 때문에 심사가 편한 적이 한번이라도 있었던가. 그럼에도 쳐다보지 않으려던 마음에 변화가 왔다. 자꾸 눈길이 갔다.

남편 어깨너머로 난 기르는 법을 익히며 보살폈다. 적지 않은 시간을 정성으로 가꾼 때문일까. 새 촉이 오르고 꽃을 피웠다. 잡티 하나 없이 곧게 뻗어 핀 꽃의 자태가 일품이었다. 비로소 즐거움을 느꼈다. 난은 이제 미움의 대상이 아니었다. 새 촉이 나는지 어떤 빛깔의 꽃이 피어날지 궁금해 하며 매일 들여다보았다.

가끔 남편을 따라 산행을 한다. 험한 산길에서는 손도 잡아주고 처음 보는 산과일도 따다 준다. 내가 모르는 야생화며 약초를 캐 와서 목소리를 높이며 설명하느라 여념 없다. 여태 느껴보지 못했던 자상함이 이 순간에 보인다.

산행을 하니 답답했던 마음이 트이고 바라보는 사물이 아름답게 와 닿는다. 가슴에 쌓였던 미움이 조금씩 사라져간다. 남편을 이제는 이해할 수 있을 것 같다. 남아 있던 화분을 남편의 공간으로 슬며시 밀어 넣었다. 베란다를 합쳤다. 병들고 시든 꽃나무도 이상하리만큼 그이의 손길이 닿으면 싱싱하게 살아난다. 불만이 있을 수 없다. 화초를 가꾸는 것이 쉽지 않음을 알았고 또 정성을 다하는 남편이 미더워서다.

이제 남편과 나는 한곳에서 난을 가꾼다. 아침에 일어나면 먼저 온도와 습도를 확인한다. 약한 볕은 쪼여주고 강한 볕은 가려주어야 한다. 신선한 공기와 적당한 온도, 습도를 유지하지 못하면 뿌리가 썩고 잎이 타 들어가 좋은 꽃을 기대할 수가 없다. 남편이 며칠 집을 비우면 물을 주고 차양을 내리는 일을 한다. 창을 열어 환기를 시키는 일도 익숙하다. 남편의 취미를 따르고 있는 나 자신을 발견하고 슬며시 웃는다. 위험지경에 빠졌던 그 순간을 잘 넘겼다는 안도의 웃음이리라.

난을 기르는 사람들은 대부분 느긋하다. 조급해하거나 서둔다고 꽃이 빨리 피지 않음을 깨닫기 때문이다. 그래서 여유를 갖고 수년을 기다리며 묵묵히 정성을 들인다. 꽃이 피고 어린 싹이 나는 과정을 즐긴다. 기다림의 연속이지만 결코 지루해 하지 않는다. 변종變種이 생기기를 기대하지만 아니더라도 실망하지 않는다. 변화하는 과정을 즐기려 하기에 서두는 법 없이 느긋한 마음으로 지켜볼 뿐이다.

난은 사철 푸름을 잃지 않는다. 그래서 한겨울에도 싱싱한 잎을 그대로 간직해 보는 이의 메마른 감정을 따뜻하게 한다. 난 분 하나쯤 문갑

위에 올려놓고 잠시 문명을 잊는 것도 괜찮을 것 같다. 세상살이에서 벗어나 맑은 향기를 음미하며 시 한 수 읊조리는 선비를 만난다.

　　화분에 심은 난초
　　물 주고 북돋우기 일백백
　　난 향을 내니
　　고이고이 감추어 두었다가
　　임에게 공양 올리리

　예로부터 지조 높은 선비를 난초에 비유했다. 탐욕을 멀리하고 충절과 기개를 헛되이 않는 품성을 지녀서가 아니던가. 벼슬을 버리고 낙향하는 선비가 있었다. 탁류에 휩쓸리고 싶지 않아 부귀영화도 버렸다. 인적도 없는 외진 산속에 너와집을 짓고 살아간다. 난초를 가꾸며 세속 일을 잊는다. 그에겐 난이 유일한 벗이다. 오늘따라 달빛이 유난히 곱다. 잠이 오지 않는다. 밀쳐낸 세상일이 눈앞에 다가선다. 어수선한 마음을 가눌 길 없다. 먹을 간다. 눈을 감고 마음을 밝힌다. 붓을 쥔 손에 힘을 가한다. 난 잎을 친다. 어떤 고난도 버티어 온 곧은 성품이 난 잎에 배어 있다. 선비의 기개와 단호함이 붓끝에 서린다. 힘찬 몸짓으로 난을 치고 나면 흐린 생각들이 홀연히 사라진다. 그려진 화선지에서 향기가 뿜어져 나온다. 난과 더불어 살아가면서 선비 또한 본연의 향기를 잃지 않는다. 일생을 난과 더불어 욕심 없이 살아가는 선비의 신념을 새겨본다.

　사람에게도 향기가 있다. 너무 진해서 피하고 싶은 향도 있을 것이고 처음에는 좋아서 다가서지만 이내 싫증나서 돌아서고픈 향도 있을 것이다. 어느 누구든 은은하고 그윽한 향을 뿜어내고 싶어 한다. 욕심을 버리고 본연의 자세를 지키면 그 향기는 천리를 가도 변하지 않을 것이다. 나 또한 모두에게 누가 되지 않는 향기를 뿜어내고 싶다.

난 향을 음미한다. 그 속에 우리 부부의 향기가 스며있음을.

(≪거제수필≫. 창간호. 1999)

술 권하는 아내

매실梅實이 눈에 들어온다. 나의 시선을 알아보고 열매 몇 알을 손바닥에 올려놓는다. 약을 하지 않았으니 걱정하지 말라는 촌로村老의 표정이 밉지 않다. 매끈하고 윤기가 흐르는 게 곱다. 이맘때면 매실을 산다. 술을 담기 위해서이다.

남편은 술을 못한다. 아니 술에 약하다. 어떤 종류의 술도 두 잔이 주량이다. 서너 잔을 넘기면 얼굴이 벌겋게 되고 숨소리가 고르지 못하다. 그러다 더 버티기 어려우면 앉은자리에서 조용히 잠이 든다. 두어 시간 후에 깨어나면 속이 거북하고 두통에 시달려 괴로워한다. 그러다 보니 자주 술자리를 빠지게 되고 자연스레 술친구가 멀어졌다.

명절날 친정에 가도 마찬가지다. 술상이 벌어지고 얘기 속에 술잔도 바삐 오간다. 분위기를 깨뜨리지 않으려 남편도 처음에는 한두 잔 받아 마신다. 그러나 오래 지나지 않아 구석자리에 잠들어 있음을 보게 된다.

그 때문에 화기애애한 분위기는 오래가지 못하고 깨어진다. 식구들에게 미안하고 술 못하는 남편이 슬그머니 밉기까지 하다. 십 년이 넘게 처갓집을 드나들어도 나아진 것은 없다. 달라진 게 있다면 이제는 친정 식구 모두가 남편에게 술을 권하지 않는다는 것이다.

술을 잘 못하는 남편이 은근히 불만스럽다. 이런 말을 하면 복에 겨운 소리라 하겠지만 가끔은 취해 흐트러진 모습을 봤으면 좋겠다. 술 마시고 비틀거리며 실수하는 것을 봐 두었다가 다음날 아침 바가지를 긁고 싶다. 그러나 쉽지가 않다. 평소 차분한 성격으로 빈틈이 없는 데다가 술에 취한 모습을 본적은 여태 두세 번 될까. 어쩌다 술을 마시고 집에 오면 얌전히 잠들어버리는 것이 끝이므로 허점을 찾을 수가 없기 때문이다.

'술' 하면 아버지를 빼놓을 수 없다. 기분 좋아서 한잔, 심심해서 한잔, 속상해서 한잔하다 보면 어느새 저녁이 되었다. 하루를 온통 술 마시기 위해 보내는 것처럼 늘 술을 끼고 계셨다. 영판 난 아버지를 빼 닮은 자식이었는지 그런 아버지가 싫지 않았다. 거나하게 취한 날은 집안이 떠나갈 듯 다섯 자식을 불러들였다. 아버지를 위해 따로 둔 먹을거리까지 내오게 하여 잔치를 열어주셨다. 술 드신 아버지 뒷바라지에 어머니가 힘드셨을 뿐 나는 좋았다. 한잔하신 힘을 빌려 자식들에게 쏟아 붓는 애정이 싫지 않았다. 그래서 지금도 술에 대해서는 나쁜 기억이 없다. 거부반응도 느끼지 않는다.

아버지가 살아 계셨더라면 남편은 사위로서 대접은 크게 못 받았을 것이다. 술 안 하는 사람을 좋아하지 않았으니 말이다. 더구나 술을 전혀 못 마신다면 더 그럴 것이다. 생전의 아버진 남자가 술을 못하면 큰 사람이 못 된다 하셨다. 당신이 술을 좋아하셨으니 대작對酌할 친구가 필요했음이리라.

'술 권하는 사회'라는 소설 제목처럼 술 마실 일이 예사 많은가. 남편도 동료나 친구들과 가끔은 술을 마셨으면 좋겠다. 한잔의 술을 마시고 나면 빈 잔이 되는 것처럼 힘들고 속상할 때 친구 혹은 동료들과 얘기를 주고받으며 속을 털어내면 후련하지 않을까.

내가 아는 지인 중의 한사람은 가끔 남편을 분위기 있는 곳으로 불러내어서 대화를 나눈다고 한다. 술 한잔에 평소와는 달리 무뚝뚝하던 남편이 고민거리나 속내를 보이기도 하고 슬그머니 애정을 표시하더라는 것이다. 의견이 다를 때나 언성 높아질 일이 생기면 이 방법을 써서 해결한다고 한다. 나 역시도 가끔은 술상을 마주하고 남편과 대화를 하고 싶다. 그래서 부족한 점이나 섭섭했던 속내를 내보이고 잘못된 점은 서로 반성하면서 더욱더 깊은 정을 나눴으면 좋겠다.

여느 부부들처럼 우리 부부도 가끔 다툰다. 내 마음을 알아주지 못할 때가 있어 혼자 눈물을 흘린 일도 더러 있다. 섭섭하기도 하고 미운 생각에 몇 날 며칠 입 다물고 눈길 한번 주지 않게 된다. 시간이 지날수록 서로가 속이 상하고 답답하다. 이럴 때 남편이 술을 한잔 한다면 못 이기는 척 안주를 장만해서 슬그머니 옆에 앉을 터인데. 술 못하는 남편 때문에 이 방법을 알고 있어도 소용없다. 그래서 '남편 주량 늘이기'라는 목표를 혼자 세웠다. 몇 종류의 술을 담아두고 저녁마다 밥상에 올려 한잔씩 하다보면 주량이 늘지 않고 배기겠는가.

매실로 술을 담았다. 약주를 즐기시던 아버지를 위해 어머니가 술 담그는 것을 어렸을 때부터 어깨너머로 봐왔기에 별 어려움은 없었다.

유리병에 잘 우러난 술 빛깔을 감상하며 회심의 미소를 지었다. 잘 될 것이라고.

야심한 밤에 안주를 장만하여 술상을 내왔다. 나의 정성에 웬만하면 한잔 받을 만한데도 그이는 미동조차 않았다. 오히려 '혼자 많이 드시게.'하며 내게 술을 가득 따라준다. 허무하게 나의 계획은 빗나가고, 약이 올라 마신 몇 잔의 술에 취해 나 혼자 횡설수설하는 것으로 끝이 났다. 그 뒤에도 몇 번의 시도가 있었지만 실패하고 말았다. 술도 꾸준히 마시면 양이 늘어난다는데 남편은 시도조차 않는다. 나의 의도를 무 자르듯 단호하게 잘라버리니 물러설 수밖에 없다.

그럼에도 술을 담는다. 매실 알맹이를 깨끗하게 씻어 채에 받쳐 물기를 뺀다. 유리 항아리 안을 닦아낸 후 햇볕에 말려 소독해 둔다. 물기를 뺀 매실을 항아리에 넣고 술을 부은 다음 공기가 통하지 않도록 밀봉한다. 시간이 지나면 매실주가 되어 소화제 겸 반주飯酒로 쓰일 것이다. 매실주는 소화가 안 되거나 속이 답답하면 약 대신으로 조금씩 마신다.

어렸을 때부터 속이 더부룩하거나 체한 기가 있으면 어머니가 권하는 대로 한 모금씩 마셔왔기에 그때는 술이 아닌 약으로 생각한다. 그래서 대수롭지 않게 작은 잔에 따라 단숨에 마신다. 그럴 때마다 남편은 나에게 보통 술꾼이 아니라며 놀린다. 사실 그럴지도 모른다. 남편보다는 내가 한두 잔 더 마시니 술꾼일 수도 있겠다.

해마다 술을 담그다보니 조그만 장식장이 술병으로 채워졌다. 술 담는 것을 멈출 생각은 없다. 다소 시간이 걸릴지라도 마주 앉아 정겹게 잔을 부딪치며 건배를 하는 그 순간까지.

창 밖을 바라보는 남편의 모습이 편안해 보인다. 오늘, 야심한 이

밤에 정성껏 마련한 술상을 놓고 주량 늘이기 시도를 또 한번 해볼까
한다.

술 권하는 아내는 아마도 나 밖에 없을 듯싶다.

(≪계룡수필≫. 제2집. 2004)

야누스의 얼굴

거리에 나섰다. 한낮의 작렬하던 열기가 사라져서인지 밤거리는 생기가 넘쳐 보인다. 반짝이는 네온사인이 화려함으로 수를 놓아 마치 축제가 벌어진 듯하다. 덩달아 나도 그 분위기에 휩쓸려든다. 걸림 없이 혼자가 된 기분이다. 남편과 두 아이가 뇌리에서 사라진다. 조금 전까지만 해도 답답하고 우울한 마음 때문에 눈물이 쏟아질 것 같았는데.

남편과 언짢았다. 바깥 공기를 쏘일 겸 걷다 보니 어느새 시내 중심지까지 나왔다. 늦었으나 기왕 나온 김에 남편과 아이들은 생각지 않기로 애써 마음을 다잡는다. 여유를 가지고 가게에 진열된 물건들을 하나하나 구경하며 천천히 발길을 뗀다.

옷가게 앞이다. 화려한 옷으로 치장한 금발의 마네킹이 나를 내려다본다. 이목구비가 뚜렷한 그 서양미녀는 도도하고 자신감이 넘치는 포즈에 미소까지 곁들이고 서있다. 고운 피부며 늘씬한 몸매가 나를 주눅들게 한다. 부러운 눈빛으로 둘러본 가게 안에는 젊은 아가씨 셋이서 옷을 고르느라 부산하다. 서로 옷을 골라주고 봐주는 모습이 친한 친구들인 모양이다. 한결같이 예쁘고 늘씬하다. 입어보는 옷마다 맞춤인 양 몸에 꼭 맞는다. 환하게 웃는 모습이 꾸밈이 없고 자연스러워 보인다. 근심걱정이라곤 어느 한군데도 찾아볼 수없이 행복해 보인다. 괜스레 나 자신이 초라해지며 우울함이 밀려든다.

대형 유리창에 비추어진 나의 실체는 엉망이다. 무작정 나온 탓에 집에서 입던 평복과 낡은 슬리퍼 차림이다. 볼품없고 초라한 중년의 여자가 서 있다. 구김살 없고 통통하던 두 볼 대신 화장기 없는 야윈 얼굴이 나를 마주보고 있다.

저 모습이 진정 나란 말인가. 어느 적부터 저랬을까. 한때는 나도 저 아가씨들처럼 환한 얼굴로 맑은 웃음을 터트리곤 했을 테지. 위축감에 시선을 돌리려다 뚫어져라 바라보는 마네킹에게 '그 옷을 입는다면 나도 너만 할 걸.' 하며 눈을 흘겨주고 발걸음을 옮긴다.

액세서리 가게 앞에서 가지런히 정리된 소품들을 쳐다본다. 보석을 박은 머리핀과 시원스런 느낌을 주는 물방울 무늬의 하늘색 머리띠가 눈에 띈다. 예쁘다. 딸아이와 같이 와서 원하는 색으로 하나 사주어야겠다는 생각을 한다.

여태까지 머리핀이든 머리띠든 하나만 있으면 되었지 여러 개를 가지는 것은 낭비라는 생각을 했었다. 새롭게 유행하는 머리띠를 또래 딸아이들이 하고 있어도 사주지 않아 늘 같은 것을 머리에 두르고 다닌 딸아이가 갑자기 측은해진다.

CD가게 앞에서 또 걸음을 멈춘다. 흘러나오는 음악을 듣기 위해서이다. 결혼 이후 음악과는 담을 쌓고 살아온 만큼 요즘 신세대들이 부르는 노래를 아는 게 없다. 음악이 나오면 시끄럽기만 하고 도무지 알아들을 수가 없어 채널을 돌리면 딸아이는 오히려 그런 나를 이해하지 못하겠다는 눈빛을 보내왔다. 지금 이 순간 잘 알아듣지도 못하면서 고개를 끄덕이며 흥을 내고 있음은 무슨 아이러니일까. 큰딸아이가 노래 제목을 적어주며 CD를 사달라기에 일언지하 거절했던 것이 마음에 걸린다. 아이들 눈높이를 생각지 않은 나의 독단 때문에 혹여 마음이 오래도록 상하지는 않았나 하는 생각이 든다.

서점 앞에서 잠시 망설인다. 시간이 꽤 흐른 데다 이것저것 읽다 보면 늦어질 것 같아서이다. 갈등 끝에 유리문을 밀친다. 가끔 나 자신을 위해 투자를 할 때가 있다. 책을 사는 일이 그것이다. 서점주인과는 이웃 겸 예전부터 친분이 있어 십 년 넘게 단골 사이이다. 그런 연유로 머무르는 시간에 구애를 받거나 눈치를 보는 일은 없다.

서점에 있으면 마음이 즐겁다. 책을 보는 동안은 시간가는 줄 모르고 독서삼매에 푹 빠져든다. 두루두루 구경하고 나서 책을 구입한다. 책 보는 일을 서두르지 않는다. 한번 읽은 책을 또 읽는다는 것이 쉽지 않기 때문이다. 틈틈이 읽었다가 마음에 남는 글귀는 메모하거나 줄을 쳐둔다. 다 읽은 책이 책장에 하나둘 꽂히면 뿌듯하다.

책 한 권을 기분 전환 겸 사고 나니 마음에 남아 있던 조그만 찌꺼기마저 전부 빠져나간 듯 개운하다. 밤거리의 들뜬 분위기에 취하고, 가게에 진열된 물건들을 공짜로 구경하고, 게다가 읽고 싶던 책도 사고 나니 우울했던 마음이 정말 가볍다.

밤은 낮과는 또 다른 느낌을 준다. 만삭이 된 옷가게 여주인의 미소

뒤에 감춰진 피곤한 삶의 흔적이 보이지 않는다. 상인과 주부들 간의 밀고 당기는 실랑이도 어둠 속에 묻혔다. 낮의 뜨거운 열기는 어느새 사라지고 신선한 공기가 코끝을 스친다. 쿵쾅거려 시끄럽기만 하던 음악 소리가 신명나기까지 하고 카페 창가에 앉은 연인들이 정다워 보일 만큼 여유가 생긴다.

밤거리의 분위기가 우울했던 내 마음을 풀어 모처럼 즐거웠다. 가끔 이런 시간을 가져 보리라 생각한다. 종일 다람쥐 쳇바퀴 구르듯 반복되는 주부로서의 일상에 권태를 느낄 때면 홀가분하게 밤거리를 걸어보는 것도 괜찮으리라.

그러나 분위기에 취한 나의 앞길을 가로막는 저 자들은 누구란 말인가. 진저리를 칠 만큼 놀라 발걸음이 본능적으로 멈춰진다.

"야, 다 덤벼. 모조리 상대해 줄 테니까."

나의 환상을 깨뜨리는 취객의 한마디는 '할'이었다. 한길에서 말리는 사람들을 밀치고 웃옷을 벗어 제치며 고래고래 소리 지르는 남자는 내게 깨달음을 주었다. 찬란한 네온사인의 황홀함에 가려져 있던 어둠의 또 다른 얼굴이 드러났다. 혈기왕성한 얼굴이 흉측해 보인다. 금방이라도 나에게 달려들 것 같아 오금이 저린다. 무섭다.

거리의 행인들 모두가 술에 취해 비틀거리는 것 같다. 황급히 그들을 피해 도망을 친다. 조금 전까지의 들뜬 마음과 찬란한 밤거리의 아름다움도 지금의 놀란 내 마음을 덮어주지 못한다. 거리에 나선 것을 후회하며 걸음을 재촉한다.

나의 본연은 무엇인가? 한 남자의 아내이며 두 아이의 어머니요, 그물 엮듯 엮어진 인연타래에 얽힌 내가 아니던가. 그 모든 것을 거부하고 잠시나마 현실을 잊고자 했던 어리석음은 한 남자의 출현으로 종지부를 찍었다.

유리창에 비친 내 모습이 볼품없고 초라해 보이지만 지금껏 살아온 세월이 무상하지만은 않았을 것이다. 아이들 건사와 남편 뒷바라지에 쏟아온 시간들이 어찌 허무할 수 있단 말인가. 주름지고 윤기를 잃은 지금의 얼굴은 살아온 세월의 자국이다. 옷가게에서 봤던 예쁜 아가씨들을 비교하며 못났다고 자책하거나 주눅들어 할 일이 결코 아니다. 남편과 아이들이, 주름지고 거칠어진 얼굴이니 이제는 나를 사랑하지 않을 것이라고 생각지 않는다. 나와 그네들은 가족이라는 튼튼한 줄로 엮어진 때문이기에. 스무 살 시절의 삶을 꺼내 떠올려 보듯, 시간이 지나 노년의 언저리에서 지금의 나 자신을 떳떳하게 바라볼 수 있도록 한시바삐 본연으로 돌아가야 한다.

밤거리의 찬란함 뒤로 또 다른 얼굴이 있음을 경험한다. 야누스의 이면을 알고도 밤거리에 나서는 어리석음은 다시 빚지 않으리라.

(≪수필과비평≫. 2001. 9/10)

'할'이란 선승들이 법문 중에 사견이나 망상을 꾸짖어 깨달음을 주기 위해 치는 대쪽 같은 큰소리임.

하얀 스웨터

사진첩을 펼쳐본다. 흑백사진 속의 두 얼굴이 나를 반긴다. 아름드리 나무를 가운데 두고 서로의 손을 꼭 잡은 채 활짝 웃고 있다. 작은 키는 나, 큰 키의 소녀는 쌍둥이처럼 늘 같이 붙어 다녔던 단짝 친구다.

얼마 전 비가 내리는 날 우리는 만났다. 우산 하나를 들고 연인처럼 달라붙어 걸으니 생각보다 옷이 많이 젖지 않았다. 모처럼 둘만의 시간을 가졌다. 그녀는 여전히 스웨터가 잘 어울렸다. 평범한 스웨터에 머플러를 살짝 걸쳤는데도 세련되고 멋있었다. 불혹이라는 나이가 믿어지지 않을 정도로 젊고 늘씬하고 참해 보였다.

우리는 나이를 잊고 학창시절의 말괄량이가 되어 수다 떨고 옛이야기에 시간 가는 줄 모르고 있었다. 비를 맞으며 장거리 운전을 해온 그녀는 피곤할 터인데도 모처럼의 만남에 들떠 목소리가 점점 높아졌다.

그녀를 처음 만난 때는 초등학교 육학년 겨울이었다. 운동장에서 놀다 수업종이 울리자 너나할 것 없이 수돗가로 몰려들었다. 혼잡함을 피하기 위해 멀찌감치 뒤에 있던 나는 아이들이 거의 간 뒤 손을 씻었다. 늦을까 봐 교실을 향해 급히 뛰는데 누군가 갑자기 내 앞으로 돌진하는 것이었다. 피할 틈도 없이 부딪히고는 같이 나뒹굴었다. 얼이 빠져 있다가 쳐다보니 전학 온 금이라는 아이가 괴로운지 얼굴을 찡그리고 있었다. 내 이마가 그녀의 코를 받았던지 피가 흘렀다. 찬물을 손에 묻혀 이마를 두드려 주고 흘린 피를 닦아 주었다. 겨우 피가 멎었다. 얼마나 아팠던지 신음소리가 그녀 입에서 절로 새어나왔다. 하긴 단단한 내 이마도 얼얼할 정도인데 사정없이 코를 받았으니 오죽 아팠을 것인가.

선홍빛 피가 흰옷에 점점이 찍혀 있었다. 그것도 보송보송한 하얀 스웨터에. 미안한 마음에 얼굴을 들지 못했다. 어차피 수업은 늦었고 피 묻은 옷을 씻어야겠다는 생각에 스웨터를 벗게 했다. 수돗물에 비벼서 빨려 하니 차가움을 지나 바늘이 찌르는 듯 아려왔다. 겨울옷이라 부피가 커서 혼자로서는 감당하기 힘들었다. 그녀가 빨개진 코를 위로한 채 거들기 시작했다. 어느새 우리는 힘을 합했고 얼어붙은 손을 불어가며 옷을 빨았다. 황당해하면서도 한편으론 우스워 한참이나 깔깔거렸다.

나는 수돗가의 이쪽 편에, 그녀는 저쪽 편에 서 있었던 모양이다. 수업시간에 늦을까봐 쳐다볼 틈도 없이 급히 달리다보니 부딪힐 수밖에. 우리의 우정은 피묻은 옷을 빨면서 아니, 서로 부딪히면서부터 시작되었다.

그녀는 겨울 내내 하얀 스웨터를 자주 입었다. 참 잘 어울렸다. 피묻은 자국은 없어졌지만 옷을 볼 때마다 수돗가를 떠올리게 되고 슬그머니 웃음과 함께 버릇처럼 내 이마에 손이 올라갔다.

그 뒤로 학교에서 우리는 그림자처럼 붙어다녔다. 운동장에서도, 점심을 먹을 때도, 도서관에서도 나란히 앉으려 제일 먼저 줄을 섰다.

우리는 중학교를 거쳐 고등학교도 같이 다녔다. 고등학생이 되면서 부쩍 키 차이가 나기 시작했다. 나는 그대로인데 그녀는 죽순 자라듯 쑥쑥 커갔다. 학년초가 되면 한 줄로 서서 키 재기를 한 다음 순서대로 자리에 앉았다. 어떤 일이 있어도 둘이 같이 앉아야 했기에 온갖 애를 다 썼다. 나는 까치발로 서고 그녀는 구부정하게 서서 서로 키를 비슷하게 맞추었다. 필사적으로 같이 앉고 싶어 하는 의도를 알아차린 선생님도 더는 어쩔 수 없어 지나가셨다. 잠시라도 떨어지면 큰일 나는 것처럼 항시 붙어다녀 어느새 우리를 쌍둥이라고 불러주었다.

한번은 감기로 일주일가량 학교에 나가지 못했을 때였다. 그녀는 시간마다 학교에서 있었던 일과 내가 없어 짝 잃은 기러기였다는 사연들을 빽빽이 적어 내 손에 쥐어주었다. 하루 종일 천장만 바라보고 있던 나로서는 너무나 반갑고 고마웠다. 두꺼운 외투를 걸치고 집 앞 방파제에 앉아 그녀의 노래를 들었다. 맑고 청아한 노래를 들려주었고 그런 시간이 참 즐거웠다. 학교에 나가지 못하는 내게 하루도 빠지지 않고 달려와 온갖 재미있는 얘기를 들려주고 갔다.

가을이 오면 학창시절의 추억에 빠진다. 추억 안에는 이병주의 소설 '코스모스 시첩'도 들어 있다. 쌍둥이 여고생의 사랑과 우정에 관한 이야기였다. 우린 그 책을 감명 깊게 읽었다. 책 속의 주인공과 우리 둘이 닮은꼴이라는 것에서 공감대를 형성했다. 소설 속의 쌍둥이들이 코스모스와 달리아를 좋아했다는 그것이 또한 잊을 수 없는 대목이었다.

우리 둘 다 달리아와 코스모스를 좋아했다. 그 책에는 코스모스와 다알리아가 결혼을 하면 '코스리아'라는 예쁜 딸과 '다알리모스'라는 잘 생긴 아들을 낳는다.'는 대화가 나온다. 우리도 훗날 코스리아와 다알리모스처럼 예쁜 아이들을 낳자며 환한 웃음을 터뜨렸었다.

같은 해 내가 먼저, 친구는 한 달 뒤에 결혼을 했다. 나는 코스리아와 다알리모스라는 두 아이를 가졌지만 그녀는 얻지 못했다. 욕심이 많아서 아들과 딸을 모두 얻었고 그녀는 그런 나에게 양보한 모양이다. 친구 앞에서 나는 아이 얘기를 꺼내지 않는다. 나의 의도를 모를 리 없는 그녀는 만나자마자 아이들의 안부를 먼저 챙겨준다. 그녀의 마음 씀이 고마울 뿐이다. 그러나 밝은 웃음 뒤로 감추어진 쓸쓸한 그림자가 눈에 들어와 내 마음이 아프다.

지금껏 우리는 싸운 일이 없다. 한결같은 마음으로 지금까지 왔다. 눈에서 멀어지면 마음도 멀어진다는데 우리에게는 기우인 것 같다. 흉금을 터놓는 벗이 있다는 게 얼마나 좋은지 모른다. 화날 때나 우울할 때나 뿌듯한 일이 있어 자랑하고 싶을 때 그녀에게 속을 털어놓는다. 그럴 때면 망설임 없이 한결같은 마음으로 달래주고 위로해주고 기뻐해 준다.

살면서 가끔 위기를 느낀다. 중년이 되어 무력감이나 허탈감에 빠져 우울해진다. 내 마음을 털어놓고 싶지만 내 곁에서 한참이나 친구는 멀어져있다. 그 친구도 나름대로 힘든 일이 왜 없을까마는.

가깝게 살았더라면 참 좋았을 것을. 일년에 한두 번 보는 것으로 만족해야 한다. 하지만 전화가 있으니 다행이다. 불현듯 생각나서 전화한다는 그녀. 이른 아침 출근길에서, 혹은 식당에서 점심을 시켜놓고 기다리는 시간에, 잠자리 들기 전이라며 전화선을 통해 얼굴 대신 그녀의 건강한 목소리를 들려준다. 또 가끔은 그녀의 이름 석 자가 쓰인 편지를 우체통에서 꺼낼 때면 어느새 갈래머리 소녀로 돌아가 기쁨을 감추지 못한다.

빛 바랜 학창시절의 사진을 보면서 세월의 빠름을 실감한다. 어느새 눈가에 진 주름을 안타까워하는 중년이 되었다. 그래도 변함없는 것은 우리의 마음이 아닐까 싶다. 사진을 찍어두어야겠다. 갈래머리 사진 옆에 중년이 된 우리 모습을 끼워두어야지. 시간이 더 흐른 후에 우리의 모습을 담아두고 추억에 빠져들겠지.

먼 후일에도 여전히 하얀 스웨터가 잘 어울리는 벗이었으면 좋겠다.

(2000. 10)

그녀의 삶

　그녀는 야위고 주름진 촌로村老였다. 그럼에도 어디에서 수천, 수백만 명을 끌어안는 힘이 솟아나는지 모르겠다. 주름진 이마며 미소 짓는 입매는 자상함이 깃든 이웃집 할머니의 모습이다. 그러나 자세히 보면 강한 눈빛을 느낄 것이다. 그녀의 힘은 의지에 가득 찬 눈빛에서 생겨나는지도 모르겠다. 그 눈빛으로 굶주리고 헐벗은 사람, 살이 썩고 뼈가 문드러져 가는 나병환자들을 평생 보살펴온 것이다.

　위인들은 무수히 많다. 그 중 테레사 수녀를 나는 존경한다. 그녀의 따뜻한 가슴이, 진한 사랑이 나에게 감동을 주었고 또 이기적으로 바뀌어 가는 자신을 바로 세워주는 버팀목이 되었기 때문이다. 그녀를 닮으려 노력하는 나 자신의 마음을 다시 한번 다짐하며 이웃에 대한 사랑과 봉사와 헌신적인 생애를 더듬어 본다.

　빈민의 성녀聖女로 알려진 테레사는 1910. 8. 26일 유고슬라비아의 스코폴레에서 출생했으며 열여덟 살이 되자 수도원에 입문했다. 정식 수녀가 되기 위해 어렵고 힘든 과정을 거쳐 일생을 하느님에게 바치겠다는 종신서원을 했다. 인도의 성 테레사 학교에서 아이들을 가르치면서 캘커타의 참혹한 실정을 보게 되었다. 이때부터 가난한 사람들을 위해 봉사하겠다는 결심을 테레사는 하게 되었다.

테레사 수녀 때문에 가보고 싶은 나라가 생겼다. 그곳이 바로 인도印度이다. 유람이 아닌 그녀의 손때가 묻은 곳에서 삶의 흔적을 보고 싶은 것이다. 그녀가 이뤄놓은 행적을 나로서는 흉내조차 못 내겠지만 가까이에서 따뜻한 숨결을 한번 느껴 보고 싶은 때문이다.

캘커타의 빈민굴은 다른 어느 곳보다도 혹심했다. 위로의 말 몇 마디로는 가난한 사람들을 도와줄 수 없다는 것을 깨닫는다. 그녀는 가난하고 병든 사람들 틈에서 잠을 잤다. 늘 일이 넘쳐 잠마저도 제때에 자본적이 없는 고단한 생활이었지만 해가 뜨기도 전에 일어나서 그들을 보살피고 슬픔과 고통을 함께 하며 하루하루를 보냈다.

그녀는 아이들에게 특히 사랑을 쏟았다. 길에 버려진 갓난아이, 병으로 사경을 헤매는 아이들을 보듬어 안았다. 안고 우유를 먹이며 아장아장 걷도록 키우기까지 얼마나 많은 수고와 노력의 땀을 흘렸을까. 뜬눈으로 밤을 지새우며 보살핀 아기가 다 나아 방긋 웃을 때의 행복은 그 무엇과도 바꿀 수 없었을 것이다.

테레사의 마음을 아프게 한 것은 세계 어디를 가나 소외당하고 가난 때문에 배곯는 사람들이 많은 것이었다. 아무리 손 닿는 대로 보살피고 밤을 꼬박 새워도 보호해 줄 사람이 너무 많았다. 다 보듬어 안아주지 못하는 것이 가장 큰 슬픔이었다.

그런 그녀가 세상을 떠났다. 세계 각국에서 그녀를 애도하는 추도식이 이어졌다. 나는 그녀의 장례식을 텔레비전 화면으로 지켜볼 수밖에 없었다. 정말 갈 수만 있다면. 한 촌로를 위해 모인 사람들은 구경꾼이 아니었다. 그녀가 껴안은 형제며 자식들이었다. 그들의 눈에서 뜨거운 눈물이 봇물처럼 흘러내렸다. 햇볕에 그을려 비록 까만 얼굴이지만 한 티끌의 욕심도 없었다. 못다 살핀 불쌍한 이들을 두고 삶을 놓아야 하는 테레사는 차마 눈을 감을 수 없었을 것이다. 명복을 빌었다. 우리의 진정한 이웃이 저 멀리 떠나감에 애절함과 안타까움이 교차했다.

일주일에 한 번 정도 봉사를 나간다. 큰일을 한 것도 아닌데 고단함이 뒤따른다. 서너 시간의 작은 노동에도 뿌듯함과 피곤함이 공존하는 나의 세계가 어찌 테레사의 일상과 비교할 수 있겠는가. 지나고 보니 생색이었다. 남들이 알아주기를 은근히 기대했었는지도 모른다. 부끄러운 일이다.

그녀가 한 말 중에 잊어지지 않는 구절이 있다. '작은 일에서부터 시작하라'는 것이다. 큰일을 하기 위해 많은 시간을 계획하는 일에만 쏟지 말고 내가 할 수 있는 일부터 시작하라는 것이다. 큰일보다 작은 일이지만 내가 할 수 있고 꼭 실천해야 하는 일을 찾아야한다. 너무 벅찬 일을 생각하면 미처 시작도 전에 지치고 포기하기 쉬우니 말이다.

내 가슴부터 열어야 함을 알았다. 그래서 먼저 남을 이해하려 노력하고 관심을 가져야 한다. 남을 의식해서가 아닌 진정 마음에서 우러나는 사랑으로 그들과 더불어 살아가야 한다. 다 아는 말이다. 그러나 행동하기에는 참으로 어려운 일일 것이다.

내가 가지고 있는 것을 조금씩 나누는 일이 최소한 내 몫이 아닐까 싶다. 가끔 그녀의 삶을 닮으려는 시늉만 하고 있다는 생각이 들 때면 정말 부끄럽다. 주머니에 들어 있는 돈의 액수를 자꾸 줄여 기부금을 내는 얄팍한 양심에 부끄러움을 느끼는 하잘 것 없는 인간이라고 반성한다.

소리 없이 어려운 이웃들을 뒷바라지해 온 사람들을 보았다. 그들은 '당연한 일을 했을 뿐인데.' 하며 겸연쩍어한다. 겸손과 참사랑이 얼마나 내 가슴을 뜨겁게 하며 또한 부끄럽게 하는지. 좋은 일하고도 남 눈에 띄는 걸 오히려 부끄럽게 생각하는 의인들이 있다는 것만으로도 세상은 향기로울 것이다. 또 다른 테레사가 곳곳에 많음을 알고 훈기를 느낀다.

그녀는 헐벗고 굶주림에 지친 사람들에게 다정다감한 이웃이다. 거리에 버려진 해맑은 눈을 가진 아이가 바라보는 그녀는 분명 자애로운 어머니다. 양 어깨에 무거운 삶을 지고 허덕이며 하루를 살아가는 사람들에겐 더할 수 없는 영원한 안식처다. 그녀를 옆집 할머니라 부르고 싶다. 성녀 테레사보다 훨씬 다정다감하고 가깝게 느껴진다. 또 모든 사람들이 정겹게 생각할 터이니.

그녀의 삶이 종교로부터 시작했다 하더라도 가슴에서 우러나오는 사랑이 없었더라면 수도자에 불과했을 것이다. 세상을 바라보는 연민의 눈빛이 어두운 곳을 구석구석 비추었고, 가슴에서 무한정 쏟아져 나오는 인정이 이웃의 불행을 감싸 안는 원동력이 되었을 것이다.

테레사를 종교인으로 생각하기 이전에 한 여인으로 생각해 본다. 그녀의 삶을 반추해 볼 때 좀 힘들고 고통스런 시간들이 많았겠는가. 해맑은 아이의 눈빛을 볼 때 결혼을 해서 예쁜 아이를 갖고 평범한 삶을 살고 싶은 마음이 한순간이라도 없었겠는가. 다 버리고 자기와의 싸움에서 모든 것을 극복했기에 만인의 어머니가 될 수 있었다.

테레사가 한 일들을 결코 기적이라고 생각지 않는다. 따뜻한 가슴으로 모든 일을 이루었으며 오직 사랑의 힘이 이끈 인간 승리였다고 믿는다. 그래서 나는 그녀를 존경한다.

테레사의 삶을 돌아보면서 나 또한 그녀를 닮아 가려 노력할 것이다. '작은 일부터 시작하고 작은 친절을 베풀라.'는 말씀을 버팀목으로 여기며 오늘 밝은 아침의 일상을 시작하려 한다.

(1999. 10)

고목古木

대문 앞에 선다. 반쯤 열린 틈으로 낯익은 풍경이 눈에 들어온다. 토광이 보이고, 장독이 보이고, 지붕위로 우뚝 솟은 감나무가 보인다.

뒤꼍에는 키가 큰 나무가 몇 그루 있다. 담장을 대신하는 은행나무며 모과나무, 감나무가 그것들이다. 많은 감이 열리더니 점차 줄어들어 몇 해 전부터 한 접이 채 못 된다. 나이가 많아서이고 또 태풍을 견디지 못해 큰 가지가 부러져 나간 탓이 아닌가 싶다.

예전엔 탐스럽고 맛난 감이 많이 열렸다. 사람들은 손을 뻗쳐 크고 잘 익은 것을 먼저 따려고 다퉜다. 나무는 미소를 지으며 아낌없이 주었다. 대가를 바라지도 않았다. 그저 열매를 먹어주는 것이 흐뭇하기만 했다. 사람들이 더 이상 딸 수 없는 높이의 것은 잠시 쉬어 가는 새들의 몫이었다.

문을 밀친다. 기척을 느꼈는지 부엌문이 열린다. 어머님이다. 눈이 마주치는 순간 그을린 얼굴에 미소가 번진다. 두 손주를 품에 안고 연신 볼을 비비며 반가워한다. 농사짓느라 땡볕에 그을린 얼굴이 유난히 검게 보인다. 한여름 낮을 밭에서 풀 매느라 허리 한번 펴지 않았을 것이다. 칠순을 넘겼건만 아직도 농사를 짓는다. 쉬셔야 한다고 말리는데도 자손들 푸성귀 뜯어주는 재미에 힘들지 않다며 한사코 손을 내젓는다.

내가 시집왔을 무렵에는 우물이 있었다. 앵두나무 한 그루도 우물을 벗하여 다정히 서 있었다. 작고 빨간 열매가 얼마나 많이 열리던지. 그러나 지금은 앵두나무도 우물도 없다. 막내 손자가 걷기 시작할 무렵 어머님이 나무를 베어내고 곧이어 우물도 메워버렸다. 동네 우물을 사용할지라도 당신의 손주에게 닥칠지도 모를 위험을 막기 위한 배려였다.

대청마루에 앉는다. 깨끗하다. 어머님은 유난히 마루에 애정이 많다. 흙 마당이라 바람이 스쳐 지나면 허옇게 먼지가 앉는다. 그럴 때마다 어머님은 걸레를 든다. 먼지가 앉은 것을 지나치지 않는다. 마루는 긴 세월을 어머님과 함께했다. 수시로 걸레질을 하여 칠을 한 것처럼 번질번질하다.

신혼여행에서 돌아온 나는 그 길로 시댁에 발이 묶였다. 가풍도 익히고 시댁 식구들과 친밀감을 가지라는 배려에서였다. 새벽 네 시가 되면 어김없이 어머님은 잠자리에서 일어났다. 오랜 습관이 되어서 더 이상 누워 있지를 못했다. 집 안팎을 치우고 아침상을 차려놓은 후 일을 나갔다. 중천에 해 오른 것도 모른 채 깊은 잠을 자고 있어도 며느리를 깨우거나 책망하지 않았다. 관대했다. 그렇지만 어머님은 마루가 정결하지 못하면 꾸중을 했다. 흙먼지가 수없이 날아드는 촌

집에서 마루가 번질거릴 정도로 매끈하고 깨끗하다는 것은 웬만한 부지런함이 아니면 힘든 일이었다.

'청소를 하지 않은 것도 아니고 흙먼지가 자꾸 앉아서인데.'

닦아봐야 헛일이라는 말이 입안에서 맴돌았지만 마루를 닦았다.

대청마루는 어머님의 휴식처였다. 일에 지쳤을 때 잠시 눈을 붙여 피로를 푸는 곳이었다. 또 집에 찾아드는 사람들을 대접하는 장소이기도 했다. 어머님은 종갓집 큰며느리다. 명절이나 대소사에 많은 친척들이 대청마루에 앉았다. 오며가며 찾아드는 길손들도 물 한 사발 얻어 마시며 잠시 쉬어갔다. 소쿠리에 가득 담은 감을 내어놓고 그들을 대접했다. 마실 온 아주머니도 마루에 앉아 얘기꽃을 피웠다. 이웃도 어머님에게는 늘 손님이었다. 깨끗하지 않은 마루에 그들을 앉게 하는 것은 예가 아니었다. 언제든 손님이 찾아들어도 앉을 수 있게 걸레질을 해두는 것이었다.

지금은 시키지 않아도 걸레를 든다. 두 손에 힘을 주어 마루를 닦은 후 걸레와 빨랫방망이를 챙겨들고 냇가로 향한다. 빨래를 하던 친척 아주머니들에게 인사를 하자 한마디한다.

"또 마루 닦으라지? 아무튼 쓸고 닦는 데는 아무도 못 따라간다니까."

한바탕 웃는다. 시댁에 와서는 시골 아낙이 된다. 어머님의 옷을 걸치고 화장기 없는 얼굴로 냇가에 나와도 부끄럽지 않다. '하청댁'이라는 소리가 어색하지 않을 만큼 이곳 사람들과도 격이 없어졌다. 나와 이곳을 세월이 자연스럽게 엮어준 때문이다.

저녁을 지어야겠다. 집 뒤 텃밭이 궁금하다. 먹을거리가 많이 심어져 있을 것이다. 짐작대로 옥수수며 상추, 호박, 풋고추, 더덕이 넓은 밭에 소담스럽게 자라고 있다. 오늘 저녁상은 푸짐할 것이고 밥 한 그릇은 거뜬히 비우지 싶다.

고목을 바라본다. 돌이 많고 거친 땅에 뿌리를 내리고 온갖 자양분을 빨아올려 결실을 맺는 수고를 평생 감내했다. 많은 것을 나눠주고 이제 앙상한 가지만 남았다. 흙이 파여 뿌리가 드러나고 바람에 부러져나간 자리가 허전해 보인다. 매끄럽던 가지가 뭉툭뭉툭해지고, 녹색 잎도 전에 같지 않게 투박하다. 선홍빛으로 곱게 물들던 단풍도 검붉은 색이 된 채 빨리 떨어져 버린다. 검고 딱딱한 껍질은 울퉁불퉁 골이 파이고 여기저기 흠집이 많다. 나무를 안아본다. 손바닥에 느껴지는 촉감이 딱 딱하고 꺼칠하지만 연민의 정이 느껴진다.

마루에 누웠다. 달빛이 밝아 마당이 훤하다. 외양간 지붕에 박꽃이 수줍은 듯 고개를 내밀었다. 넓은 잎이 지붕을 덮어 시골집은 운치가 있다. 밤벌레 소리, 물 흐르는 소리, 멀리 개 짖는 소리가 들린다. 그 소리가 정겹다. 유년 시절 고향집 풍경이 그러했기에 처음부터 이곳이 마냥 낯설지는 않았다.

모두들 잠이 들고 어머님과 둘이서 얘기를 나눈다. 고된 시집살이 에 눈물짓던 얘기며, 친정 갈 때의 가슴 설레던 추억 얘기를. 어머님이 편하다. 고부간의 벽도 없다.

갑자기 생각난 듯 어머님이 묻는다.

"어멈아, 고추장은 있나?"

"없어요. 된장도 다 먹어가고 참기름도 동이 났어요. 찹쌀도 한 되
  주세요."

아침에 눈을 떠보니 쌀자루, 된장, 참기름 그리고 푸성귀를 담은

바구니가 평상 위에 놓여 있다. 야채가 싱싱하다. 이슬에 신을 적셔가
며 호박과 풋고추를 땄을 것이다.

아침상을 차려놓고 뒤꼍에 가니 감나무 밑에 어머님이 서 있다. 꺼칠한
손으로 고목이 된 감나무를 쓰다듬는다. 그 모습이 초췌하다.

오늘따라 감나무를 바라보는 어머님의 눈빛이 예사롭지가 않다.

(≪수필과비평≫. 1999. 11/12)

농부의 마음으로

오랫동안 가시덩굴 불모지였다. 척박한 돌밭엔 온통 억센 잡초만 무성할 뿐. 거기에서 얻어질 거라곤 아무 것도 없었다. 한 줌의 곡식은 커녕 달라붙는 도둑가시 풀에 괴로움만 더했다. 황량하고 쓸쓸한 불모지를 개간하려 달려드는 이는 아무도 없었다. 시간이 흐를수록 땅은 거칠고 황폐해졌다. 마침내 그곳이 땅이었다는 사실조차 하나 둘 잊게 되었다.

몇 년의 시간이 흘렀다. 어느 날 밀짚모자를 푹 눌러쓴 농부가 나타났다. 그러나 농부라고 하기에는 다부진 곳이 그에겐 없었다. 허술했다. 걷어부친 팔뚝은 가늘기만 했고, 곡괭이를 둘러맨 어깨가 가냘팠다. 모자로 가려져 반쯤 보이는 얼굴은 시골 농부의 전형적인 모습이 아니었다. 새색시처럼 곱디고운 피부를 가진 남자였다. 가벼운 한숨을 내쉬며 하늘을 올려다보는 남자의 눈빛을 보았다. 순간 움찔했다. 두 눈이 불타고 있었다. 유달랐다. 다져지지 않은 체구와 달리 그 눈은 강렬한 태양 빛처럼 이글이글 타고 있었다.

난 이 남자를 농부라 부르기로 했다. 농부는 가시덩굴을 헤쳐 나갔다. 허리까지 올라온 무성한 풀숲을 헤치며 낫질을 했다. 작열하는 태양 아래 비지땀을 쏟으며 잡초를 베어냈다. 허리 한 번 제대로 펴지 못하고 앞만 바라보며 넓은 땅을 손질해 나갔다. 그런데 이상하리만큼 그가 하는 일들이 어설퍼 보이거나 부자연스럽지가 않았다.

어찌 저리 살결 고운 사람이 드센 일을 하겠다는 것인지. 무심하다 싶을 정도로 무표정인 그는 무엇도 바라는 게 없는 사람 같았다. 누굴 기다리는 눈빛도 아니었다. 그저 묵묵히 일하다 갈증이 나면 흐르는 실개천에 입술을 적실 뿐이었다.

농부의 손은 점점 거칠어갔다. 군데군데 긁히고 베인 자국으로 피가 맺혔다. 낫으로 엉켜있는 풀을 베어내는 동안 온갖 잡초들은 자신의 터전을 잃지 않으려 패악을 부려댔다. 그의 몸에 생채기가 더할수록 땅은 조금씩 모양새를 갖추기 시작했다. 그러나 그에게 주어진 일은 태산이었다. 오랫동안 버려두었던 탓에 땅은 온통 돌밭이었다. 하루가 가고 한 달이 가면서 넓은 대지는 새로운 면모를 보이고 있었다. 깨끗하게 단장된 땅은 이제 돌 고르기가 한창이었다. 깊게 뿌리박은 돌멩이를 곡괭이로 파내고 파여진 흙을 잘 토닥여 주었다.

한참 전부터 그 곳을 지나가던 행인이 있었다. 행인은 곁눈으로 그의 모습을 내내 지켜보았다.

"쓸데없는 짓이야."

무심한 말로 한 마디하며 지나쳤다. 그러나 시간이 흐를수록 버려졌던 황무지가 변해간다는 것에 놀라움을 금치 못했다.

'황무지를 개간開墾한다는 것은 절대 불가능하리라.'

행인의 속마음은 그랬다. 그러던 그가 농부에게 물 한 잔을 건넸다. 다음날은 도시락을 날라 왔다. 그 다음날은 호미를 가져왔다. 그의 옆에서 같이 돌멩이를 파내고 뭉친 흙덩이를 부수었다. 행인은 친구를 데려오고, 이웃사람들을 데려 왔다. 농부는 말없이 그네들을 받아주었다. 넓은 땅은 어느새 사람들의 손길로 닦여지고 있었다. 숨 고를 새도 없이 주어진 일로 다들 바빴지만 농기구를 쥔 손을 놓지 않았다.

행인과 그를 아는 사람들은 땅을 개간할 줄도, 농사일도 전혀 모르는 무지한 사람들이었다. 그러한 그들이 달라져갔다. 그의 손을 보면서 방법을 익혀나갔고, 행동을 따라하면서 점점 일머리를 터득하고 있었다. 농부는 죽어있던 대지에 숨결을 불어넣었다. 질긴 잡초를 뿌리째 뽑아내고 돌을 골라낸 흙에 골고루 물을 뿌렸다. 흠뻑 물을 머금은 땅은 이제 종자를 안을 준비를 했다. 꿈쩍도 하지 않던 땅이 드디어 젖가슴을 드러내어 아이의 배고픔을 달래주려 했다. 이제 더 이상 척박한 불모지가 아니었다. 농부의 손길과 그를 둘러싼 사람들에 의해 옥토가 되었다.

사람들은 저마다 자신의 씨앗을 묻으려했다. 어떤 이는 호박씨를, 또 어떤 이는 상추씨를. 아예 대추나무 묘목을 가지고 와서 구덩이를 깊게 파는 사람도 있었다. 그러나 마음만 앞설 뿐 파종하는 시기도 심는 방법도 사실 몰랐다.

어린 싹이 돋아나와 애타게 물을 갈구하는데도 비가 내리지 않을 땐 몹시 애달파했다. 병해충으로 잎사귀가 타들어 갈 때는 가슴이 찢어지는 아픔으로 주저앉아버렸다. 그들에게 농부는 소리 없이 다가왔다. 손수 벌레를 잡아주고 약을 쳐주었다. 그는 한 사람 한 사람들에게 저마다의 방법을 가르쳐주었다. 잘 알아들을 수 있도록 하나하나 짚어가면서 세세하게 농사짓는 법을 가르쳤다. 방법에 있어선 누구보다도 세세했지만 근엄함을 잃지 않았다. 자상함을 내면에 숨기고 겉으론 다시 볼 것 같지 않은 혹독함으로 일관했다. 사람들은 그 혹독함에 때론 눈물짓기도 하고, 때론 도망치고픈 갈등에 번민했다.

그런 시간이 여러 해 흘렀다. 그런 사이 넓은 대지에 동참하려는 행인들이 많아졌다. 농부의 혹독함을 견디지 못하고 열매가 맺기도 전에 나가버리는 이도 있었고, 끝까지 고군분투하며 이겨내는 사람도 있었다. 비옥한 대지 위에 남은 이들은 점점 농부가 되어가고 있는 자신들을 발견하곤 스스로 놀랐다.

이제 저마다의 텃밭을 잘 가꾸고 다듬어 그곳에 마음을 두었다. 뿌리를 잘 내렸다. 조금의 바람에는 끄덕도 하지 않을 튼실한 뿌리를 내리고 서로의 손을 맞잡으며 농사를 짓는다. 아직 온전한 농부는 아니지만 기틀을 다져나가고 있다. 척박한 마음자리에 뿌리를 내릴 인고를 껴안고 있다. 그렇게 다들 조금씩 농부의 마음이 되어가는 것이다.

문득 그를 바라본다. 무심코 바라본 농부의 얼굴은 까맣게 그을렸다. 하얗던 팔뚝도 여기저기 생채기의 흔적이 보인다. 아예 모자를 벗어 던진 이마엔 한 줄기 굵은 선이 그어져 있다. 불모지를 찾아들 때완 사뭇 다른 모습이다. 그러나 농부의 얼굴엔 후회의 흔적이 보이지 않는다. 황무지 땅에 뿌리를 내린 수목과 소담스런 작물을 보며 농부로서의 미소를 지을 뿐이다. 그는 아마도 농부로서의 삶을 고집할 것이다. 옥토가 된 땅을 다독이며 수시로 찾아드는 농부 견습생들을 위해 애를 쓸 것이다.

　여태껏 자신들의 마음자리 밭을 가꾸느라 농부의 노고를 몰랐다. 부끄럽지만 이제야 감사의 마음을 소리 없이 보낸다.

(≪계룡수필≫. 제2집. 2004)

선물

울음소리다. 자지러질 듯 다급하거나 슬픔에 찬 소리가 아니다. 자신의 존재를 알리기 위한 은근한 메시지다. 문이 열리자 시선이 일제히 그를 향한다. 아기를 안은 여인의 미소가 환하다. 아기는 폭신한 강보에 덮여 울음소리만 들려준다. 반가움에 누구랄 것 없이 먼저 안으려 법석을 떤다. 내어주긴 했어도 아기엄마의 표정은 혹여 다칠세라 눈을 떼지 못한다. 여간 걱정 어린 눈빛이 아니다.

첫선이다. 분홍색 머리띠가 앙증맞다. 몇 되지 않는 머리카락을 감추기 위해 예쁜 띠를 둘렀다. 엄마의 밉지 않은 극성이 훤히 보인다. 소리를 내는 딸랑이 팔찌가 신기하다. 조그만 발에 신겨진 양말조차도 그렇게 귀여울 수가 없다.

오동통하게 살 오른 팔을 만진다. 그것도 성에 안차 숫제 양말을 벗겨 발가락을 만져본다. 볼을 만지고 비비어도 잠에 취해서 눈을 뜨지 못한다. 몇 시간의 여행이 아기에게는 벅찼을 것이다. 선잠을 깼던 모양인지, 인사치레로 눈을 뜨더니 다시 잠들어 버린다. 짜증이 날 법도 하련만 참으로 순둥이다.

사십을 훌쩍 넘긴 친구는 어느 날 갑자기 아기엄마가 되었다. 주위 사람들 모두 바라던 염원이 이루어진 것이다. 두 모녀를 보기 위해 동창들이 모였다. 오랜만에 보는 친구도 반갑지만 첫 대면을 한 아기에게로 온통 시선이 꽂힌다.

다들 닮은꼴을 찾고 있다. 다행이다. 어쩜 혈액형도 엄마와 일치한다. 신神만이 엮을 수 있는 조화다. 이쯤 되면 완벽하다. 눈은 어미를 닮았고 이마는 영락없는 아비라며 한 마디씩 한다. 정말 그렇게 보인다.

"길쭉한 손가락은 또 어떻고……, 피아노도 제법 잘 치겠는걸."

얼마 전 우리 집에 들렀을 때까지만 해도 사십대 주부 같은 느낌이 들지 않을 만큼 나이든 티가 나지 않았다. 세월이 그녀만 비켜 가는 것 같아 질투도 나고 은근히 부러웠었다. 그런 그녀의 얼굴에서 이젠 아기엄마의 냄새가 물씬 난다. 아이를 얻기 전까지만 해도 한껏 멋 부리고 몸매 관리에 치중했던 그녀다. 그런데 이제는 화장기 없는 얼굴에 입술 연지만 살짝 발랐다. 예전의 모습이 아니다. 완연한 아줌마다. 아기의 존재가 얼마나 큰 가를 새삼 느낀다.

온갖 수다 다 떨고서야 비로소 친구에게로 시선을 모은다.

"나 많이 늙었지? 잠이 모자라서 푸석푸석해."

얼굴을 매만지며 말은 그렇게 한다. 싫은 기색이 아니다. 그저 가슴 벅차고 행복해 보인다. 진즉 그랬더라면 다들 마음이 편했을 건데. 우리들은 친구, 아니 아기를 위해 준비해 온 선물을 안겨주었다. 언뜻 비치는 친구의 눈망울에 촉촉함이 어린다. 만감이 교차할 것이다. 그녀와 난 초등학교 육학년 때 만나 지금까지 마음을 주고받는 사이다. 같은 해에 결혼하여 여느 사람들처럼 난 두 아이의 엄마가 되었다. 그러나 친구는 결혼생활 십칠 년이 되도록 아일 못 가졌다. 시술의 고통을 감수하며 아이 갖기에 온갖 노력을 다했지만 허사였다. 가슴 저미도록 아파하고 또 아파했다. 그런 그녀에게 난 어떤 도움도 줄 수 없음이 안타까웠다. 내가 할 수 있는 것은 고작 그녀의 가슴으로부터 나오는 소리를 들어주는 거였다.

지금 친구는 가슴에 얹어두었던 바윗덩어리를 치워버렸다. 내가 보기에도 침울한 구석이 있던 사람인가 싶을 정도로 밝고 가볍다. 아기에 대한 애기로 정신이 없다. 나 역시 예전에 다 느끼고 경험한 것을 처음 보고 듣는 일인 양 열심히 맞장구쳐 준다. 별일 아닌 것에도 신기해하며 정말 그랬냐는 듯 되묻는다. 내 아이만 유독 특별하다는 생각은 나 역시도 자주 했기에 그 기분을 어찌 모를 것인가.

아기의 작은 움직임 하나도 놓치지 않으려는 듯 틈나면 카메라 셔터를 눌러댄다. 그 모습이 영락없는 극성 엄마다. 아기의 옹알이 소리에 혀 짧은 소리로 답하는 것도 부끄럽지 않은 모양이다.

마음 한 구석이 늘 비어 있던 친구였다. 적금을 붓고 집 장만을 했어도 별다른 감회를 느끼지 못했다. 적금 타고 집 장만했다는 애기도 하지 않았다. 아니, 언젠가 하루 종일 새집 정리하느라 바빴다며 심드렁하게 한 마디 한 걸로 끝내버렸다. 정적만 감도는 무거운 공기를 이고 덩그러니 앉아 너른 집을 지키는 것도 고역이었을 것이다.

그런 친구가 이젠 걱정이 태산이다. 아이가 초등학교에 들어갈 때면 나이가 오십 줄인데 늙은 엄마라고 놀림 당하지 않을까 해서다. 또 남편의 사업이 계속 잘 되어야 아이 뒤치다꺼리를 할 텐데 경기가 좋지 않다고 너스레를 늘어놓는다. 얼른 키워 놓고 다시 직장을 나가야 한다는 말도 덧붙인다. 그런데 그 말도 왠지 힘이 들어가 있다. 걱정에도 행복이 들어가 있음을 눈치 못 챌 내가 아니다.

늦긴 했지만 먼저 내가 해왔던 일들을 친구도 거쳐 갈 것이다. 열이 나면 맨발로 응급실을 향해 뛸 것이고, 처음으로 아이가 선물을 내밀면 감격해서 눈시울을 적실 것이다. 가끔은 아이에게 회초릴 들기도 하겠지. 잠든 아이의 자국 난 종아릴 쓰다듬다 안쓰러움에 울음 섞인 목소리로 하소연도 해 오겠지. 자라는 모습을 틈틈이 찍어두었다 꺼내 보고 또 보며 미소지을 테지.

아인 자라면서 점점 친구를 닮아갈 것이다. 뛰어난 목청으로 냉장고는 물론이고 해외여행 상품권까지 타 온 엄마의 역량을 받아 가수가 되었으면 좋겠다. 친구는 자신이 이루지 못한 꿈을 아이에게 지극 정성 쏟아 부을 것이다. 때론 서로 부딪치기도 하면서 여느 모녀지간처럼 잘 살아갈 것이다.

우리는 때때로 선물을 주기도 하고 받기도 한다. 친구도 여러 가지 선물을 받았을 것이다. 그런데 이번 선물은 정말 특별하다. 돈으로 따질 수 없는 고귀한 선물을 받은 것이다. 아기는 신神이 친구에게 보내준 절실한 선물이다. 불면 날아갈까, 눈에 넣어도 아프지 않을 선물을 얻은 그녀의 뚫린 가슴이 비로소 메워졌음을 볼 수 있었다.

이제 그녀는 완벽해진 자신의 보금자리로 돌아갈 채비를 한다. 눈부실까 봐 햇빛을 막으려 안간힘을 다하는 그녀를 보며 핏줄보다 더 강한 인연으로 엮어져 있는 진정한 모녀 사이임을 확신할 수 있었다.

　세상을 다 얻은 듯 씩씩하게 걸어가는 그녀의 등이 오늘 따라 쫙 펴져 있다.

(≪수필과비평≫. 2006. 5/6)

수제비를 뜨며

반죽을 한다. 밀가루에 날계란을 깨뜨려 넣은 다음 물을 붓고 주무르기 시작한다. 올리브기름 한 스푼을 넣어야 했는데 깜빡했다. 그러고 보니 소금간도 안 했다. 생각이 깊어지면 빠뜨리는 게 꼭 생긴다.

수제비를 뜰 참이다. 먼저 육수를 준비한다. 물이 끓기 시작하면 멸치와 새우, 조갯살로 국물 맛을 낸다. 한참을 우려낸 후 멸치는 건져내고 반죽을 떼어 넣는다. 옆에서 아이들이 거들겠다고 달려든다. 성화에 못 이겨 한 덩어리를 떼어준다.

작은 녀석이 은근슬쩍 추겨 세운다. 엄마가 해주는 수제비가 세상에서 제일 맛있다고. 뱃속에서 못 얻어먹은 수제비를 지금에라도 원 없이 먹으려는지 식탐이 대단하다. 아이들은 물론이고 나 역시 수제비를 좋아한다. 어려서부터 자주 먹어 반 주식主食이었으니 질릴 법도 한데 아니다. 그러나 마냥 즐겁지는 않다. 수제비를 떠올리면 스치고 지나가는 얼굴이 있기 때문이다.

작은 아이를 가져 입덧이 심했다. 그런 중에도 유독 먹고 싶던 것이 수제비였다. 어린 시절 숙이네 집에서 먹던 수제비여야 했다. 그 수제비를 먹으면 살 것 같았다. 먹고 싶은 것을 못 먹으면 짝눈 아이가 태어난다는데도 난 차마 숙이네 집에 갈 수 없었다.

내 어렸을 때 우리 동네는 거의가 다 가난한 살림을 이루고 살았다. 꽁보리밥에 풋고추를 찍어먹으면 진수성찬이었고 밥 대신 고구마와 감자로 끼니를 잇기도 했다. 달리 벌이가 많았던 것도 아니고 바다에서 조개 캐서 돈을 사거나 겨우 손바닥만한 땅에서 일군 식량으로 식구들 건사하기도 빠듯한 때였으니 말이다. 면사무소에서 밀가루를 나눠주기도 했는데 그것이 식량의 절반을 차지하는 집도 있었으니 배곯는 날도 많았다.

가난이란 게 뭔지 몰랐다. 놀기에 급급했으니 말이다. 살림을 일구는 것은 어른들 몫이었다. 해가 뜨면 모여서 진탕하게 놀다 해질 무렵에나 집을 찾아들어갔으니 어른들이 어떻게 하루를 지내는지 알 바가 아니었다.

숙이네 집 뒷동산은 유일한 우리들 놀이터였다. 그 애 집은 모퉁이를 돌아가야 보였고 외따로 있었다. 뒷동산은 두 개의 무덤이 있었고 주위가 넓고 평퍼짐해서 놀기에 적격이었다. 더구나 수심이 얕은 바다가 바로 앞이었으니 들과 바다로 쏘다니기에 안성맞춤이었다.

밥 먹으러 가면 붙잡혀 못 나올까봐 점심도 걸렀다. 그러나 노상 굶지는 않았다. 새참 내어가느라 밭에서 돌아온 숙이 어머니가 커다란 양푼에 수제비를 한가득 퍼 담아 주고 나갔기 때문이다. 수제비와 신무김치가 다였다. 머리를 맞대고 정신없이 먹었다. 왜 그리 맛있던지. 질리지도 않았다. 일에 쫓긴 숙이 어머니는 남은 반죽을 납작하게 만들어 덩어리째 넣어 끓였다. 그걸 아는 우리는 서로 차지하려고 전쟁이었다. 젓가락에 먼저 꽂으면 임자였다. 똑같은 맛일 텐데 개선장군처럼 의기양양했다. 그 많던 수제비는 국물도 한 방울 남기지 않고 노느라 허기진 배를 채워주었다.

지금 생각하니 참 철이 없었다. 보릿고개도 있었고, 식구들 또한 많았으니 분명 귀한 밀가루였을 것이다. 그것으로 매일이다시피 남의 집 아이들 건사까지 했으니 허기진 시대에 참 따뜻하고 넉넉한 마음을 가진 분이었다.

종횡무진하며 재미나게 지내던 유년시절도 끝이 났다. 초등학교를 졸업하게 된 것이다. 이 무렵 우리들은 갈등이 많았다. 중학교를 갈 것인지, 아님 집에서 살림하며 어머니 일을 거들 것인지. 결국 추운 겨울을 보내고 장다리꽃이 필 무렵 숙이는 대처로 나갔다. 줄줄이 딸린 동생들을 위해 진학을 포기한 것이다. 친구를 잃은 허망한 마음에 참 쓸쓸했다. 그런 내 마음을 아는지 가서는 곧바로 편지를 보내왔다. 고달픈 대처 생활에 적응하지 못해 힘들어하는 마음이 구구절절 적혀 있었다. 고향 집과 우리들 생각에 편지는 늘 얼룩져 있었다. 집과 식구들 소식을 궁금해 했고 고향에 대한 그리움이 진하게 배어있었다.

일 년에 두어 번 명절날 숙이를 볼 수 있었다. 볼 때마다 숙이는 달라져 갔다. 퍼머머리에 예쁜 구두를 신고 세련된 모습으로 나타났다. 그리고 결혼한다는 얘기를 했다. 딸을 낳았다는 소식도 들었다. 시간이 흘러 나 역시 결혼을 했다. 숙이가 왔다는 것이다. 친정에도 들릴 겸해서 숙이를 찾았다. 몹시 반가워했다. 숙이는 큰 딸아이와 두리뭉실 불러오는 둘째를 뱃속에 가지고 있었다.

숙이네는 화기애애한 분위기가 넘쳤다. 지지리도 가난한 살림이었다며 숙이 어머니가 눈시울을 붉혔다. 예전과 많이 달라져 있었다. 허름하던 집 대신 아담한 양옥이 근사했고, 코흘리개 동생들도 줄줄이 장성하여 제 몫을 다하고 있었다. 어느새 넉넉한 살림을 일군 숙이네 집이 든든해 보여서 참 좋은 마음으로 집에 왔다.

그런데 얼마 지나지 않아 숙이 소식을 들었다. 뱃속에 든 둘째가 사산되었는데, 그것도 모르고 있다 병원에 왔을 때는 이미 산모의 목숨마저 건지지 못할 상태였다는 것이다. 얼마나 고통스러웠을까. 눈물만 앞섰다. 그 지경이 되도록 병원에 데려가지 않은 숙이 남편까지 원망스러웠다.

그 뒤 난 친정을 살짝 다녀왔다. 숙이 어머닐 만날까 싶어서였다. 그런데 우연히 길에서 만났다. 마주치는 순간 누가 먼저랄 것 없이 눈물을 쏟았다. 곁에 서 있는 내 딸아이의 머리를 쓰다듬고 또 쓰다듬었다. 그 때문에 더 눈물을 멈출 수가 없었다. 나를 볼 때마다 오죽 한스러울까. 잘 먹이지 못하고 공부 못 시킨 것 때문에 늘 가슴아파 했는데. 그런 딸이 앞서 갔으니 그 애절함을 무엇으로 표현할 것이며 또 그리움의 깊이를 어떻게 잴 수 있단 말인가. 내 마음도 아직 숙이를 놓지 못하고 있는데 당신의 가슴에 묻은 자식 생각을 하루인들 놓을 수 있을 것인가.

이젠 숙이를 부를 수가 없다. 친정에 가도 소식을 들을 수가 없다. 그 애에게 그런 일만 없었다면 지난 시절 도란도란 속삭이던 우리들의 추억을 끄집어내어 같이 반죽할 건데. 이제는 숙이의 부재로 인하여 그리움과 애끓음만이 비가悲歌가 되어 내 가슴을 적신다.

　내 마음을 알 리 없는 아들 녀석이 양껏 채운 배를 보이며 날 향해 엄지손가락을 펴 보인다.

(≪수필시대≫. 2006. 7/8)

04

적과의 동침

병상 일기

병실의 분위기란 그렇게 평온한 것만은 아니다. 두려움과 고통을 참아내며 자신이 가지고 있는 병마를 몰아내려 찾는 곳이기 때문이다. 나 역시 미루고 미뤘던 과제를 해결하기 위해 환자복을 입었다.

갈아놓은 하얀 시트 위에 몸을 실었다. 앞서 나갔을 환자도 처음엔 지금 내 마음처럼 무거움으로 착 가라앉았을 테지. 곧 있을 수술의 두려움으로 온몸이 경직되어 감을 느낀다. 손가락 한 마디도 움직이고 싶지 않다. 복잡한 심정으로 하릴없이 창 밖을 보는데 누군가 날 부른다. 두어 번의 소리에 마지못해 고개를 돌린다.

할머니다. 알고 싶다는 표정으로 날 응시한다. 뜸을 들이다가 내 예상대로 어디가 아픈지, 어디서 왔는지, 수술은 언제 하는지 물어온다. 그러나 악의가 보이지는 않는다. 묻는 대로 얘기하고 싶지 않은 게 솔직한 심정이다. 만사가 다 귀찮게 느껴져 그래서는 안 되지만 건성건성

대답을 해주었다. 물론 병명에 대해서도.

하루 전날 입원해야 함에도 일을 핑계삼았다. 당일 오전에 입원하여 오후에 수술을 받기로 했다. 전날부터 맘 졸이며 날밤을 새고 싶지 않았기 때문이다. 병원이라는 그 자체가 바윗덩어리 마냥 내 몸을 누르고 조여 올 테니까.

더디게 가는 오전의 시간들을 지루하게 보냈다. 수술실에 옮겨진 나는 낡은 천장과 퇴색된 벽면을 번갈아 보다가 잠들어버렸다. 그리고 몇 시간이 지난 후 살아있음을 소리로 주변 사람들에게 알렸다.

하루를 꼬박 앓으며 보냈다. 그 다음날은 할머니의 잔소리로 보냈다. 그 때의 심정은 잔소리로 들렸다. 일거수일투족을 살펴보면서 참견을 해왔다. 대답하기조차 힘겨운데 왜 그리 묻는 건 많은지. 난 아파서 죽을 지경인데. 가만히 보니 나에게만 아니라 할머니 시야에 보이는 대상은 다였다.

삼일 째 아무것도 먹지 못했다. 미음이 나왔지만 일어나기가 괴로워 누워 있었다. 혈관 속으로 영양제가 투입되고 있었기에 별반 걱정이 안 되었다. 문제는 할머니였다. 애가 타서 어쩔 줄 몰라했다. 식사를 하지 않으면 덩달아 수저를 들지 않았다. 애처로운 눈빛으로 애원하는 것 같았다. 문득 노인에게서 아버지를 떠올렸다.

유년의 난 큰 무기를 가지고 있었다. 꾸중을 들으면 단식을 하는 거였다. 하루쯤 굶는 건 이력이 나 있는 터였기에 어려운 일이 아니었다. '이번엔 딸아이 성미를 꼭 고쳐야지' 하며 내버려두다가도 결국 아버지가 손을 먼저 드셨다.

할머니가 그랬다. 우리 아버지 못지않았다. 먹지 않는다고 어떻게나

야단야단 하시는지 고집센 나도 할머니의 성화에 그만 항복을 했다. 세 끼 죽을 꼬박 먹어야 한다는 게 힘들었지만 버틸수록 말수가 늘어가니 차라리 먹는 게 나았다. 딸네와 며느리가 만들어 온 반찬을 꺼내 병실 사람들에게 나눠주는 것은 물론이고, 심지어는 환자를 보러 온 사람에게까지 밥을 챙겨 먹이니 예사 마음이 아니었다. 그 정도에서 그쳐도 되련만 입가심이라며 과일을 깎아내었다.

그런 마음이니 나를 내버려 둘 리가 없었다. 당신의 딸 마냥 애가 타는 모양이다. 몸만 성하다면 미역국을 시원하게 끓여와 나에게 먹이고 싶다는 것이다. 할머니의 말씀이 차츰 진실로 들렸다. 집에서도 세 끼를 온전하게 먹어 본 적이 없는데 참 희한한 일이었다. 할머니의 한 마디에 수저를 들고, 잘라주는 과일 한 쪽을 입에 대었다.

시간이 지남에 따라 수술한 부위도 서서히 나아가고 있었다. 여유가 생기니 이번엔 내가 할머니에 대해서 일거수일투족이 궁금하였다. 다리를 다쳐 4개월 넘게 병상에 있다는 할머니는 염증이 날 만도 하건만 씩씩했다. 뼈를 고정시키기 위해 쇠를 박은 뭉치가 얼마나 힘겨울 것인가 싶다가도 표정을 보면 전혀 아닌 것 같았다.

집 텃밭에 심어놓은 과실을 따 동네사람들에게 나눠주러 가다 오토바이에 받혔다는 것이다. 찡그림도 없이, 다치게 한 사람에 대해 원망도 없이 시종 웃어가며 병실을 찾는 사람에게 사연을 들려주었다. 그 동안 얼마나 많은 사람들에게 자신의 애기를 했을까 짐작이 갔다. 누군가 우리 병실에 들어서면 '이제 또 할머니의 파란만장한 사고 경위를 듣게 되겠지.'하며 혼자 속웃음을 지었다.

할머니를 유심히 쳐다본다. 나이 든 티가 나지 않는다. 올해 칠순을 맞는 나이임에도 육십을 조금 넘긴 것 같다. 시골 사람 같지 않게 피부도 곱고 예쁜 얼굴이다. 또 한 가지는 그 나이에도 젊은 사람과 대화가 된다는 것이다. 보통 몇 마디 주고받으면 더 이상 할 이야기도 없고 대화가 끊어지기 마련인데 전혀 막힘이 없었다.

열흘 가까이 병원생활을 했다. 입원해 있는 동안 할머니와 나, 그리고 몇 번이나 들고난 환자와 다 화목하게 보냈다. 애기도 끊어지지 않았고 서로 먹을 것 나눠가며 잘 지냈다. 이틀 있다가 가는 환자도 그냥 고개만 끄덕이면 되련만 할머니의 손을 잡고 작별 인사를 했다. 그들 또한 챙겨주는 할머니의 마음이 고마워서였을 것이다.

가족이 아닌 사람들이 모였지만 식구처럼 잘 지낼 수 있었던 것은 온전히 할머니의 다정다감한 마음 때문이 아니었나 싶다. 나 역시도 할머니가 아니었다면 옆의 환자와 별 대화 없이 보냈을 것이다. 할머니가 먼저 나누고 배려하고 베풀었기에 같이 있는 동안 아픔을 잊고 재미있게 보냈던 것 같다.

할머니는 잠시도 쉬는 법 없이 말꼬리를 물었다. 무슨 애깃거리가 그리도 끝없이 줄줄 나오는지. 그럼에도 사람의 마음을 다치게 하지 않는 것이다. 동네반장이라는 별명을 지었을 만큼 수다가 많았어도 단 한 마디 남의 흠을 잡거나 꼬투리를 물지 않았기 때문이다.

할머니로부터 그걸 깨쳤다. 말이 많은 만큼 실수가 따르기 마련이라지만 할머닌 남의 애기를 가볍게 하지 않았다. 여러 사람들과 같이 병상에 오래 있으면서도 할머니라고, 늙은이라고 도외시되지 않았던 것은 고운 마음이 늘 자리잡고 있었던 때문이었다. 나이가 들면 저절로 그렇게 되는 것이 아니었다. 또 오랜 연습을 해서는 더욱 아니었다. 본

디 가지고 있는 성품이 그러했기 때문이다. 병실 문을 나서며 나 역시 할머니의 손을 잡았다.

병원은 두려움의 대상이긴 하지만 삭막한 곳은 아니었다. 정이 배어 있었다. 같은 아픔을 겪고 있기에 다 보듬어 안는지도 모른다. 그 곳에 들어서는 순간 모든 껍질을 벗어버리고 동류가 된다. 그래서 아픔과 고통이 있지만 웃음도 같이 존재하는 것이다.

퇴원을 하고 일주일이 지나 한 통의 전화를 받았다.

(2006. 2)

램프를 찾아서

딸아이의 일기를 보고 있다. 방 청소를 하다가 노트정리는 잘하고 있는지 궁금해서 펼쳐본 게 일기장이다. 다른 노트와 함께 책꽂이에 가지런히 꽂혀있어서 일기장일 거라곤 전혀 생각지 못했다. 이젠 여중생인데 덮어두어야 하나. 찰나의 갈등 끝에 나의 눈길은 내용을 훑어 내린다.

입학하면서부터 쓴 모양이다. 친구들을 많이 사귀지 못했으며 과목마다 담당선생님이 달라 성격을 파악하는데 시간이 걸리겠다는 등, 학교에서의 일상을 익살스럽게 표현하고 있다. 나도 모르게 웃으며 다음 장을 넘긴다. 아버지라는 단어가 눈에 들어온다.

"만일 내게 단 한 번의 소원을 들어주는 요술램프가 있다면 아버지의
병을 낫게 하는 알약 하나만 달라고 할 것이다."

눈앞이 흐려온다. 초등학교 오학년 때부터 한 가지 소원으로 일관하

던 큰아이의 바람이 바뀌어 있었다. 반듯한 글씨체로 또박또박 써 내려 간 일기를 보면서 참 많이 컸다는 생각을 한다.

이 년 전, 딸아이가 애완용 강아지를 사달라고 졸라댔다. 좁은 아파트에 사람과 동물이 함께 살 수 없다고 잘라 말했다. 남편은 나보다 더 완강했다. 개 짖는 소리 때문에 이웃에게 피해를 끼치는 것은 물론이고 빠진 털 때문에 식구들의 건강에 나쁜 영향을 미친다는 말까지 덧붙이면서 반대했다. 그러나 큰아이는 고집을 부렸다. 귀찮을 정도로 나를 따라다니며 애원을 하다못해 눈물까지 뚝뚝 흘리는 것이었다. 어디서 구했는지 강아지 그림을 제 방 벽에 다닥다닥 붙여놓고 틈이 나면 쳐다보았다. 나중에는 용돈을 절약하여 모은 돈으로 강아지를 사겠다며 은근히 선전포고까지 하는 것이었다. 한두 푼도 아니고 몇 십만 원의 돈을 언제 다 모으겠는가. 저러다 지치면 말겠지 싶어 내버려두었다.

시간이 지나면서 그 일을 잊고 있었는데 난데없는 전화가 걸려왔다. 학교 앞 주택에 사는 아주머니인데 강아지가 없어져 어떻게 된 일인지 딸아이에게 묻기 위함이었다. 아주머니는 우리 아이를 잘 알고 있었다. 공부를 마치고 나면 매일이다시피 강아지를 보러온다는 것이었다. 여느 때처럼 별 생각 없이 아이에게 안겨주고 외출을 했다가 집에 오니 강아지가 보이지 않았고, 수소문 끝에 우리 집으로 연락을 한 것이었다. 화가 치밀어 올랐다. 일단 아주머니에게 사과부터 하고 아이가 집에 오면 다시 전화를 드리겠다며 끊었다.

'우리 집에 없으면 말 일이지 남의 집 강아지를 데리고 놀다가 잃어버리기까지 하다니.' 단단히 혼쭐낼 것이라 벼르며 아이가 오기만 기다렸다. 학원에서 돌아온 아이에게 문을 열어주면서부터 큰소리로 다그

쳤다. 내 고함소리에 아이가 겁을 잔뜩 먹고는 울먹거리더니, 같이 놀다가 대문 안에 들여놓고 학원에 갔다는 것이다. 그 길로 아주머니 집에 아이를 보냈다. 일부러 그런 것도 아니고 실수였으니 할 수 없는 일이라며 놀라지 않았냐고 주인아저씨가 아이를 위로한 모양이었다. 나에게 꾸중을 엄청 들은 아이는 얼마나 울었던지 눈이 퉁퉁 부어있었고 그로 인해 집안 분위기는 엉망이 되었다. 퇴근해 온 남편은 연유를 들은 후 나를 책망했다. 이유 불문하고 아이부터 혼낸 것에 마음이 무척 상했던 모양이다. 그날 결국 남편과 나는 강아지 문제로 언성을 높이는 단계까지 가게 되었다.

다음날 그 집을 찾아갔다. 다시 한 번 사과를 한 후 서운하더라도 새 강아지를 사서 정붙이라며 얼마의 돈을 두고 왔다. 그 사실을 안 아이가 내게 통장을 내밀었다. 강아지를 사기 위해 작정을 하고 모았는지 제법 많은 돈이 들어 있었다. 한바탕 난리를 쳤으니 이제는 강아지 사는 것을 포기했겠지 싶어 도로 돌려주었다. 이후로 도통 강아지 얘기를 꺼내지 않기에 포기했는가 했더니 그게 아니었던 모양이다.

우연히 자물쇠가 달린 아이의 일기장을 보게 되었는데 마침 열쇠가 꽂혀 있었다. 대수롭지 않게 펼쳐본 일기장에는 생각지도 않았던 강아지 얘기가 구구절절 적혀 있었다. 미련을 버리지 못하고 있었던 것이다.

"나에게 만약 요술램프가 있다면 첫 번째도, 두 번째도, 그 다음에도 예쁜 강아지를 달라고 했을 것이다."

너무 갖고 싶어 꿈 속에서조차 강아지가 보인다 했다. 간절한 소망이 담긴 일기장을 덮을 수가 없었다. 한동안 생각에 잠겼다. 남편을 어떤 식으로 설득시켜 허락을 얻을 것인가. 나 또한 뒤치다꺼리를 잘할 수 있을 것인가. 사실 강아지를 예뻐하지만 집 안에서 키운다는 것은 싫다. 그러나 저러나 어떡해야 하나. 갖고 싶어서 병이 날 지경인 아이의 소원을 들어주어야겠는데.

생각 끝에 아이를 불렀다. 이 년 후면 조그만 주택을 지어서 이사를 할 것이니 그 때 원하는 강아지와 덤으로 토끼도 두어 마리 사주겠다고 약속을 했다. 한참을 더 기다려야하는 것에 내심 실망하는 눈빛을 보였지만 그래도 강아지를 키울 수 있다는 희망을 품는 것 같았다.

그러나 사람 일이 마음먹은 대로 다 된다면 무슨 어려움이 있겠는가. 초겨울이 시작되면서 우리 집에 먹구름이 끼었다. 남편이 덜컥 자리에 누운 것이다. 아이들을 친정어머니에게 맡겨두고 정신없이 병원을 뛰어다녔다. 대수롭지 않게 생각했던 단순 종양이 암 덩어리였다니. 그것도 몇 개씩이나.

절박했다. 딸아이가 찾던 요술램프를 나도 찾기 시작했다. 나의 염원은 소원을 들어주는 램프를 찾는 일이었다. 백일을 보내고 또 백일을 보냈다. 눈을 뜨면 아니, 꿈 속에서조차 램프를 찾아 헤매었다. 그리고 그토록 소원하던 램프를 찾았다. 남편을 치료해 줄 의사를 만난 후 조금씩 차도를 보인 것이다. 힘든 시간이었지만 남편은 고통을 이겨내며 희망을 가지기 시작했다. 우리는 희망을 절대 놓치지 않을 것이다.

아이를 바라보는 나의 시선이 달라졌다. 이미 딸아이는 투정부리고 고집피우던 어린애가 아니었다. 친정어머니 말씀을 후일 들으니, 아침에 입을 옷을 전날 밤에 미리 챙겨 머리맡에 두고 동생 책가방을 열어 숙제와 준비물을 꼼꼼하게 점검하더라는 것이다. 또 아침 일찍 일어나 학교 갈 준비를 서두르며 제 할 일을 야무지게 해내더라고 했다.

매일 밤 베개가 다 젖도록 울다 잠들었다는 아이를 생각하면 지금도 마음이 아프다. 내 손이 아니면 아무것도 하지 못하던 아이들이 나의 빈자리를 생각하며 얼마나 울었을까. 또 얼마나 부모가 그리웠을까. 남편 때문에 정신없이 돌아다녀 제대로 살펴주지 못한 것이 못내 미안하면서도 어느새 성큼 커 버린 딸아이가 대견스럽기만 하다.

한 번밖에 쓸 수 없는 소원을 이미 써버린 딸아이를 위해 이젠 내가 램프가 되어 줄 것이다. 비록 약속했던 시간보다 더 많은 세월이 흐른 후가 되겠지만 강아지를 두어 마리 기르고 뜰 한 켠에 토끼도 키우리라.

요술램프를 찾아 헤맨 경험이 한 번쯤은 있었을 것이다. 그러나 요술램프는 멀리 있는 게 아니다. 사람의 가슴에 있다. 다만 그것을 필요로 하지 않는 사람에게 보이지 않을 뿐이다.

(≪수필과비평≫ 작가회의 동인지. 2003)

어치

소리가 들린다. 새들의 지저귀는 소리, 풀벌레 소리, 은은한 바람소
리, 나뭇잎 서걱대는 소리가 한데 어우러져 듣는 이의 마음 또한 즐겁
다. 생명들이 내는 온갖 소리는 아름다운 숲의 정서를 한껏 올려준다.
그런데 가만히 오감을 세우면 또 다른 소리가 들린다. 아름다움 뒤에
감춰진 치열한 생존경쟁의 소리다. 위급함을 알리는 소리, 공격하는 소
리, 살아남기 위해 전력 질주하여 도망치는 소리들이 뭉쳐져 일순간에
숲은 아수라장으로 변한다.

거대한 나무에 두 가족이 둥지를 틀고 알을 품었다. 원앙새와 어치다.
아래와 위에 각각 위치한 두 가족은 한 나무에 날아들었다. 같이 있으
니 외롭지 않으련만 예민한 촉각을 곤두세운다. 방심해서는 안 된다.
은근히 불안하다. 언제 강한 부리에 서로의 몸이 발기발기 찢겨질지
모르기 때문이다.

지저귀는 새소리가 요란하다. 드디어 세상 속으로 새끼들이 나온 것이다. 악악대며 난리다. 주둥이를 있는 대로 벌리며 제 입에 먼저 넣어 달라고 아우성이다. 어미 새는 부지런히 먹이를 나른다. 어찌 아는지 돌아가며 고루 새끼 입에다 야무지게 먹이를 넣어준다.

갈수록 어미 새를 닮아간다. 실핏줄이 드러나 핏덩어리 같던 게 어제 같은데 부숭부숭 털이 자라 제법 모양새를 갖춰간다. 따라서 어미의 활동도 커진다. 먹이를 달라고 아우성인 새끼를 위해 숨이 턱에 차도록 사방을 오르락내리락하며 먹잇감을 구하려 애쓴다. 이렇듯 두 가족은 새끼들 부양하느라 정신이 없다.

그러나 아무래도 불안하다. 언제 공격당할지 모른다. 한 나무에서 두 가족이 살아간다는 것은 위험부담이 크다. 살아남기 위해서는 상대방을 먼저 쓰러뜨려야 한다. 약삭빠르고 당찬 어치는 양단의 결정을 내린 듯 비상한다. 원앙보다 체구는 작지만 기상이 보통 아니다. 당차고 대담한 구석이 있어 호락호락해 보이지 않다.

어치의 선제공격이다. 어미가 먹이를 구하러 간 사이 원앙의 새끼를 죽이려는 것이다. 잠깐 주위를 살피더니 곧바로 원앙의 새끼에게 일격을 가한다. 집중적으로 한 마리만 머리를 쪼아댄다. 괴로움에 버둥거리다 숨을 놓자 그 옆의 새끼에게 역시 같은 형태로 공격한다. 그러더니 재빨리 날아오른다. 원앙의 어미가 멀리 갔는지 나타나지 않자 다시 쏜살같이 내려온다. 같은 방법으로 새끼들을 차례로 물어뜯고 쪼아댄다.

새끼들은 어치의 공격에 저항할 아무런 힘이 없다. 두려움에 떨며 서로의 몸 밑으로 숨으려하나 어치가 가만둘 리 없다. 마지막 한 마리까지 숨통을 조인 후 비로소 어치는 제 할 일을 다 했다는 듯 사라진다.

먹이를 물고 온 원앙새는 넋을 놓고 만다. 차디차게 식어버린 새끼들의 주검 앞에 자신의 무능함을 원망한다. 둥지를 떠나지 못하고 죽음을 인정하지 않으려는 듯 식어버린 새끼의 주검을 오래도록 품고 있다.

원앙새의 절망을 알 리가 없다. 아니 아랑곳 않는다. 생존경쟁에서 살아남음을 자축하며 어치는 새끼들을 데리고 세상 속으로 나선다. 경쟁대상을 없애고 유유히 첫 걸음마를 시작한다. 그러나 방심해서는 안 된다. 원앙의 새끼를 물어 없앤 것처럼 도처에 깔린 적들로부터 나 또한 당할 수 있기 때문이다. 안주할 수 있는 곳으로 가기까지 잠시도 한눈을 팔지 않는다. 험난한 곳을 헤쳐 가며 은밀히 새끼들을 불러 모은다. 적의 눈에 띄지 않도록 숨어가며 먹이를 구하고 세상사 일을 경험시킨다. 달을 보내고 또 새로운 달을 채우며 능숙한 육아법으로 자식을 훈육한다. 비상하는 법에서부터 먹이 구하는 법, 또 적들로부터 위험에 빠졌을 때 대처하는 법을 몸으로 익히게 한다.

이제 더 이상 가르칠 게 없다. 곧 새끼들을 자립시켜야 한다. 적절한 시기에 자식은 어미의 품으로부터 날아가고, 어미 또한 뒤돌아보지 않고 자신의 길을 떠나버린다. 냉정하다. 어쩔 수 없는 그들의 살아가는 방식이다. 때에 맞춰 어미를 떠나야 하고, 살기 위해서는 죽여야 하는 적자생존이며 우승열패이다.

오늘 작은아이 초등학교 졸업식을 치렀다. 만감이 교차한다. 뱃속에 아이를 잉태하는 순간부터 자식에 대한 염려로 숨죽여왔다. 혹여 잘못되지는 않을까, 손가락은 온전할까. 태어나는 순간에도 그 걱정은 사라지지 않았다. 첫돌을 보내고 유치원에 입학시키고 다시 초등학교에 보내면서도 아이에 대한 염려로 시간을 보내며 나름대로 최선을 다했다.

그런 아이가 이제 중학생이 되려한다. 변성기가 오는지 목소리가 굵어지고 제 방을 갖고 싶다며 독립을 간접적으로 선언한다. 아직도 간섭하고 일러줄 것이 많은데 아이는 점차 그 소리를 거부한다. 길 건널 때 조심해라, 학원시간 늦지 마라, 머리는 감았는지, 그렇다면 감기 들기 쉬우니 머리를 말린 후 학교에 가거라. 학교 가는 아이 앞에 아직도 할 말이 많다. 그러나 아이는 냉정하리 만큼 나의 말을 자른다. 정말 섭섭하다. 내가 어떻게 해서 저 아일 낳고 길렀는데. 서러움에 명치끝이 아파 온다.

그런 나의 마음을 알아차린 딸이 그간 숨겨왔던 심중을 털어놓는다. 자식을 사랑하는 마음은 잘 안다. 하지만 하나에서부터 열까지 엄마 손으로 다 해주다 보면 아이는 점점 다른 이에 비해 경험이 부족하여 제 스스로 해 나가야 할 일이 서툴고 힘들어진다. 한 박자 늦다보니 모든 경쟁에서 뒤쳐질 것은 자명한 일이고, 마침내 자신감을 잃어 의욕을 상실케 될 것이다. 이것은 아이를 위하는 게 아니라 망치게 하는 것이다.

큰아이 말을 듣다보니 뭔가에 한 대 맞은 기분이었다. 그것은 깨치는 것이기도 했고, 또 여태까지의 행동에 대한 반성이기도 했다. 그랬다. 난 아이에게 필요 이상의 보호본능을 쏟으며 그것에 대한 합리화에 익숙해 있었다. 사회에서의 생존경쟁에 대한 의식은 전혀 심어주지 않고 내 방식대로만 안일하게 대처해 왔던 것이다.

인간 역시 살아가는 방식이 동물과 별반 다르지 않다는 걸 알았다. 한 생명이 태어나면서부터 경쟁은 이미 시작되고 있었다. 어려서는 옆집 아이와 경쟁하게 되고, 학교에 가서는 성적에 대한 경쟁, 일류 대학에 붙기 위한 치열한 경쟁, 선호하는 직업을 갖기 위한 경쟁 등으로 늘 긴장하며 살아간다. 이런 사회에서 살아남기 위해서는 경쟁의 대상을 물리치고 그 우위에 앉는 것이다. 그러기 위해서는 남보다 더 노력하고 앞서가야 하는 것이다.

난 아이의 그런 자질을 발휘시키는데 주력하지 않고 그저 안일하게 눈앞에 보이는 위험만 감지하며 살아왔던 것이다. 무작정 보듬어 안는 것이 능사인 줄 알았다. 그러나 어치 새는 달랐다. 그는 새끼를 훈육하고 가르치면서 독립시킬 마음의 준비까지도 다 하고 있었던 것이다. 제 속으로 난 자식과의 이별은 크겠지만 한 몫을 할 수 있도록 놓아주어야 할 시기를 알고 있었다는 것이다. 난 원앙새의 어미인지도 모른다. 나름대로 새끼를 위해 최선을 다했겠지만 결과는 어치에게 모든 것을 다 잃고 말았다.

지금 내겐 냉정함과 과감한 결단성이 필요하다. 스스로 하고자하는 일을 어미가 간섭하며 가로막아서는 안 된다. 사랑하는 마음은 속으로 묻어두고 엄한 어미로 거듭나야겠다. 먼저 손을 내밀어 자식을 도와주는 일은 절대 하지 않겠다. 힘들어 해도 두 눈 질끈 감아야한다. 자신감을 가지고 고난을 스스로 이길 수 있도록 강한 의지를 다지게 해야 한다. 그게 진정한 모정일 게다.

(≪월간문학≫. 8월호)

꿈

며칠 전 후배에게서 연락이 왔다. 나더러 태몽을 대신 꾸어달라고 한다. 그 순간 뇌리를 스치며 지나가는 게 있었다. 부쩍 예사롭지 않은 꿈을 자주 꾸어 이상한 생각이 들었는데 그녀의 전화를 받기 위해서였나 보다.

피식 웃음이 난다. 얼마 전에 수박만한 배를 따서 광주리에 담는 꿈, 강아지 꿈, 어미돼지가 새끼를 낳아 젖을 먹이는 꿈, 바다에서 물고기가 헤엄치는 꿈을 연속으로 꾸었다.

돼지꿈을 꾼 날, 눈을 뜨면서부터 몸이 가볍고 머리가 맑았다. 횡재 꿈이라는 뜻풀이를 보고나서 나 스스로 대견했다. 아무나 못 꾼다는 돼지꿈을 난생 처음 꾸었기 때문이다.

아침 일찍부터 집 안을 깨끗하게 치우고 몸을 단정히 한 후 집을 나섰다. 먼저 슈퍼에 들러 즉석복권 두 장을 구입했다. 콧노래를 부르며 은행으로 향하는 나의 발걸음은 그야말로 날아가는 듯 가벼웠다.

집채만한 어미돼지가 새끼들에게 젖을 먹이는 꿈이었으니 아무래도 십여 장은 사야겠지. 은행 안에 들어서니 이른 시간인데도 사람들이 많았다. 그 틈에 끼여 복권을 산다는 게 쑥스러운 생각이 들었다. 괜히 나만 쳐다보는 것 같고 내 속을 훤히 알고 있는 것 같았다. 일보러 들렀다가 복권 두어 장 사는 것은 아무렇지도 않더니 영 뒤가 간지러웠다.

망설임도 잠시, 일확천금이 들어올지도 모르는 이 상황에 부끄러움쯤이야 감수해야지. 직원에게 다가가 주택복권과 즉석복권 몇 장을 사서는 뒤도 돌아보지 않고 잰걸음으로 은행을 나왔다.

가깝게 지내는 이웃을 불러 미리 점심을 샀다. 아무런 이유 없이 밥을 사겠다는 나에게 자꾸 연유를 묻지만 미주알고주알 말할 수 없었다. 그런 중에도 지갑 속에 넣어둔 복권을 몇 번이나 몰래 들여다봤다. 집에 가서 혼자 조용히 확인해 볼 참이었다. 아무리 잘 지내는 이웃이라도 비밀로 하고 싶어 입 안에서 맴도는 말을 억지로 참았다.

시장을 둘러보았다. 오늘 따라 사고 싶은 것이 왜 그리 많은지. 그릇집을 지나면서 수입품인 삐삐 주전자가 눈에 들어왔다. 오래 전부터 봐 두었지만 차일피일 미루던 터였다. 제일 비싼 것을 사리라 확실하게 눈도장을 찍어 두었다. 참 걸리는 것도 많다. 아이들이 좋아하는 캐릭터 가방도 하나씩 사 주어야지. 옷가게, 신발가게, 문구점에서 갖가지 물건들을 문 밖에 내다 놔 나의 발걸음을 멈추게 한다.

'까짓 조금 쓰면 어때.'

함박웃음을 짓는 아이들 생각에 대형매장에 들렀다. 큰맘 먹고 딸아이가 좋아하는 바나나를 송이째 사고 딸기도 한 소쿠리 샀다. 돈 아까운 줄도 모르고 부담 없이 이것저것 바구니에 먹을거리를 담았다.

집에 와서 가방을 열었다. 빨리 지갑 속에 든 복권을 긁어봐야 하는데 마음뿐 행동이 따라주지 않는다.

'만약, 복권이 줄줄이 당첨되면 어쩌지? 한 장도 아니고 여러 장이?'

난 이미 횡재한 부자가 되어 있다. 당첨금이 몇 억이 넘는다면 무얼하나. 먼저, 요즘 들어 힘들어하는 언니 좀 도와주고, 그 다음 그럭저럭 살아가는 형제들 챙겨야겠다. 참, 가장 먼저 하려던 일이 있었지. 병으로 고통 받지만 경제적인 능력이 안 되어 병원 문턱에도 못 가는 사람들에게 희망을 주는 일. 그 일을 해야지. 그들을 먼저 챙겨야지. 그러고 보니 어느새 내가 도와주고 싶은 사람들이 줄을 지어 서 있는 게 아닌가.

언젠가 로또복권을 사면서 남편에게 했던 말이 기억난다. 일등 당첨이 되면 십분의 일만 우리 것으로 하자고.

가끔 복권을 산다. 한두 장 사서 긁어 보면 '꽝'인 경우가 대부분이지만 때로는 오백 원에 당첨되어 본전을 하기도 한다. 그저 단순한 즐거움이다. 당첨되면 행운인 것이고 아니어도 그만이다. 내가 사준 복권이 유용하게 기금으로 쓰인다면 그 또한 도움을 준 것이려니. 복권으로 인해 잠깐이나마 생활의 활력이 되었다고 생각하면 되는 것이다.

마음을 단정히 하고 두 손에 힘을 모은다. 쓸 곳이 많으니 제발 꿈값 톡톡히 하게 해 달라 신神에게 도움을 청한다. 사람의 욕심은 한정이 없는 모양이다. 은행을 돌아가며 사 모은 복권이 곧 허탕인가, 아니면 꿈 값을 톡톡히 할 것인가가 드러나는 순간이다. 주택복권은 추첨시간이 아직 남았으니 제쳐두고 즉석복권을 긁었다.

기자들이 인터뷰를 하겠지? 무슨 꿈을 꾸었냐고. 여태 당첨된 사람들처럼 나 역시도 복스러운 어미돼지와 오동통한 새끼들을 떠올리면서 꿈 얘기에 침이 마르겠지.

그러나 나의 기대와 희망은 '꽝'이었다. 겨우 오백 원짜리 세 장이 당첨되었으니. 눈앞이 흐려오면서 허망함과 실망감이 차례로 교차되었다. 그런데 웃음이 났다. 복 꿈이 아니었구나 싶어서 자꾸 웃음만 나왔다.

아이들이 즐거워서 난리다. 엄마 마음을 어떻게 알까마는 얄미울 정도로 즐거워한다. 누렇게 잘 익은 바나나 한 송이가 식탁 위에 통째 놓여 있으니. 연신 들락날락하면서 벗겨 먹고 있다. 떡볶이에 과자며 간식거리가 소쿠리에 푸짐하니 어찌 즐겁지 않을까. 작은 놈이 바나나 하나를 벗겨서 내 입에 넣어준다. 고개를 흔들다가 마지못해 받아먹는다. 허망한 마음이지만 속으로 삼키는 바나나가 의외로 맛있다.

오늘 하루 생활비는 평소의 삼사일 치와 맞먹었다. 참말로 꿈이 예사롭지 않았는데. 누구든 쉽게 꾸는 꿈은 더욱 아니었는데. 일등 당첨된 사람들 꿈 얘기가 내 꿈보다 더 나은 것도 아니었는데 말이다.

퇴근해 온 남편에게 미주알고주알 아이처럼 일러바쳤다. 남편은 한 술 더 뜬다.

"어이구 바보, 로또복권을 샀어야지. 요즘 로또복권 말고는 누가 사 기나 한대?"

꿈 덕에 모처럼 이웃에게 점심 사고 아이들에게 제일 좋은 엄마가 되었다. 아직 작은 아이에겐 먹거리가 떨어지지 않게 간식 소쿠리를 채워주는 엄마가 제일이며 일등 엄마가 아니던가.

후배에게 태몽을 꿔 주기로 약속했다. 아이 셋을 낳아도 정작 자신은 태몽을 꾸지 못했다고 한다. 이번에는 날더러 꼭 좋은 꿈, 아들 꿈을

꾸어달란다. 불혹을 넘겼지만 아이를 또 낳고 싶어한다. 남편이 무녀
독남으로 외롭게 자란 탓에 그의 소원을 들어주기로 했다하니 좋은 꿈
을 꾸어서 치마폭에 던져주어야겠다.

(2003. 4)

소년

아이가 입원을 했다. 축구하다 다리를 다쳐서이다. 상처가 깊어 삼 주 정도 진단이 나왔다. 봉합한 부위가 붙지 않으면 피부이식도 감안해야 한다는 말에 겁을 먹었다. 안정을 취해야 한다는 의사의 지시대로 사람이 많지 않은 병실을 택했다.

거기서 한 소년을 만났다. 문을 밀치는 순간부터 소년의 수다가 들려왔다. 그를 둘러싸고 있는 환자들과 소년의 재잘거림은 신경이 곤두서 있는 내 귀를 자극했다. 다쳐서 가뜩이나 겁먹고 있는 아이를 잠재우려 했는데, 그 생각은 소년을 만나면서 바로 깨졌다.

어느 정도 안정이 되자 주변을 둘러볼 여유가 생겼다. 비로소 소년이 눈에 들어왔다. 남자아이임에도 갑자기 왜 '빨강머리 앤'이 떠올랐을까. 재잘거리는 수다스러움과 하얀 피부에 드러난 주근깨 때문인지도 모를 일이었다.

소년의 모습은 어딘가 모르게 꾀죄죄해 보였다. 군데군데 흉이 드러
난 빡빡 머리도 그렇고, 얼굴 생김새도 세련되고 귀티를 풍기는 요즘
아이 같지 않게 촌스러웠다. 황급히 자식 키우는 부모 입장에 별 생각
다하는 나 자신을 나무랐다. 미안함을 느껴 첫인상을 지우려는데 소년
이 말을 걸어왔다. 보통 아이라면 수줍어할 터인데 당당했다. 우리 아이
가 왜 입원을 하게 되었는지, 몇 살이며, 집은 어디인지, 어느 학교의
몇 학년인지 물어왔다. 잠시 전의 마음과 달리 궁금증에 대해 답해주었
다. 학교가 다르더라도 학년이 같다는 것에 친밀감을 가지는 것 같았다.
잠시 자고 일어난 내 아이에게 말을 건넸다. 내게서 이미 알아 놓고
직접 또 묻는다. 병실의 두 소년은 빠른 속도로 가까워갔다.

소년은 병원에서 인기를 한 몸에 받는 유명인 같았다. 사람들이 습관
처럼 우리 병실을 드나들었다. 이름말고도 만득이, 복덕이 등 병원환자
들이 붙여준 별명도 여러 개나 되었다. 별명과 이름을 혼용해서 부르면
정확히 자신의 성과 이름을 한자로 풀이하고, 깊은 뜻이 담겨있다고
야무지게 말하는 것이었다.

소년은 교통사고로 장기간 입원한 환자였다. 아니, 잠시 퇴원했다가
다시 들어온 지 일주일 된 환자였다. 작년 여름 자전거를 타고 가다
차와 부딪쳤는데 그 때 머리를 많이 다쳤던 모양이다. 골절된 다리는
문제가 아니었다. 시간이 지나면 붙겠지만 사고 당시 안면 근육마비로
얼굴이 뒤틀린 데다 한쪽 눈의 시력이 실명 위기까지 갔다가 회복된
상태라고 한다. 다른 병원에서 오래 치료를 받다가 어느 정도 나아지면
서 집과 가까운 이곳으로 옮겨왔다는 것이다.

흉터가 생긴 머리도 그 때문이었다. 눈썹 위에 패인 상처도 앞 전

사고 때 난 거였다. 소년은 자전거와 좋은 연이 아니었다. 퇴원해서 얼마 안 되어 자전거 사고로 다리가 골절되어 다시 입원한 거였으니 말이다.

두 계절을 병원에서 보낸 소년의 얼굴에 그늘이 없었다. 짜증이 섞여 있을 법한데 내내 생글거렸다. 밝고 긍정적인 성격이었다. 자신의 생각을 바르게 얘기하는 똑똑한 아이였다. 예의도 바르고 반듯했다. 공부도 잘 하는 모양이다. 가져 온 책을 금세 다 읽었다. 집에 다녀올 때마다 나는 책을 챙겨다주고 소년은 그 때마다 감사하다는 인사를 꼬박꼬박 했다. 나중에는 어떤 책이 있는지 물어보고 이것저것 가져다 달라고 부탁을 하는 것이다. 읽다가 이해가 안 되는 부분은 질문을 해서라도 알고자 했고 나도 아는 대로 가르쳐주었다.

그런데 이상한 것은 사흘을 보내는 동안 소년의 보호자를 한 번도 보지 못한 거였다. 우리 아이도 그렇긴 하지만 꼼짝 못하고 누워있는 소년에게 사실 보호자가 더 절실했다. 그래서 난 선뜻 소년의 보호자가 되어주었다. 내 아인 휠체어를 탈 수 있어서 그나마 수월했어도 전혀 움직이지 못하는 소년 때문에 오히려 병실을 더 지켜야 했다.

잠시 외출한 사이 소년의 어머니가 와 있었다. 나흘 만이었다. 한 눈에도 불편해 보였다. 아이 수발을 들기보다 걱정되어 보러 온 것이었다. 한쪽 팔과 다리가 불편한 그녀는 식판 드는 것도 버거워했다. 어눌하여 말을 흘리는 어머니 옆에서 소년은 활달한 목소리로 당신의 뜻을 다시 들려주었다.

생활환경이 그다지 좋은 편은 아닌 모양이다. 소년의 아버지가 가정을 돌보지 않는 데다 어머니마저 몸이 불편하여 생활보호 수급자로 살아간다고 했다. 물어보지 않았는데 자신의 얘길 털어놓으니 오히려 내가 편했다. 이런저런 얘길 들으면서 이웃사람들이 그들을 돌보아준다는 거에 참 다행이란 생각을 했다.

소년이 좋아졌다. 밉상이 아니었다. 내게 심부름도 곧잘 시키고 종달새처럼 재잘거리지만 싫은 느낌이 들지 않았다. 소년의 눈이 나를 끌었다. 맑고 깨끗했다. 순하고 어진 티가 두 눈에서 새어나오고 있었다. 그런 눈을 가진 아이가 하마터면 큰 일 날 뻔했다.

소년의 어머니가 내게 비밀스러운 듯 말했다. 세상을 살아가는 이유가 아이 때문이라고. 제 할 일 알아서 다하고 학원 한 번 보내지 않아도 한글 깨우쳐서 책도 잘 읽더라는 얘기가 자못 자랑스럽다. 여느 부모인들 자식 사랑은 매한가지겠지만 그녀에게서 들은 한 마디는 참 특별하고 귀한 말이라고 생각되었다. 그럴 만했다. 아이는 부모, 특히 어머니에 대한 엄청난 사랑과 믿음을 가지고 있었다. 조금은 어눌하고 불편한 어머니더라도 세상에서 제일 사랑하고 소중하게 생각하는 아들의 마음이 참 고마웠다. 장애를 가진 어머니를 부끄러워하지 않고 볼을 비비는 모습 또한 예쁘고 고와 보였다. 그게 내가 소년을 좋아하는 이유였다. 어른스러우면서도 넘치지 않고, 또 잘못한 부분을 잘 받아들이는 성격이 소년을 바르게 살아가도록 하는 밑거름이 되었던 것 같다.

이십여 일 동안 난 소년에게 빠져있었다. 마치 내 자식 마냥 닦아주고 거두어 먹였다. 한 번은 내 아이에게 먹여주고 닦아주던 모습을 물끄러미 쳐다보는 것이었다. 그게 마음에 걸렸다. 다 큰 아이가 제 혼자서도 얼마든지 할 수 있는데 왜 그렇게 다 해 주느냐고 물어왔다. 중학생이 되면 해주고 싶어도 못하기 때문에 그러는 거라고 했다. 그게 부모 마음이라고. 그러는 것 또한 힘든 것이 아니라 즐겁다고 말해 주었다. 소년의 어머니도 늘 그런 마음으로 살 것이라고 말해주었다.

만약 소년이 부모에 대해, 혹은 자신에 대한 정체성으로 잠시 길을 잃고 방황한다면 어떻게 하나. 별일 없이 지금 이대로만 자라준다면 더할 나위 없을 텐데. 사실 염려가 되었다. 그러나 그것은 나의 쓸데없는 기우였다. 퇴원하던 날 소년이 내 손에 뭔가를 쥐어주었다. 극구 말리는데도 굳이 가져 가랬다. 꼭 드리고 싶어서라고 했다. 오렌지주스 한 병이었다.

소년에 대한 걱정이 사라졌다. 저렇듯 따뜻한 마음을 가진 소년에겐 사춘기의 열풍도 너끈히 잠재울 거라는 믿음이 갔다. 당연 과도기도 정체성도 없을 것이라 확신하며 병실 문을 나서는 나의 발걸음은 가볍기만 했다.

(2005. 4)

적과의 동침

완벽하다. 집 안 구석구석 둘러보아도 한 점 흐트러짐이 없다. 거실에 깔린 양탄자도 새것처럼 깨끗해 보이고 적절한 곳에 알맞게 놓인 가구도 품위가 있다. 네 귀를 맞춘 것처럼 반듯하게 걸린 타월이 욕실 거울에 비친다. 집 주인의 섬세함이 드러나 보인다.

싱크대 앞에 여인이 서 있다. 저녁을 준비하는 모양이다. 찬장 문을 연다. 그 안도 정리가 잘 되어 있고 먼지 하나 없이 깨끗하다. 여간 깔끔하고 부지런한 사람이 아니다. 그런데 걱정거리가 있는지 아름다운 여인의 얼굴엔 왠지 수심이 가득 서려 있다.

'적과의 동침'이라는 영화 속 이야기다. 무료해서 텔레비전 채널을 이리저리 돌리는데 마침 이 영화가 시작되고 있었다. 오래 전에 한 번 본 적이 있다. 제목은 기억이 나는데 줄거리는 사실 뚜렷하지가 않다. 다만 남편으로부터 벗어나기 위해 목숨을 담보로 탈출하던 장면에 생각이 머문다.

영화 속의 여인은 아름답다. 남편 또한 이지적인 인상과 깔끔함으로 나의 시선을 끈다. 부자인데다 잘 생기고 지적 소유자인 남자는 완벽함 그 자체다. 그런데 점점 그 속에 빠지면서 섬뜩함이 피부에 와 닿는다. 완벽함 속에 감춰진 또 하나의 실체, 그는 결벽증 환자였던 것이다. 남편의 의처증은 가냘픈 아내를 공포의 늪으로 몰아넣어 꼼짝달싹 못하게 한다. 다른 남자와 눈만 마주쳐도 남편이라는 작자의 매서운 눈은 이글거린다. 여자는 사정없이 차이고 짓밟히며 내리치는 매를 그대로 감당할 수밖에 도리가 없다. 얼굴과 몸에 멍든 자국이 미처 가시지 않았는데도 그 앞에서 웃어야하는 여인의 비애를 보며 가슴에서 불현듯 화가 솟는다. 분개하여 욕지거리가 치민다.

집 안 어디나 흐트러짐이 없던 것도 비로소 이해가 된다. 그래서 찬장 속의 통조림도, 욕실 수건도 귀 하나 틀어지지 않고 야무지게 정리가 되어있었던 거구나. 이상하게 사람 냄새가 풍기지 않는다 생각되더니.

여인은 다행히 탈출에 성공한다. 새로운 곳에서 펼친 삶은 차츰 안정되고 이웃도 만난다. 겨우 정리가 되어 한숨 놓는 사이에 남편의 끈질긴 추적이 시작된다. 이웃으로 만난 사람과의 사랑이 익어갈 무렵 마수의 손길은 그녀의 집까지 뻗는다. 남편의 결벽증에 덴 여인은 수건도 흐트러 놓고, 선반의 통조림도 마구 뒤섞어 놓는다. 그걸 보며 행복해하는 여인에게서 자유를 느낀다.

그러나 행복도 잠시, 집안의 이상한 분위기에 긴장한다. 헝클어 놓았던 욕조의 수건과 선반의 통조림이 가지런하게 정리되어 있는 것이다. 게다가 무심히 누른 오디오에서는 잠자리에 들 때면 그가 틀던 '베를리오즈의 환상교향곡'이 흘러나온다. 여인은 경악한다. 극도로 절망에 빠진다. 더 이상 나아갈 수 없는 상황 앞에서 그와 맞닥뜨린다. 그녀는 집착과 애증만 남은 남편의 가슴에 방아쇠를 당기면서 눈에 보이지 않는 쇠사슬을 끊는 것으로 긴 영화는 막을 내린다. 비로소 자유를 얻은 것이다.

당연한 결말이다. 그런데 영 개운하지가 않다. 한참이나 텔레비 전화면에서 시선을 떼지 못하고 있는데 내가 보인다. 쓰러진 남자의 몸에서 내가 일어서고 있다. 그토록 미워하고 적의에 찬 눈으로 바라보던 영화 속 남자는 바로 나 자신이었다. 여태 그걸 깨닫지 못하고 살아왔기에 한 사람이 겪었을, 아니 나를 둘러싼 여러 사람들의 속을 생각지 못했다.

지나간 시간들이 떠오른다. 내가 살아가는 공간은 온전히 내 것이어야 했다. 그래서 내가 원하는 대로 따라주지 않으면 화가 치밀어서 죽을 것만 같았다. 외출에서 돌아오면 온 식구가 다 씻어야했다. 밖의 먼지를 집 안까지 달고 들어오는 일은 생각할수록 불쾌했다. 아무리 피곤해도 그냥 잠자리에 들지 않았다. 일을 미루는 것이 더 괴로워서 늦은 시간일지라도 청소기를 돌리고 내려앉은 먼지를 닦느라 구석구석 걸레질을 했다. 머리카락이 널브러져 있는 것이 제일 싫었다. 마치 벌레를 만지는 기분이었다. 식구들 따라다니면서 어질러진 것을 치우다 보면 머리끝까지 화가 올랐다. 그럴 땐 분풀이로 애꿎은 걸레만 쳐댔다. 힘든 일 중 하나가 이불 털기였다. 힘에 부치는 일인데도 그렇게 하지 않으면 청소가 끝난 것 같지 않았다. 손목이 시어서 이불을 놓치는 경우도 더러 있었지만 그만 둘 생각은 전혀 없었다. 하루 중 절반을 쓸고 닦고 빨래하면서 보냈다. 카펫과 마룻바닥의 장판지에 그려진 선이 맞지 않으면 마음이 불편했다. 아이들 장난감을 닦고 나면 잠자리에 드는 것으로 하루를 마감했다. 정리된 집안을 쭉 둘러보고 비로소 잘 했다며 만족의 미소를 지었다.

이런 나를 보고 남편은 결벽증이라며 넌더리를 떨었다. 그것도 한참 진행된 중증이라고 했다. 그런 남편이 오히려 이해되지 않아 허튼소리 말라며 바락바락 대들었다. 질리도록 다퉜지만 결국 내 방식대로 해나갔다.

결혼한 지 열일곱 해다. 일 년 전쯤 해서 나에게 변화가 생겼다. 십수 년째 이어오던 의식이 바뀌었다. 매사 털고 닦던 예전의 내가 아니다. 이불을 털지 않고 잠자리에 들어도 쉬이 잠이 든다. 점심 때 먹었던 그릇을 저녁준비하면서 설거지한다. 서랍 안도 형편없다. 납부고지서와 수첩, 비상약상자와 바늘쌈지가 어지럽게 뒤섞여 있다. 현관바닥에 때가 묻어있어도 지나친다. 깔끔하던 큰아이의 책상이 어느 사이 너저분해 있고 작은 아이도 책가방을 아무데나 던져 놓는다. 남편도 마찬가지다. 등산복을 입은 채 안방으로, 거실로 돌아다니며 흙먼지를 떨어뜨리고도 미안한 기색이 없다. 예전 같으면 정말 어림도 없을 일이다.

집 안이 다소 정리되지 않는 순간부터 모두들 편해 한다는 것을 알았다. 남편과 다툼도 없어졌고 아이들도 내 눈치를 보지 않았다. 힘들면 하루쯤 이불을 털지 않는다. 몇 가닥 떨어진 머리카락에 기겁을 하며 청소기를 들지 않는다. 그 동안 합당하지 못한 나의 잣대에 얼마나 불편했을 것인가.

"진작 이렇게 살 걸, 몸도 마음도 너무 편해요. 체중도 엄청 늘었잖아요."

"남들은 일 년 만에 깨쳤을 일을 십육 년이나 걸렸다는 걸 알기
   나 해?"

　이제야 나의 잘못을 인정한다. 남편의 적은 바로 나였다. 무언의 폭력을 견뎌준 남편이 고맙다. 그 동안 스스로 깨닫길 바라며 얼마나 기다렸을까. 다들 내가 만든 틀 속에 갇혀 숨 가쁘게 지냈을 순간들을 생각하니 숨고 싶은 마음뿐이다. 남편 또한 매일은 아니더라도 가끔 영화 속의 여인처럼 탈출을 시도하며 살아오지 않았을까. 큰일 날 뻔했다. 다행이다. 영화와 다르다면 우리 부부는 해피엔딩이라는 것이다. 긴 시간을 적과 동침하며 참아준 무던한 남편이 있었기에 말이다.

　화면에는 자막 대신 저녁에 올릴 식탁의 재료가 하나씩 줄을 이어 지나가고 있다.

(≪계룡수필≫. 창간호. 2004)

영화, 오아시스를 보고

사람들은 참으로 다양한 장애를 안고 살아간다. 그럼에도 장애가 아니라고 생각할 때가 있다. 마음의 장애는 생각지 못하고 눈 먼 사람, 한쪽 다리가 없는 사람, 화상을 입어 얼굴이 일그러진 사람 등 육체적으로 불안정한 그들에게만 유독 장애인이라는 멍에를 씌운다.

육중한 철문이 열리고 건달 같아 보이는 한 남자가 걸어 나오고 있다. 교도소 정문 앞에는 미리 나와 기다리고 있던 사람들의 눈길이 제 각각 찾아야 할 이들을 향해 분주하게 움직인다. 방금 막 출소하여 나오는 이들을 향해 포옹을 한다. 그러나 건달 같은 청년에게는 누구 한 사람 반기며 달려드는 이가 없다.

복장이 눈에 들어온다. 한겨울에 여름 셔츠 차림이다. 이 장면만 보아도 짐작이 간다. 사고무친이 아니면 하도 교도소를 들락거려 내놓은 자식이며 형제일 게다. 그러나 껄렁한 행동과는 달리 여자 옷을 사는 것에 또 아리송한 마음이 든다.

흘깃거리며 지나치는 사람들의 시선에도 아랑곳 않고 반소매 차림으로 어딘가를 향해 간다. 찾고자 하는 곳을 가지만 이미 이사를 하고 없다.

역시 건달 특유의 뻔뻔한 기질이 나온다. 식당에서 음식을 시켜 먹고는 돈 줄 사람이 올 거라며 연신 전화질만 한다. 결국 교도소에서 나온 지 하루도 되지 않아 다시 파출소에 붙잡혀 간다. "그러면 그렇지, 내 짐작이 틀릴 리가 없지."

주인공 홍경두는 전과 3범으로 뺑소니 과실치사에 강간범이었다. 연락이 되었는지 동생이라는 자가 찾아와 해결한다. 가족도 있고 집도 있는 모양이다. 그렇다고 내 생각이 달라진 것은 없다. 구차한 살림이 한눈에 들어온다. 방은 큰아들 내외가 쓰고 있고 부엌 겸 마루방에는 노모가 궁색한 모습으로 앉아 있다. 건달이 들어서자 노모는 한달음에 뛰어가 포옹한다. 아까 그 옷의 주인공은 어머니였다. 큰아들 눈치보며 나중에 입겠다지만 건달의 성화에 마지못해 입고서는 내심 좋은 표정이다.

주인공 홍경두는 형이 소개하는 중국집 배달원으로 일한다. 성실하지 못하여 쫓겨나 결국 형 가게에 얹혀 살며 소파에서 새우잠을 잔다. 형의 눈에는 건달이 탐탁지 않다. 건들건들한 모습이 건달 티를 벗기 힘들게 생겼다. 영화를 보는 나 역시 건달에게 반푼 어치의 동정도 가지 않고 자꾸 미운 생각이 든다.

어느 날 건달이 과일 바구니를 들고 어떤 집을 찾아가지만 문전에서 박대를 당한다. 뺑소니로 죽게 한 피해자 집에 사죄하러 갔던 것이다.

그 곳에서 한 여자를 만난다. 사지가 뒤틀려 흉한 모습의 장애를 가진
여인을.

　건달은 그 여인을 생각하며 궁금해한다. 꽃 배달원을 가장하여 찾아
가 보니 오빠 내외는 동생의 장애를 빌려 좋은 집으로 이사를 하고 여
자 혼자 있다. 열쇠를 어디에 두는지 알아낸 건달은 다시 찾아온다. 그
는 여자에게 호감을 가진다. 여자의 집 거울에 자신의 연락처를 끼워놓
는다. 그런데 그만 예전 버릇이 나온다. 제 몸 하나 건사 못하는 여인을
강간하려 한 것이다. 마음대로 움직이지 못하는 여자는 버둥거리다가
혼절한다. 놀란 나머지 줄행랑을 치지만 마음은 약한가 보다. 여자를
그렇게 한 것에 자책한다.

　여자는 장애를 가지고 있다. 온몸이 뒤틀려 제대로 앉지도 못한다.
그녀의 이름은 공주다. 한공주, 이름이 예뻐서 육신은 엉망인가. 그녀가
건달에게 전화를 한다. 두 남녀는 만난다. 그 때부터 그녀의 집에 몰래
들어가 얼굴을 씻겨주고 불편함을 대신하여 챙겨준다. 옥상에 올라가
햇볕도 쪼이게 한다. 공주에게 있어서 태양은 단순한 따뜻함이 아니다.
밝음이고 환희다. 지금껏 음침하고 차갑고 어두운 세상에서 시체같이
살아야 했지만 건달로 인하여 오늘 진정한 빛을 보았고 저 넓은 세상을
향해 두 팔을 뻗어 심호흡을 한 것이다. 지하철의 불편함도 그들에겐
장애가 아니다. 휠체어가 무거웠지만 정상인이 바라보는 무거운 시선
에 비하면 아무것도 아니다.

　건달은 형수의 지갑에서 돈을 슬쩍하는 사고뭉치이긴 했지만 따뜻
한 가슴을 지니고 있었다. 그녀를 위해서 한 나쁜 짓이었다. 갑자기
이 건달이 밉지 않다. 아니, 홍경두에게 정이 간다. 사실을 알고 보니

과실치사 전과는 형 대신 뒤집어쓴 것이다. 이제 보니 형은 동생의 전과를 빙자하여 자신의 죄를 대신하게 한 형답지 못한 사람이었다.

홍경두는 한공주를 데리고 친척이 모여 있는 자리에 나가지만 무시당한다. 공주의 떨리다 못해 몸부림치는 포커 든 손을 차가운 시선으로 쳐다보는 사람들이 밉다. 나도 모르게 격분한다. 이미 나는 공주고 경두다. 오아시스라는 영화 속에 내가 들어간 것이다.

한공주는 홍경두를 만나서 인간이 되었다. 그 전에는 시체였다. 살아 있어도 죽은 몸이었다. 건달 아니, 홍경두를 만나 처음으로 넓은 세상, 아름다운 바깥을 본 것이다. 비록 휠체어에 기댄 몸이지만 마음은 두 다리, 두 팔을 활짝 펴 온 세상을 뛰어다니고 있었다. 정상인이 되어 홍경두와 마주하는 장면은 나를 놀라게 했다. 기적이 일어났다고 생각한 때문이다. 그러나 공주의 간절한 바람이었다는 걸 알고 마음이 찡했다. 오죽 정상인이 되고 싶었을까. 정상인이 되어 홍경두와 포옹하며 진한 입맞춤을 하고 싶었을 것이다.

공주는 사랑하는 이에게 자신을 가져 달라고 한다. 둘의 사랑은 애절했으며 성스러웠다. 통속적이지도 않았고 한 치의 추함도 없었다. 어떤 의식 그 자체였다. 그러나 무심하고 자신밖에 모르는 오빠 내외가 그 순간마저 훼방을 놓았다. 동생의 장애를 팔아 자신의 배를 채우는 파렴치하고 인정머리 없는 이들은 홍경두를 강간범으로 몰아세운다. 공주의 행복한 순간의 표정을 극심한 공포로 착각한 어처구니없는 처사였다. 이십 몇 년을 함께 하면서도 동생의 표정 하나 간파하지 못한 오라비였다. 그들은 오로지 돈밖에 모른다. 온전치 못한 동생은 제쳐두고 합의금에만 혈안이 되어 있다.

　이제 공주는 두려워하지 않아도 된다. 창가에 비치는 가로수 가지를 홍경두가 모두 잘라버렸기 때문이다. 흔들리는 가지가 공주의 잠을 방해했으며 두려움의 대상이었다. 공주는 늘 오아시스가 그려진 그림을 보곤 한다. 불모지 사막 한가운데에 샘물이 솟고 주위에는 태양을 가려줄 나무가 우뚝 서 있다. 공주는 행복하다. 무섭지 않다. 그녀가 살아가기에 세상이 너무 험하고 외롭고 고통스러운 삶이었지만 비로소 오아시스를 만났다. 그녀의 손이 되고 다리가 되어줄 홍경두가 바로 오아시스이기 때문이다.

　홍경두는 지금 감옥에 있다. 타인들에 의해서. 그러나 그는 공주와 만날 날을 기다리며 편지를 쓴다. 그를 기다리는 여인이 있기 때문이다.

　오늘도 공주는 뒤틀린 몸으로 청소를 한다. 그러나 힘들지 않다. 오아시스를 만날 날이 얼마 남지 않았기 때문이다.

(≪계룡수필≫. 창간호. 2004)

잊혀지지 않는 기억

불자동차가 요란한 경적을 울리며 집 앞에 멈춰 섰다. 불이 났다는 것이다. 식구들이 집 안에 있다는 생각이 미치자 온몸이 섬뜩해졌다. 있는 힘을 다하여 아이들을 불렀지만 말이 입 밖으로 나오지 않았다. 천 근千斤의 바위가 나를 짓누르고 있는 것 같아 손가락 하나조차도 꼼지락거릴 수가 없었다.

정신을 차려 보니 꿈이다. 두 번 다시 생각하고 싶지 않은 악몽을 꾼 것이다. 흥건히 젖은 이마를 훔칠 사이도 없이 밖에서 들려오는 요란한 소리에 귀를 기울인다. 베란다의 유리문을 열자 요란스러움은 더하다.

불이 난 모양이다. 그것도 아주 가까운 곳에서. 두어 대의 불자동차가 지나가고 그 뒤를 119 구급차가 다급한 듯 사이렌소리와 함께 달려간다.

밖은 아직도 어둡다. 싸늘한 냉기가 소리 없이 유리문 안으로 비집고 들어와 얇은 옷자락을 휘감는다. 습기를 걷어가는 대신 시베리아 벌판에 세워둔 것처럼 나를 추위에 떨게 한다. 감기에 걸릴지도 모른다는 생각을 하면서도 얼른 문을 닫지 못한다. 꿈 속에서의 기억이 너무 생생했기에 남의 일 같지가 않다. 큰일이 없기만을 바랄 뿐이다.

얼마 전에도 사고가 있었다. 도심의 아파트에서 가스가 폭발한 것이다. 꽝음과 함께 사람들이 다치고 이웃집이 크게 부서졌다. 도로변까지 유리파편이 튀었고 그 아파트는 물론 주변의 집들도 심하게 흔들려 무척 놀랐다.

무엇보다도 마음이 아픈 것은 만삭의 젊은 새댁이 그 충격으로 유산을 했다는 것이다. 참으로 어처구니없는 일이 아닐 수 없다.

마음이 착잡해온다. 내게도 비슷한 일이 있었다. 큰아이가 열두 살이니 그 전의 일이다. 첫아이를 가져 출산을 앞두고 있었다. 낮에 잠깐 눈을 붙이고 있던 중 사이렌소리에 놀라 잠을 깼다.

창문을 열어 보니 길 건너 앞집에서 검은 연기가 치솟고 있었다. 소방관들이 불을 끄고 있었지만 이미 절반도 넘게 타버린 상태였다. 사람들은 멀찍이 서서 '구경 반 걱정 반'하며 발을 구르고 있었다. 그 때 누군가가 빨리 가스통을 치우지 않으면 폭발한다고 소리쳤다.

순간 나의 뇌리에는 영화 한 장면이 떠올랐다. 폭발음과 함께 사방으로 불길이 번지고 건물 조각들이 날아와 아수라장이 되어버린 내용이다. 이층 계단을 어떻게 내려왔는지 기억이 나지 않는다. 오로지 이곳을 벗어나야 한다는 생각으로 마구 달렸다. 집으로부터 한 치라도 더 멀어져야 했다. 치마가 발목을 자꾸 휘감아 넘어지려 하자 양손으로 무릎에까지 걷어올리고 얼마나 뛰었는지 모른다.

숨이 턱까지 차서 더 이상은 달릴 수가 없었다. 주저앉았다. 아니 반쯤 누워버렸다. 자신의 거친 숨소리를 들으며 한동안 꼼짝 않고 있었다. 그렇게 있는 것이 덜 고통스러웠다. 그대로 있다가 무심코 발을 쳐다보았다. 신발이 없는 거였다. 정신이 번쩍 들었다.

부끄러웠다. 이제 어쩌나, 어떻게 집까지 갈까 그것만 생각했다. 너무 힘들어 한 발짝도 걸을 수 없을 것 같았다. 지나치는 사람을 불러 도움을 청하고 싶었다. 하지만 내 모습이 남들에게 결코 평범하게 보일 것 같지 않아 그만두었다. 공중전화도 보이지 않았다. 있다 하더라도 내게는 동전 한 개조차 없었다.

겨우 집으로 돌아온 나는 그 길로 앓아누웠다. 며칠 동안 밤낮으로 뱃속의 아이가 심하게 발길질을 했다. 놀랐으니 안정을 취하라는 의사의 지시가 있었지만 편하지가 않았다. 배가 딴딴해지면 아이에게 나쁜 일이 일어나지 않을까 걱정이었다. 그 후 딸아이를 출산했는데 경기驚氣를 하는 통에 한동안 고생을 했다.

불이 난 집은 흉가로 변해 있었다. 위층엔 새댁 부부가 세 들어 살았는데 마침 외출 중이어서 사고를 당하지 않았다. 아래층의 주인 할머니가 빨래를 삶기 위해 불에 올려놓은 채 일을 나가는 바람에 그런 어처구니없는 일이 일어났다는 것이었다. 형체를 알아볼 수 없을 정도로 타버린 세간들을 치우면서 한평생 모은 재산이었다며 할머니는 눈물을 훔쳐냈다. 한 순간의 실수가 엄청난 재난을 가져온 것이다.

나도 가끔 실수를 한다. 타는 냄새에 놀라 부엌으로 가 보면 찌개가 숯이 되어 눌어붙어 있다. 또, 외출에서 돌아오면 텔레비전이 켜진 채로 나를 맞기도 한다. 심지어는 현관문을 잠그지도 않고 열쇠만 들고 나갈 때도 있다. 시간에 쫓기다 보면 더한 것 같다.

집을 나서는 순간부터 걱정이 앞선다. 가스레인지 위에 무언가를 올려놓고 나오지는 않았는지. 현관문은 제대로 단속을 하고 나왔는지 불안한 마음을 가눌 길 없어 종내에는 이웃집에 전화를 하여 확인해야만 안심이 된다.

그러다가 하루는 가스 잠금, 소등消燈, 문단속이라고 써서 현관문에 붙여 보았다. 효과가 있었다. 현관을 나서기 전에 다시 한 번 확인을 하고 나오니 불안감을 씻을 수 있었다. 이제는 이웃집에 전화를 하지 않아도 마음이 편하다. 나름대로 생각해낸 방법이 나에게 큰 도움이 된 것 같다. 가스레인지에 불을 켜 놓은 시간에는 아예 부엌을 떠나지 않는다.

바쁜 일상에 쫓기다 보면 여러 일들을 한번에 하게 된다. 빨래를 삶으며 청소를 하고, 전화를 받기도 한다. 일이 겹쳐지면 어느 것 하나는 잊게 된다. 오랜만에 여고동창 전화라도 받으면 얘기는 끝이 없다. 가스레인지에 뭔가를 올려놓았는지, 청소하는 중에 전화를 받았는지도 까맣게 잊는다.

건망증이라며 자기를 합리화시키지 말아야 한다. 핑계일 뿐이다. 늘 조심하는 마음을 가져야 한다. 시작한 일은 꼭 끝을 맺고, 다음 일을 시작하는 것도 뜻밖의 사고를 막는 방법의 하나라 생각한다. 매사에 관심을 갖고 살펴보는 습관을 기르면 재난을 방지할 수 있으리라 여겨진다.

새벽 여섯 시다. 다시 잠을 청하기엔 늦은 시간이다. 조금 있으면 어둠의 그림자가 밝은 빛에 물러날 것이다. 기왕 잠을 깼으니 오늘은 마음먹고 아침 등산을 해볼까. 소란스러움에 빼앗긴 잠을 보충하는 대신 맑은 공기를 마음껏 마시고 조심스럽게 하루를 시작해야겠다.

간밤의 꿈은 나에게 정상일침頂上一鍼이 될 것이다.

(1999. 3)

천둥소리에

장대 같은 비가 줄기차게 쏟아진다. 며칠 전부터 계속되는 비로 인하여 마음이 심란하다. 낮게 내려앉은 회색빛 하늘이 양 어깨를 짓누르는 듯 무겁게만 느껴지는 오후다. 찌는 더위가 차라리 지금보다 낫겠다는 생각을 한다. 집 안이 온통 후텁지근하고 눅눅해서 몸살이 날 지경이다. 이런 날은 종일 답답하고 우울해 번잡한 생각만 든다. 그 생각을 피해 달리 할 일을 찾아보지만 별로 없다.

저녁 무렵부터 번개가 어두운 밤하늘을 조각내며 번쩍거린다. 연이어 천둥소리도 한 몫을 한다. 그 통에 정전이 되었다. 시야에 보이는 것은 번개가 토해내는 날카로운 빛뿐이다. 비는 더욱 더 세차지고 마치 지붕을 때리는 듯 천둥소리가 요란하다. 순간 이불을 뒤집어쓴다. 아이들이 바짝 내 옆에 붙는다. 남편이 이 광경을 본다면 한 소리 할 것이다.

매년 겪는 일이다. 벗어나야지 하면서도 겁먹은 어린아이처럼 귀를 막으며 안절부절 못한다. 사실 집 주위 높은 곳에 피뢰침이 있으니 벼락 맞을 걱정은 안 해도 된다. 죄를 지어서도 아니다. 단지 우레 같은 소리를 듣고 싶지 않을 뿐이다.

나의 두려움은 오래 전부터 시작되었다. 초등학교 입학 전이니 아마도 예닐곱 나이였을 것이다. 우리 집은 바다를 낀 작은 동네였다. 섬이라 대처를 이어주는 여객선이 하루에 몇 차례 있어 아침 일찍 사람들을 태워 나갔다가 저녁에 도로 실어다 주었다.

오가는 사람들을 구경할 겸 또래 아이들과 선착장에 나가 놀았다. 갑자기 주위가 어두워지면서 소나기가 퍼붓기 시작했다. 집으로 들어와 비를 피하고 있는데 어떤 아주머니가 올망졸망한 보따리를 들고 우리 집 처마 밑에 섰다.

그 날 배가 뜨지 못했다. 대수롭지 않은 날씨인 것 같은데 주의보가 내려 사람들의 발목을 붙잡고 만 것이다. 비가 뜸해지자 대처로 나가지 못한 사람들이 우르르 자리를 뜨는데 그 아주머니만 서 있었다. 마음이 쓰였다. 그 때 마침 복이 언니가 와서 아주머니에게 말을 걸었다. 집에 가야하는데 배가 없으니 어찌해야 할지 모르겠다는 것이다. 다른 동네에 가서 연락선을 타면 가까운 뭍과 연결이 되어 집으로 갈 수 있다고 얘길해 주었다.

또래아이들과 나는 복이 언니가 시키는 대로 아주머니 짐을 들었다. 동생이 따라오겠다며 억지를 부렸다. 싫었지만 자꾸 보채는 통에 하는 수 없이 데리고 갔다. 어딘지도 모르는 길을 한참 따라가다 보니 다리도 아프고 집과 점점 멀어져 불안했다. 집에 돌아가려는데 아주머니가 나를 붙잡았다. 조금만 더 가면 맛있는 과자도 사주고 돈을 주겠다며 작은 보따리를 내 손에 잡혀주는 것이었다. 이웃집 언니가 있어서 조금은 안심이 되어 아주머니 뒤를 따랐다. 낯선 동네를 지나고 또 지났는데도 걸음은 도무지 멈추질 않았다. 집에 가고 싶었지만 말이 떨어지지 않았고 설사 보내준다 해도 우리 집까지 찾아갈 엄두가 나지 않았다.

갑자기 하늘이 컴컴해지더니 굵은 비가 뚝뚝 떨어졌다. 순식간에 앞이 보이지 않을 정도로 억수 같은 비가 퍼부었다. 번개가 번쩍거리며 세상이 무너지는 듯 벼락소리가 났다. 난생 처음 느껴보는 두려움이었다. 이대로 서 있다가는 정말 벼락 맞고 죽을지도 모른다는 생각이 들었다. 온몸이 마구 떨렸다. 추위보다는 두려움이 더 커서였을 것이다. 마치 꿈을 꾸는 것 같았다.

남의 집 앞에 서서 비를 피했다. 꾹 참았던 울음이 터져 나왔다. 서럽고 무섭고 집이 그리웠다. 낯선 집 처마 밑에 웅크린 채 섧게 울었다. 집에 데려다 달라며 아주머니에게 빌다시피 하고 있는데 까만 우산 밑으로 낯익은 얼굴이 나타났다. 언니들이었다. 눈물과 콧물로 범벅이 된 얼굴을 언니 가슴팍에 무작정 들이밀었다. 너무 반가워 나무라는 언니가 무섭지도 않았다.

처음으로 긴 외출을 하고 돌아왔다. 그러나 언니의 간단한 꾸중으로는 끝나지 않을 만큼 나의 외출은 큰일이었던 모양이다. 어머니가 대문 밖에서 기다리고 있었다. 난생 처음 보는 무서운 얼굴을 하고서. 평소 잘 쓰지 않는 골방에 불려 들어갔다. 그 때 어머니 표정이 얼마나 냉랭하고 무서웠는지 아직도 생생하다. 문고리를 잠근 후 회초리로 나를 때렸다. 회초리 소리가 날 때마다 종아리에는 하나 둘 붉은 자국이 생겨났다. 잘못했다는 말만 되풀이했다. 어머니가 화를 내신 것도, 매를 엄청 맞은 것도 처음 있는 일이었다. 온통 멍 자국으로 얼룩졌지만 큰 소리로 울 수조차 없었다.

그 날, 온 동네가 난리였었다고 한다. 퍼붓는 장대비 속에 어린 두 딸아이가 없어졌으니 말이다. 이리저리 수소문하다보니 남 따라간 것을 알게 되었고 곧장 그 길로 식구들이 찾아나섰다는 것이다.

그 아주머니는 아이들을 부잣집에 데려다 파는 사람이었다고 한다. 아마도 다시는 남 따라가지 못하게 쐐기를 박느라 그랬을 것이다. 식구들은 내게 '그 때 따라갔더라면 남의 집 식모食母로 팔려 다니며 구박데기가 되어 있을 터'라고 겁을 주었다. 한동안 나는 집을 잃고 헤매다 막상 찾으면 들어가 보지도 못한 채 깨어버리는 악몽을 꾸곤 했다.

아주 어렸을 때 일이니 잊을 때도 되었다. 그러나 장마가 오고 억수같은 비가 쏟아지면 그 기억은 내 가슴 밑바닥에 깔려있다 어느 사이 소리 없이 일어선다. 힘겨워 신발을 끌며 걷던 일. 천둥소리에 놀라 울음을 터트리던 일. 어머니의 무섭던 표정과 회초리 소리. 밤새 울음이 그쳐지지 않아 애먹던 일. 그리고 무엇보다도 돈을 주겠다는 아주머니의 말에 혹해 따라갔던 일이 나를 부끄럽게 했다.

그 때를 떠올리면 지금도 얼굴이 붉어진다. 식구들에게 미주알고주알 그 날 일을 소상하게 일러바쳤지만 돈에 대해서만은 말하지 않았다. 어린 나이지만 그런 유혹에 빠져 남을 따라 간 것이 못내 부끄럽고 후회되었기 때문이다.

전등에 불이 들어왔다. 천둥소리도 뜸하다. 그 동안 천둥이 치면 왜 사색이 되어 구석으로 숨어들었는가에 대해 말하지 못했던 얘기를 글로 대신해야겠다. 놀릴지도 모르겠다. 아니, 어쩌면 이해할지도 모른다.

유년시절, 즐거웠거나 부끄러웠던 추억 몇 가지를 가슴에 담고 있을
지도 모르기에 말이다.

　빗소리가 천둥과 함께 점점 멀어지고 있다.

(2004. 7)

천사들의 몸짓

내겐 큰 기쁨이 있다. 그 기쁨을 만끽하기 위해 준비한다. 서둘러 청소하고 간식을 장만한다. 과자와 음료수이기도 하고 때론 과일을 내놓기도 한다. 조그만 것에도 즐거워하는 얼굴들을 떠올리며 나 또한 즐거워진다.

좀 있으면 아이들이 문을 열고 앞다투어 들어설 것이다. 그 전에 미리 오늘 할 분량을 점검한다. 학습부분을 확인하고 준비한다. 어떻게 하면 재미난 이야기와 놀이로 지루하지 않게 즐거운 학습활동을 하게 할지 고민한다. 아이들의 환한 얼굴이 스친다.

일을 시작했다. 내가 좋아서 선택한 일이라 한 번도 후회해 본 적이 없다. 경제에 보탬이 되는 것이 우선이었다면 다른 일도 있었을 것이다. 조금은 수월하고 얽매이지 않는 그런 일터를 구할 수도 있었다. 하지만 나의 취미이자 유일한 낙인 글쓰기와 접목시켜 아이들을 지도하는 것이 잘 맞을 것이란 생각이었다. 사실 그랬다. 얼마나 다행이고 복인지 모른다.

아이들에겐 신비한 힘이 있는 듯하다. 아파서 몸을 가누기 힘들 때라도 아이들을 보면 언제 그랬냐는 듯 싹 가신다. 신기하다. 마치 천사의 보살핌을 받은 것처럼 말이다. 난 이 천사들이 좋다. 쉴새없이 재잘거리고 어우러져 한바탕 난리를 피워도 예쁘기만 하다. 뒤늦게나마 이런 일을 하게 해 준 신의 배려에 감사하는 맘이 커간다.

어느 지인에게서 들은 말이다. 전에 없이 내 표정이 밝고 건강해 보인다는 것이다. 스쳐 지나는 말이 아니란 것을 나 자신은 잘 안다. 이 일을 시작하기 전에는 얼굴에 늘 그늘이 서려 있었기 때문이다. 웃을 일이 별로 없었다. 세상 사는 일이 무에 그리 웃을 일이 많은가 싶었다.

거울 속에서 낯선 여인이 날 쳐다본다. 나라는 것을 알아차리기까지 오랜 시간이 걸렸다. 왜 그리 무표정하고 미운지. 애꿎은 거울 탓만 했다. 세상의 거울이란 거울이 몽땅 없어졌으면 좋겠다는 생각을 했다. 그런 내가 바뀌었다. 생각이 달라졌다. 세상사가 재미없지만은 않다는 것으로 말이다. 천사들을 만났기 때문이다. 그들의 몸짓에서 즐거움과 행복을 얻었다.

여태 마음의 문을 닫고 내 중심적으로 살았다. 웬만해서는 마음에 차지 않아 만족하는 일에 인색했다. 이제 마음의 문을 열어 높은 담장을 헐고 나니 지인들이 생겼다. 그들 속에 내가 섞였다.

벨이 울린다. 아이들이 왔다. 오늘 간식은 자기들이 준비했단다. 내게 조그만 상자를 불쑥 내민다. 빼빼로다. 무슨 날인 모양이다. '빼빼로데이' 그것도 몰랐느냐며 핀잔이다. 기다란 과자를 마주 물고 먼저 먹기

게임을 한다. 재빨리 먹어 아이들의 입술에 뽀뽀를 하니 기겁을 하면서도 싫진 않은 모양이다. 천사들을 안아준다. 구김이 없다. 밝고 맑고 깨끗하다. 귀여운 몸짓으로 온갖 표정을 짓는다. 이 아이들을 만난 것이 얼마나 행복인지 새삼 느낀다. 나도 그들의 몸짓을 따라해 본다.

　요즘 난 참으로 행복한 사람이라는 생각이 든다. 아니, 사실 행복하다. 나에게 기쁨을 주고 활기찬 하루를 맞이할 수 있게 해 주는 천사들이 있기 때문이다. 나를 필요로 하는 천사들이 있기에.

(≪거제신문≫ '계룡여심'. 2006. 2)

하모니카 추억

구석에서 할 일을 못하고 있는 하모니카를 찾았다. 언제 적이었던가. 이십 년이 훨씬 넘은 것이었으니 제대로 불어질까 싶지 않다. 먼지가 앉아 윤기를 잃은 하모니카를 잘 닦아 불어 본다. 그런데 고장 없이 그대로다. 음도 이상이 없다.

'엄마가 섬 그늘에 굴 따러 가면…'

빛바랜 흑백 사진처럼 희미한 추억들이 되살아난다. 여고 2학년 봄이었던가. 총각 선생님 한 분이 우리 학교에 부임하셨다. 교장 선생님 소개에 이어 인사를 마치고 내려서는 선생님의 어깨는 어딘가 모르게 힘이 없어 보였다.

선생님은 국어 담당이셨다. 수업이 시작되었지만 첫 시간을 얌전히 보낼 학생들이 아니었다. 몇 몇 짓궂은 남학생들이 떠들기 시작했고 여학생들도 딴 짓을 하고 있었다.

"운동장에 선착순으로 집합할 것!"

낮은 목소리로 말씀하신 후 교실을 나가셨다. 키득거리며 운동장에 모이니 십여 분이 지나 있었다. 화가 많이 나셨던 모양인지 운동장을 돌게 했다. 먼저 도착한 두 명을 제외한 나머지 학생들은 다시 돌아야 했다. 그러기를 여러 차례. 웃고 떠들던 여학생들은 눈물을 질금거렸고 남학생들도 단단히 혼이 난 모양이었다.

그 뒤로 우리들은 순한 양이 되었다. 긴장으로 수업에 임했다. 선생님도 더 이상은 화를 내거나 벌을 세우는 일을 하시지 않았다. 수업을 재미있게 이끄셔서 지루하지 않았다. 늘 자상하셨고 우리 편에 서 주셨다. 남학생의 축구에도 끼어드셨고 여학생들의 애기도 진지하게 들어 주셔서 선생님을 좋아하며 따르는 학생들이 점차 늘어갔다.

어느 날 선생님이 부르셨다. 며칠 전에 글짓기 과제물로 제출했던 원고를 들고 계셨다. 열심히 하라는 말씀에 가슴이 떨려 왔다. 글 쓰는 사람이 되고 싶었던 나에게 선생님의 격려는 힘이 되었다. 명작과 이해하기 힘든 철학, 종교 책까지 욕심을 부리며 읽어나갔고 틈이 나면 습작노트를 펼쳤다. 선생님의 기대에 어긋나지 않기 위해서였다.

내가 사는 곳은 여객선이 닿는 포구였다. 어둠이 내려앉은 저녁이면 선착장에서 하모니카를 불곤 했다. 여느 때처럼 그날도 하모니카를 불고 있었는데 선생님이 남학생과 낚시를 오셨다. 무안해서 어쩔 줄 몰라 하는 사이에 내 손에서 하모니카를 가져가셨다. '섬집 아기'를 얼마나 멋있게 부는지 나도 모르게 따라 불렀다.

그 뒤로 하모니카를 잡으면 습관적으로 섬집 아기를 불었고 곧이어 선생님 모습을 떠올리게 되었다. 선생님은 해지는 풍경을 좋아하셨다.

불붙듯 타오르는 노을이 바다마저 붉게 물들이며 저 너머로 사라져갔다. 아름다웠다. 수없이 보아온 일몰의 아름다움을 왜 여태껏 모르고 있었는지. 가끔 낚싯대를 드리운 채 석양을 바라보는 선생님에게서 왠지 우울함이 묻어났다. 나에겐 그런 모습조차도 멋있었다. 선생님을 좋아하는 마음이 점점 생겼다. 남학생이 낚은 물고기를 손질하여 매운탕을 끓이면 나는 양념과 김치를 갖다 드렸다. 그 시간은 나에게 기쁨이었다.

선생님은 부척 배를 타고 자주 고향집에 가셨다. 일요일 오후, 배가 닿는 시간을 기다렸다가 대문 안쪽에 서서 선생님이 보이지 않을 때까지 뒷모습을 바라보았다. 선생님을 향한 내 마음이 점점 커져 가고 가을이 내게로 다가서던 어느 날, 선생님이 단상에 오르셨다. 병환 중이던 부친을 대신해서 사업을 이어가야 했기에 일 년이 채 못 되는 교직 생활을 끝내고 학교를 떠나신다는 것이었다. 그래서 우울해 하셨고 최근에는 자주 고향에 다녀오신 모양이었다.

무슨 일이든지 최선을 다하라는 말씀을 남긴 채 선생님은 떠나셨다. 가을은 쓸쓸했다. 교정의 느티나무가 옷을 벗고 초겨울을 준비할 때 나는 열병에 시달렸다. 가슴앓이는 쉽게 끝나지 않았고 그해 겨울은 몹시도 추웠다. 선생님이 생각날 때면 하모니카를 꺼내 '섬집 아기'를 불었다. 나의 눈길은 내내 선착장을 향했지만 어둠뿐 더 이상 선생님의 모습은 보이지 않았다.

아무에게도 속내를 보이지 않은 나만의 사랑이었다. 지나간 시절이 그리워진다. 낚시하시던 선생님 모습이 떠오르고 낙엽지던 교정이 생각난다. 혼자 아파했던 겨울조차도 이제는 그리움으로 와 닿는다. 지금보다 더 많은 시간이 흐른 후에도 옛 추억들이 그대로 내 가슴에 담겨 있을 것 같다.

'선생님'하면 저마다 떠오르는 얼굴들이 있을 것이다. 가끔은 안부를 묻는 사람이 되어야 하지 않을까. 유명인사는 되지 못했지만 나름대로 맡은 일에 충실하며 사는 모습을 보기만 해도 기뻐하실 것이다. 많은 선생님을 만나고 인연을 맺는다. 부모님 다음으로 함께 하는 분이 선생님이지 싶다. 그런 만큼 꾸중도 듣고 벌도 받는다. 요즈음, 스승과 제자 사이에 불협화음이 빈번해짐을 느낀다. 체벌로 인한 학부모와의 대립이 법정 시비로까지 이어지고 있다니 걱정부터 앞선다. 믿음과 신뢰가 결여된 때문이 아닐까. 제자를 아껴 주고 스승을 존경하는 마음을 서로가 가진다면 높은 벽은 무너지리라 생각한다.

며칠 전 어린이날에 딸아이가 학교에서 받아온 선물을 펼치며 자랑을 했다.

"엄마, 작년보다 선물이 적어졌어요. 하지만 괜찮아요. 선생님이 우리 반 모두에게 선물을 주셨거든요. 손수 만드셨대요. 얼마나 힘들었겠어요. 난 이 선물을 내내 간직할 거예요."

나무 도장이었다. 오십 이 명이나 되는 제자들의 이름을 일일이 새기면서, 항상 건강하고 이 세상에서 꼭 필요한 사람으로 살아가기를 소원하셨을 것이다. 바쁘실 터인데 정말 고마웠다. 선생님에 대한 믿음이 생겨났다. 가끔 아이에게 학교에서 일어난 이야기며 선생님의 안부를 묻는다. 남자 선생님이라 겁부터 먹었는데 지금은 무척 좋으시다며 표정이 환하다. 다가오는 스승의 날에는 친구들과 선생님을 깜짝 놀라게 해드릴 계획을 짜는 중이라며 즐거워한다.

매사에 부정적인 생각으로 어긋나지는 않을까 걱정이었는데 선생님
에 대한 마음의 문이 열려 있는 것 같아서 다행이다. 손때가 묻은 도장
을 꺼낼 때마다 선생님을 생각하게 될 것이다. 아이 편으로 선생님께
감사의 편지를 올려야겠다.

아이가 엉터리로 하모니카를 분다. 잘 불어지지 않자 가르쳐 달라고
조른다. 쉬운 것부터 가르쳐주어야겠다. 섬집 아기를 불면 나는 잠시
옛 추억을 돌아보는 여유를 얻을 것이다. 그리고 엄마의 사랑 얘기를
들려줄까 한다.

(≪거제수필≫. 창간호. 1999)

05

봄을 기다리며

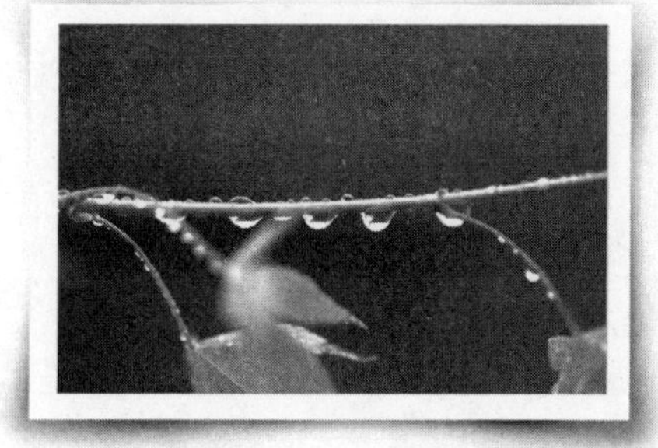

물들이기

만반의 준비를 한다. 메모해 두었던 순서를 보기 쉽도록 다시 정리하여 냉장고 벽면에 붙인다. 아차 하는 순간에 실패할지도 모르기 때문이다. 긴장하면서도 마음이 설렌다. 잘 될지. 스스로도 손재주가 없다고 생각하는 나다. 그런 내가 시도한다는 것 자체가 어쩌면 모험일지 모른다. 첫 작품의 재료로 결명자를 선택했다. 마침 집에 있어서이지만 무엇보다도 초보자인 내게 염색과정이 까다롭지 않아서였다.

물에 담근다. 티나 돌 같은 불순물을 제거하기 위해 서너 번 헹군 다음 소쿠리에 받쳐둔다. 먼저, 깨끗하게 닦은 스테인리스 솥에 결명자를 넣고 푹 잠기도록 물을 붓는다. 팔팔 끓기 시작하면 약하게 불을 줄여 삼사십 분 정도 우러나도록 더 끓여준다. 진하게 우러난 결명자 물을 다른 그릇에 따라 두고 재차 처음과 같은 방법으로 끓인다. 두 번째 물은 처음의 반만 부어준다는 것이 다르다. 그리하여 먼저 끓였던 것과 섞는다.

미지근한 물에 천을 담근다. 이것 역시 불순물을 제거하기 위해서다. 염색하는 과정에서 주의할 점은 사용하는 그릇에서부터 재료까지 불순물이 묻지 않도록 깨끗하게 해야 한다는 것이다.

실크 스카프를 염색할 참이다. 가볍게 주물러 여러 번 헹궈낸다. 혹여 얇은 천이 손톱에 걸려 올이라도 나가면 어쩌나 싶어 여간 조심스러운 게 아니다. 한참 헹궈낸 천을 두 손으로 감싸듯 짜 둔다.

우려낸 결명자 물을 대야에 따라 놓고 보니 좋은 예감이 든다. 틈틈이 메모도 잊지 않고 본다. 염색물이 옷에 튀지 않게 앞치마를 걸치고 고무장갑도 꼈다. 엎지를 경우에 대비해 마른걸레를 대야 옆에 두고 나서야 긴장된 마음을 푼다.

무지無地스카프를 담근다. 본격적인 염색의 시작이다. 하얀 천은 빠른 속도로 색을 입기 시작한다. 신기하다. 메모지에 적어 둔 설명대로 넓게 펴서 골고루 물이 들게 앞뒤로 분주히 주물러준다. 점점 옷감의 농도가 진해진다. 십여 분이 지나고 다시 십여 분이 흘렀다. 신기함에 팔 아픈 줄도 모른다. 염색물이 고루 들게 하려면 삼십여 분 동안 물에 잠기게 해서 쉴새없이 주물러준다는 것이다. 그런 다음 깨끗한 물에 헹구는 일도 만만치가 않다. 염색물이 더 이상 나오지 않을 만큼 새로운 물을 받아 헹구고 또 헹궈낸다.

물들이는 과정은 넘겼다. 이제 말리는 일이다. 손으로 살짝 짜서 흠 잡을 데 없을 만큼 반듯하게 펴준다. 그리하여 바람이 잘 통하는 햇볕에 널어둔다. 이때도 빨래집게를 사용하여 양끝만 집어둔다. 줄에 걸쳐 두면 그 부분만 물이 빠진다는 당부가 생각나서다.

얇은 실크 천이라 그런지 십 분이 채 지나지 않아 다 말랐다. 작품 탄생이다. 거무스름하고 칙칙한 색깔의 결명자가 어쩜 이리도 고운 색을 낼 수 있을까. 병아리의 곱고 부드러운 털 빛깔 같다. 아니 영락없는 개나리꽃이다. 백화점에서 본 어느 스카프보다 예쁘다. 내 손에서 태어난 것이라 그렇겠지만, 이보다 더 예쁜 것은 없을 것 같다. 뿌듯해서 자랑하고 싶은 마음뿐이다. 다려놓으니 모양이 더 난다. 목에 감아 보기도 하고 바바리 깃을 세워 살짝 걸쳐도 본다. 거울 속에는 여태 보지 못한 성숙한 여인이 서 있다. 마치 연예인이라도 된 양 한 바퀴 돌아본다. 한 주먹도 안 되는 스카프 한 장이 주는 멋스러움을 비로소 느낀다. 자연이 주는 기쁨이다.

첫 염색은 성공이다. 얼룩이 생길까 걱정했었는데 색깔도 곱고 물도 잘 들었다. 오늘은 결명자로 만든 스카프지만 다음번에는 다른 재료로 작품을 만들 것이다. 슬그머니 자신감이 생긴다. 자신감 속에는 내 주위에 물감 재료가 많다는 넉넉함이 들어 있다. 염색거리는 지천에 널려 있다. 쑥이나 들풀도 구하기 쉽다. 우리 밭에 있는 아이 키만한 치자도 좋은 재료가 된다. 밤은 알맹이는 먹고 껍질로 염색물을 만들 수 있으니 참 좋다. 겨울 해풍을 이기고 곱게 핀 동백꽃도 좋은 재료이다. 한 가지 더 있다. 반찬으로 쓰고 남은 양파껍질도 천연염색 재료로 쓰이니, 어느 하나 염색 재료가 아닌 것이 없다. 자연에서는 얻을 게 참 많다. 자연이 주는 혜택을 우리는 여태 모르고 있었을 뿐이다.

한 때, 얼룩덜룩한 무늬의 이태리 쿠션이 갖고 싶었다. 세일을 해도 내게는 비싼 물건이었다. 그 가게를 지날 때마다 나를 비웃듯 거만하게 앉아 있는 쿠션이 그렇게 얄미울 수가 없었다. 사실 그 물건을 사서 소파에 갖다놔도 우리 집 분위기에 전혀 맞지 않을 물건이었다. 달랑 얹어놓으면 이질감만 느꼈을 터인데 왜 그리 집착이 가던지. 이젠 그럴 필요가 없다. 천연색으로 예쁘고 고풍스럽게 얼마든지 만들 거니까. 자연에서 구할 수 있는 재료를 두고 백화점이나 가게에 진열된 완제품에 넋을 놓고 있었다. 주머니 사정이 좋아지기만 기다린 우둔함을 버리지 못해서였다. 황토로 속옷도 만들 생각이다. 전문가도 힘들다는 쪽 염색도 배워볼 참이다.

아는 얼굴들이 차례로 스쳐 지나간다. 선물하고픈 사람들이 줄을 선다. 실패의 두려움 때문에 단 한 장의 스카프만 만든 것이 아쉽다. 하지만 조급해서는 안 된다. 자연이 주는 선물을 마구잡이로 훔쳐서는 안 되기에 말이다. 나무가, 꽃송이가, 들풀이 가져가라고 할 때까지 기다리는 느긋함을 배워야 함이다.

인위적인 것에 둘러싸여 몸살을 앓던 내게 천연염색은 활기를 준다. 온통 화학제품에 몸과 마음을 다쳐버린 내게 위안이 된다. 염색을 시작하면서 버릇이 생겼다. 밖을 나서면 재료 거리가 없나 찾아보기 바쁘다. 평소 무심하게 스쳐 지나던 자연의 아름다움을 새삼 느껴 가는 것이다. 어느 것 하나 예쁘고 멋지지 않은 것이 없다. 저 잎을 물들이면 어떤 색이 나올까? 이 붉은 꽃은……? 내 가슴이 차곡차곡 물이 든다. 노랑, 분홍, 그리고 깊디깊은 바다 같은 쪽빛 물이 내 가슴에 곱게 든다. 튀지도 않고 은은한 빛깔로 내 마음을 사로잡는 색감에 온통 빠져버린다. 내 몸 전체가 자연의 물로 촉촉이 젖어간다.

이젠 내 주위의 모든 것들이 예사롭지 않은 눈길로 나를 바라본다.

(≪수필과비평≫. 2004. 11/12)

이웃

"이토 미네코입니다."

302호 아주머니다. 같은 동양인, 바로 옆 나라이면서도 한국인과는 또 다른 외모를 지녀 이방인임을 한눈에 알아볼 수 있었다. 그녀를 바라보는 시선은 다들 뭔가 알고 싶어하는 궁금증으로 가득했다. 작은 체구와 예쁘장한 얼굴에서 나이조차도 추측하기가 쉽지 않았으니 다른 것은 오리무중이었다.

그녀가 우리 아파트에 온 건 두 해 전이었다. 일본인이며, 조선소의 기술자로 초빙되어온 남편을 따라왔다는 것이다. 첫해는 외로웠는지 일본에 가 있을 때가 많아 얼굴 보기가 쉽지 않았다.

우리 아파트도 여느 단지처럼 대청소를 한다. 302호는 관리비를 회사에서 내주기 때문에 굳이 청소에 나오지 않아도 될 터인데, 이곳에 상주하면 빠지는 때가 없었다. 청소가 끝나면 다과시간을 갖는데, 특별

한 일이 아니면 같이 자리를 하여 우리와 섞였다. 시종 우리가 웃고
떠드는 시간을 같이 하면서 미소를 잃지 않았다. 언제 봐도 다소곳한
자태에 한 점 흐트러짐이 없고 참 소박하다는 느낌을 받았다.

처음만 해도 말이 이어지지 않았다. 나 역시도 일본어를 모르고, 그
녀 또한 한국어를 모르니 답답했다. 언어소통이 되지 않을 땐 영어를
써 보기도 했지만 쉽지 않았다. 가끔 마주칠 때도 있었는데, 현관에서
혹은 집과 가까운 거리에서였다. 처음엔 눈인사만 나누었다. 언어 장벽
으로 소통이 어려웠다. 해 줄 수 있는 일이 있다면 도와주고 싶은데
내 마음을 전달할 수 없는 것이 안타까웠다. 멀리 이국땅에 있으니 외
롭고 힘든 일이 많을 것이라 생각되었기 때문이다.

그러던 중, 아는 분으로부터 생선을 얻었다. 정 나누기로 이웃에 갈
라 주었다. 그녀의 집 앞을 지나치는 게 마음에 걸렸다. 잠시 망설이다
초인종을 눌렀다. 문이 열리고 그녀가 날 반겼다. 어떻게나 좋아하던지.
진작부터 그렇게 했어야 했다. 어떻게 생각할지 몰라 나누기를 꺼렸던
것이 오랜 시간을 왕래하지 못한 이유가 되어 버린 것이다.

다음날 그녀가 왔다. 뜻밖이었다. 조금 나눠준 생선의 답례로 과일을
한 아름 안고 있었다. 현관에 서서 조심스러운 얼굴로 방해가 되진 않
았는지 물어 왔다. 한눈에도 내성적인 성격임을 알 수 있었다. 차를 나
누었다. 간단한 한국말로 서로의 근황을 전할 수 있었다.

같이 있는 시간 내내 그녀는 다리 한 번 펴지 않았다. 행여 불편할까
봐 등받이를 권하기도 했고, 가벼운 담요로 무릎을 덮도록 했으나 극구
사양하는 거였다. 일본에서는 그렇게 앉으며, 오랜 습관이 되어서 괜찮
다고 했다. 그래도 편하지 않아 이웃이나 친구들과는 격이 없어 다들

편하게 지내니 당신도 그러했으면 좋겠다고 했다. 세 시간을 같이 있으면서 다리 한 번 펴지 않고 무릎을 꿇고 있으니 나 역시 벌서는 학생처럼 그녀를 따라할 수밖에 없었다.

그녀의 한국어 과외선생님을 만났다. 같이 잘 지낼 것을 당부하는 것이다. 내성적이라 사람 사귈 줄 모르는데 내 얘길 자주 하더라는 것이다. 그 동안 나에게 관심을 가져왔다는 걸 알게 되었다. 처음부터 얘기를 나누고 싶었다고 한다. 그런데 여건이 만들어지지 않더라는 것이다. 생선을 나눠주러 온 순간 이제야 계기가 마련되나 싶어 무척 반가웠다고 털어놓았다.

그간 노력을 많이 한 모양이다. 웬만한 의사소통은 물론 어려운 말도 제법 알아듣는 것이다. 서예학원을 다니고 있으며, 한글도 매주 두 번 배운다고 한다. 그녀는 아예 가방에 전자사전과 연습장을 넣고 다녔다. 얘기하다 장벽이 놓여 고심할 때면 사전을 꺼냈다. 한국어를 배우고자 하는 열의와 진지함에 고개가 숙여졌다. 조금 있으면 모국으로 돌아갈 터인데 참 열심이다. 그녀의 노력이 아름다웠다. 대단하다는 진심 어린 나의 말에 아직도 많은 노력과 학습이 있어야 한다며 부끄러워했다.

정작 부끄러운 건 나 자신이었다. 힘들다 하면서도 포기하지 않는 이방인을 보면서 국어에 대해 얼마나 잘 아는가. 이러고도 아이들을 잘 가르친다고 자부하는가. 놓아서는 안 되는 공부를 다른 일에 미혹되어 그간 외도를 했었다. 미적거리며 구석에 밀쳐둔 전공서적을 펼쳐야겠다는 결심을 그녀를 통해 한다는 것이 다시 한 번 나 자신을 부끄럽게 했다.

난 일본의 생활상에 대해서 그녀를 통해 조금씩 알 수 있었고, 그녀 또한 한국의 모습을 나를 통해 알려 했다. 이곳에 오기 전에는 평범한 주부였다고 한다. 세상일은 물론 이웃인 한국에 대해서도 관심을 가져보지 않았다고 했다. 그런데 이곳에 오면서 여러 나라에 대한 관심을 가지게 되었고 지금은 한국의 풍습이나 유적지, 박물관에도 눈을 돌리게 되었다고 했다. 한국 연예인들을 좋아하게 되었고, 한국 노래도 한두 곡은 따라 부를 수 있다고 한다.

비슷한 의식은 같이 공감하면서 즐거워했고, 우리 시대를 넘어서 아이들 세대에 대한 걱정과 우려도 주고받았다. 아이들의 세계는 양국 다 똑같은 모양이다. 조상을 생각하는 마음이 엷어져가고 윗대부터 내려오는 전통의식을 잘 받아들이지 않으려 하고 편리함만 추구하려 해서 걱정이라는 얘기도 덧붙였다.

서로 주어진 시간이 넉넉하지 않아 많은 시간을 같이 할 수는 없었다. 오전엔 그녀가 바빴고, 오후엔 내가 하는 일이 있어서 그랬다. 그런 중에도 이젠 그녀를 자주 보는 편이다. 우연이 아니라 필요에 의한 만남을 만들기 때문이다. 일요일 우연히 산중턱에서 마주치기도 하고 때론 대형매점에서, 혹은 날 보면 일부러 차를 멈춰 차창 밖으로 손을 흔든다. 자투리 시간을 내어 티타임을 만들기도 한다. 어찌 보면 국제적 교류다. 외로운 시점에서 그녀는 나에게 의지하려 하고 난 은근히 그녀를 감싸주려는 본능을 발휘한다. 한국에 대한 인상을 곱게 심어주고 싶어 궁금해 하는 것들에 대해 나름대로 최선을 다한다. 그녀 부부가 여행을 하기도 하는데, 그럴 때면 그곳의 명승지나 가볼 만한 곳을 알아두었다 차편과 함께 소개하기도 한다.

개인적으로 일본에 대한 이미지는 사실 곱지 않다. 역사적으로도 그렇고, 지금도 터무니없는 억지에 분노가 일기도 한다. 그걸 생각하면 이 여인을 적대시했어야 했다. 그런데 그녀는 참 따뜻하고 정이 많은 사람 같다. 나보다 여덟 살이나 위인데도 깍듯해서 미안한 마음이 들 정도다. 아직은 일본식 발음이 내 귀에 익숙지 않지만 그녀의 목소리에 매력을 느끼는 중이다.

집에 올라온 그녀가 예쁘게 포장된 꾸러미를 내민다. 본국에 다녀오면서 가져온 차 종류일거라 기대했다. 그러나 나의 생각은 빗나갔다. 한지로 만든 접시다. 얼마 전 전주에 다녀올 일이 있다 하기에 몇 곳을 소개했다. 그 때 한지공예 전시관도 둘러보았는데 작품이 너무 멋져 몇 가지를 구입하면서 내 것도 챙겼다고 한다. 한국 것을 사랑하는 그녀가 오늘 따라 왜 그리 다정하게 느껴지는지 모를 일이다.

그녀는 한국의 모든 것에 흠뻑 빠져 있다. 이곳 사람들이 좋으며, 눈에 들어오는 모든 것의 멋스러움에 취해 쉽사리 눈을 뗄 수가 없다는 것이다. 지금은 외로움보다 한 곳이라도 더 가보고 싶고 또 알고 싶다고 한다. 난 그녀를 진정한 내 이웃이라고 믿는다. 비록 이방인이지만 이보다 한국적일 수가 없는 그녀이기에 이질감이 점점 멀어지고 있다. 아니 밀쳐내고 있다.

(≪수필과비평≫ 작가회의 동인지. 2006. 8)

외식을 하며

가끔 밖에서 식사를 한다. 아이들 성화에 못 이겨서이다. 무엇을 먹을 것인가 짧은 시간 동안 의견이 분분하다. 아이들은 분위기 좋은 레스토랑에서 우아하게 서양식을 먹고자 하고, 남편과 나는 구수한 된장찌개를 원한다. 그러나 결국 아이들의 의견에 따르게 된다. 모처럼 나선 가족나들이에 아이들 심사를 건드리고 싶지 않아서이다.

큰아이가 또래 친구에게 들었는지 귀에 익지 않은 상호를 일러주며 한 번 가보자 한다. 음식 맛은 이러저러하고, 후식으로 과일에다 아이스크림까지 곁들여 준다며 재촉이다.

그 장소를 찾는다. 제법 근사해 보이는 레스토랑이다. 요사이 생긴 건물이라서 그런지 깨끗하고 세련미가 풍긴다. 밖이 훤히 내다보이는 창가에 앉아 스테이크를 주문한다. 은근히 비추는 조명불빛을 받아서인지 아이들의 얼굴이 상기된 듯하다. 감미로운 음악이 흐른다. 분위기에 취했는지 장난기 대신 사뭇 진지함마저 흐른다.

예의바르고 친절한 종업원들의 시중을 받으며 식사를 한다. 큰아이가 점잖게 나이프로 고기를 썰어 입에 넣는다. 늘 해온 듯 잘한다. 그 모양이 우습지만 놀릴 수도 없다. 분위기 깰지도 모른다는 생각에 목까지 차 오른 말을 꿀꺽 도로 삼킨다. 아이와 달리 나의 손놀림은 영 시원찮다. 어릴 때부터 젓가락보다 포크에 익숙해져 버린 작은아이의 손놀림도 나보다 낫다.

양식을 좋아하지 않는 남편이 싫은 내색 없이 먹고 있다. 나 혼자만 서툴다. 익숙하지 않은 포크로 샐러드를 먹자니 흘릴까 봐 내심 조심스럽다. 사실 서양식을 좋아하지 않는다. 스테이크를 먹기 전에 나오는 수프도 맛이 없다. 산뜻한 느낌을 준다는 야채수프도, 부드럽다는 크림수프도 내게는 다 똑 같은 맛으로 느껴진다. 입맛에 맞지 않고 느끼하다. 후춧가루를 조금 뿌려서 한 입 떠먹다 숟가락을 놓는다. 샐러드도 내키지 않는다. 소스라는 게 도무지 간이 맞지 않고 심심하다. 게다가 반찬 또한 두어 가지뿐이다. 조그만 접시에 단무지 몇 조각과 양배추를 잘게 썬 야채 위에 소스를 얹어 내는 샐러드가 전부다.

손이 자꾸 헛돈다. 어느 것을 집어먹어야 할지 망설이다가 스테이크를 잘라 한 조각 입에 넣는다. 어렸을 때는 아예 육식을 하지 않았다. 그 습성이 남았는지 지금도 즐기는 편이 아니다. 더구나 기름에 굽거나 튀긴 음식은 더욱 좋아하지 않다 보니 입맛에 맞지 않는다. 우물거리다가 포크를 놓는다. 단무지로는 뒷맛이 개운하지가 않다. 매콤한 김치가 절로 생각난다.

왠지 편하지 않다. 음식을 흘리지 않을까 조심해야 되고, 포크 나이

프도 떨어뜨리지 않게 잘 챙겨야한다. 큰 것 작은 것 해서 두 개의 포크 와 나이프, 그리고 숟가락까지 식사하는데 네 개가 꼭 필요한 건지. 두 개의 포크로 무얼 구별해서 먹으라는 건지 잘 모르겠다. 그릇들은 우선 보기에 맵시가 있고 환한 색채감으로 금방 눈에 들어온다.

장미꽃이 우아하게 그려진 접시에 음식을 담으면 멋이 더 나고 먹음 직스럽게 보일지 모른다. 그런데 난 영 마음에 들지 않는다. 운두가 낮 고 납작한 것뿐이다. 납작한 그릇에 담은 적은 양의 음식을 보는 순간 실망스러운 마음이 절로 든다. 접시에 얇게 펴 바른 밥은 서너 숟가락 이 채 못 되는 것 같다. 스테이크를 거의 남기다시피 한 나로서는 그 밥만으로 한 끼 식사를 해결했다는 포만감이 들지 않는다.

양이 차지 않아서인지 자연 집에 오는 길로 밥을 찾는다. 빵을 배불 리 먹어도 밥 한 숟가락보다 못하니 좋은 식성은 아니다.

이런 식이다 보니 아이들과 동행을 하지 않을 때는 양식 먹는 일이 좀체 없다. 내가 즐겨 찾는 곳은 거의 한식집이다. 레스토랑에서 식사할 때의 분위기와 사뭇 다르다. 밥 한 그릇을 거뜬히 비운다. 호박과 풋고 추를 송송 썰어 넣은 두부 된장찌개야말로 구수한 한국 전통 음식이 아닌가. 갖가지 채소 무침에 구운 생선 한 마리, 버섯볶음과 산채나물도 한 몫을 한다. 간이 잘 되지 않은 것처럼 느끼한 서양식 스테이크 요리 와는 확연히 다른 맛이다. 깔끔하고 뒷맛이 개운하다. 서양식을 즐기는 사람들은 나의 한식 예찬에 '고정관념 운운'하며 촌스러운 사람으로 치 부할지도 모른다. 아니, 그런 소리를 간간이 듣는 편이다.

그릇 또한 비교가 된다. 서양 식기처럼 얄팍하지 않아 좋다. 뚝뚝하 여 매끈함과는 거리가 멀지만 남정네 팔뚝처럼 단단하고 야무져 보인다. 오목한 그릇에 푸짐하게 담은 음식은 보기만 해도 군침이 돌고 맛깔스럽다. 그릇에서도, 그릇을 채운 푸짐한 찬에서도 넉넉한 인심이 배어나는 것 같아서 좋다. 비록 장미꽃이 그려진 우아한 그릇은 아니지만 넓고 오목한 모양에서부터 풍성함이 보인다.

식사가 끝났다. 내내 생각 속에서 서양식과 한식 사이를 오가며 자를 재는 사이 식기들이 치워졌다. 아이들이 고대하던 디저트를 주문한다. 아이스크림을 기다리는 동안 아이들의 시선은 고정되어 있지 않다. 연신 다른 곳을 둘러보며 재미있어 한다. 긴 호리병에 담긴 한 송이 장미꽃에도 초롱초롱한 눈망울로 관심을 보이고, 축 늘어진 조명등을 신기해하며 올려다본다. 당장 눈에 보이는 멋스러움에 마음을 온통 뺏긴 듯하다.

하긴 나도 그랬다. 오래 전에는 우아하고 은근한 조명이 치장된 레스토랑을 찾았다. 분위기에 젖고 싶어서였다. 클래식의 감미로운 선율을 음미하며 격이 있는 식사를 한다면 왠지 신분이 달라질 것 같아서 꾹 참고 밋밋한 음식을 입에 대었다.

그러나 시간이 갈수록 힘이 들었다. 음식을 먹기보다는 남의 시선이 더 신경쓰였다. 나 자신이 내는 포크와 나이프 소리가 되돌아와 나의 귀를 날카롭게 세웠다. 조심스러워 해야 하는 분위기가 점점 불편하게 느껴졌다. 식탁에 놓인 깔끔하고 세련된 식기도 싫증났다. 얄팍한 그릇이 갑자기 깍쟁이처럼 야박해 보였다. 마주보이는 모든 것을 읽기에는 조명등이 솔직하지 못했고 한없이 침울했다. 마침내 불편함 투성이인 자리를 박차고 일어섰다. 맞추려 애썼을 뿐 내 취향이 아니었음을 비로소 알아챈 것이다.

문득 남편을 바라본다. 시선을 끌 만큼 잘 생기지 않았다. 멋없다. 투박하기 그지없다. 서양식 그릇처럼 미끈하지도, 샤프하지도 않다. 영락없는 뚝배기다. 십수 년을 보아와도 변함이 없다. 애써 꾸미려하거나 잘 보이려는 어떤 행동도 하지 않는다. 이상한 것은 그럼에도 불구하고 자리를 박차고 일어설 마음이 전혀 생기지 않는다는 것이다. 오래 두어도 싫증나지 않는 은근함이 나를 꼭 잡고 놓아주지 않는 때문이다.

그곳에 또 갈 수 있기를 아이들은 희망한다. 무엇이 그리 좋은지 콧노래까지 부른다. 들뜬 아이들의 마음을 깰 생각이 없다. 시간이 필요할 뿐이다. 오래 전 나처럼 자리를 박차고 뛰어나오기 전까지는 제법 많은 시간들을 보내야하지 싶다.

뚝뚝한 그릇에 가득 담긴 된장찌개가 그리운 밤이다.

(1998. 10)

장롱을 닦으며

이사 준비를 한다. 날짜가 임박한 건 아니지만 시간 있을 때 미리 챙기고 정리해 두면 뒤에 덜 바쁠 것 같아서다. 오래되어 낡고 헤진 것들을 따로 두었다가 이사하는 날 딱지표를 붙여 과감히 버릴 심산이다.

장롱도 그 중의 하나다. 이불장 위 칸의 판자가 내려앉아 여간 불편한 게 아니다. 문을 여닫을 때마다 삐걱거리는 소리가 내내 귀에 거슬렸다. 문짝이 틀어지고 아귀가 맞지 않아서이다. 그래서 큰 맘먹고 이사하는 김에 장만하려 마음을 굳힌다. 새 집에 새 물건을 들이라고 이웃 사람들이 한 마디씩 하는 통에 마음을 재차 다진다. 하지만 섭섭하다. 십오 년의 세월을 함께 하면서 손때 묻은 살림살이 중 어느 것 하나 정들지 않은 것이 없지만 장롱은 유난히 정이 깊다.

결혼식을 하고 그 길로 남편과 떨어져 살았다. 잠시 머물면서 시댁 식구들과 얼굴을 익히라는 어머님의 뜻에 따라 일 년의 반을 뚝 잘라 시댁에 머물기로 한 것이다. '조선시대도 아니고…' 속은 탔지만 감히 말을 꺼낼 용기가 없었다. 남편 역시 내려 보내길 내심 바라는 눈치건 만 어머님은 아무런 말씀이 없었다. 암만 시어른이 잘 해주셔도 친정부 모만 하겠는가.

매일이다시피 눈이 부어 있는 며느리가 측은했던지 남편에게 내려가 는 것을 허락하셨다. 두 달 만에 시집살이가 끝난 것이다. 살림살이는 날을 받아 내려 보낸다기에 세간도 없이 남의 집 방 한 칸을 빌려 신혼 생활을 시작했다. 얼마나 좋았던지 좁은 방안에 텔레비전과 이불, 베개 하나만으로 만족했다.

드디어 신혼살림을 싣고 어머님이 내려오셨다. 웬만한 혼수는 다 준 비했던 터라 좁은 방에 제대로 들어갈지 걱정이었다. 장롱도 들여야 되는데…. 그런데 장롱은 왜 아직 안 오는 걸까? 마음이 조급했지만 시댁 어른도 계신데 채근할 수도 없고 해서 가구점에서 물건오기를 기 다렸다. 잡다한 짐이 먼저 들어가면 장롱을 들이기가 힘들어질 것 같아 언제쯤 도착하느냐고 남편에게 물어보았다. 남편은 오히려 나에게 무 슨 소리냐는 듯 되물었다. 황당하고 기가 막힐 뿐이었다.

시집올 때 나는 혼수에서 장롱을 뺐다. 그 당시, 우리 지역은 신랑 쪽에서 장롱을 준비하는 것이 예였다. 그런데 시댁에서는 신부 측에서 장만하는 걸로 알고 있었던 모양이다. 살림 중에 가장 중심이 되는 장 롱이 없으니 짐 정리가 되지 않을 수밖에.

상황을 알아차린 어머님이 돈을 주셨다. 짐 정리하고 나면 집들이도 해야 하니 그 때 쓸 돈을 미리 갖고 온 것이라며 급한 대로 장롱부터 사라고 했다. 우여곡절 끝에 장롱을 들이고 짐 정리를 다하니 우리 부부 누울 자리만 남을 정도로 불편했다. 조금 더 넓은 방을 구하려 돌아다녔지만 원하는 집이 없었다. 연말쯤에 입주가 가능하다는 임대아파트를 신청해 놓고 좁은 방으로 돌아와야 했다.

그 여름에 '셀마'라는 태풍이 전국을 덮쳤다. 특히 우리 지역은 피해가 심했고 단칸방 우리 집도 예외가 아니었다. 방수가 안 된 벽에 물이 스며들어 벽지가 술술 떨어져 나갔고 허술한 문틈으로 비바람이 들이닥쳐 장롱 밑바닥까지 물바다가 되었다. 남편은 비상근무로 며칠 동안 집을 비웠고 나 혼자 난리를 평정해야 했다. 임신 중인 나는 젖은 가재도구를 닦아 햇볕에 말리고 못 쓰게 된 것을 치워내야 하는 일이 무리였다. 힘들기도 했지만 집안일에 나 몰라라 하는 남편이 더 서운해서 눈물을 흘리며 집을 치웠다.

가장 큰 피해는 장롱이었다. 물을 잔뜩 먹은 나무는 마르면서 뒤틀려 아귀가 맞지 않았다. 장롱 뒤쪽의 판자가 들고 일어났으며 습기 때문에 핀 곰팡이 얼룩은 한 점의 추상화였다. 남편은 그런 것을 못질하고 다듬은 끝에 겨우 모양 세를 잡아놓았다. 덧칠까지 하고 나니 제법 윤이 났다. 물건은 하루만 쓰면 그 때부터 중고라고 하더니 우리 집 장롱도 태풍 때문에 처음부터 중고품으로 전락하여 지금에 이른 것이다.

매일 청소를 하면서 빠지지 않고 중고가 된 장롱을 반질반질하게 닦았다. 남의 눈에 헌것처럼 보이기 싫어 정성을 다하다 보니 어느새 애지중지하는 물건이 되었다. 세 번이나 이사를 했어도 그 때마다 장롱을 가져왔다. 고쳐 놓은 부분이 일그러져 말썽을 부렸지만 내다버린다는 것은 생각지도 못했다.

이사하면 집 안을 어떻게 꾸밀 것인지 생각해 본다. 정들었지만 이사를 기회로 가구를 새 것으로 바꾸어 버리자고 마음을 먹는다. 그런데 나의 생각을 눈치라도 챈 것처럼 남편이 제동을 건다. 지금 있는 그대로를 새 집에 옮겨놓자는 것이다. 다 헤진 소파며 흔들거리는 식탁의자까지 말이다. '살림은 내 소관이니 상관하지 말라'고 잘라버린다. 큰소리를 쳤지만 마음이 편하지 않다. 며칠 내내 고심한 끝에 남편의 뜻을 따르기로 한다. 삐걱거리는 부분은 다시 손을 보면 된다. 이런 생각을 하는 순간 장롱을 바라보는 나의 눈빛이 달라진다. 정이 가는 것이다. 당분간 장롱 닦는 일은 신경 쓰지 말자고 했는데.

내게는 장롱처럼 하루하루 정을 닦으며 지내온 이웃이 있다. 그들을 두고 가려니 마음 한 구석이 허전하다. 차를 마시며 담소를 즐기고 삶의 애환을 나눈 시간들이 가슴 한 켠에 자리잡고 있는데. 내가 힘들어할 때, 혹은 아플 때 등을 두드려주고 죽을 끊여주던 정 많은 지인들이었다. 이곳에서의 추억은 스쳐 지나는 바람소리에도 되살아날 것이며 진한 그리움에 코끝이 찡해 올 것이다. 이제 그들의 정을 가슴에 담아 가려 한다. 그리고 마냥 그리워질 때 품 속의 사진을 꺼내서 보듯 가슴을 열어 볼 것이다.

장롱을 바라본다. 새 것처럼 곱고 좋아 보이지는 않지만 눅눅한 정이 배여 있다.

(≪수필과비평≫ 동인지. 제1집. 2003)

여행길에서

새벽 세 시. 길을 나선다. 둥지를 뒤로 한 채 달리는 도로는 호젓하다. 차창 유리를 내리고 새벽을 음미한다. 차가운 공기가 피부를 스친다. 뺨에 와 닿는 짜릿함이 나쁘지 않다. 혼탁하지 않아 가슴까지 맑아진다. 자연의 숨결이 정겹다. 그래서 나는 새벽 여행을 좋아한다.

이번 여정은 동해의 일출을 보기 위함이다. 연휴라서 그런지 고속도로는 새벽임에도 차들이 줄지어 있다. 서다 가다를 반복하는 도로·위에 있다 보니 답답하고 지루하다 못해 온몸이 뒤틀리는 것 같다. 차라리 국도로 빠져나간다면 다소 돌아가는 감이 없진 않지만 지루함에서 벗어날 수 있을 것이라는 생각이 든다.

지도를 펼쳐놓고 고속도로와 근접하는 국도를 찾는다. 초행길이라 부담스럽기도 하지만 조심해서 달리면 큰일이야 있겠는가 싶어 고속도로를 빠져나온다. 국도로 접어들어 한참을 달리니 한적할 뿐 지나치는 차들도 없다. 뒤에서 빨리 가자고 재촉하지 않으니 또한 느긋해서 좋다.

굽이굽이 산길을 돌아간다. 저만치 머리를 맞대며 쉬고 있는 작은 마을이 보인다. 어둠은 평화스러운 마을을 포근하게 감싸고 있다. 어쩌면 저 곳은 아직 문명이 찾아들지 않았을지도 모른다. 내 어렸던 시절처럼. 그들의 일상이 훤히 보이는 듯하다.

여명이 마을을 찾아들면 부지런한 수탉이 먼저 잠을 깬다. 목청껏 홰를 쳐 아침을 알리면 밥 짓는 아낙의 손놀림이 빨라지겠지. 괭이자루 어깨에 메고 아침 일을 나서는 농부의 발걸음도 바쁘겠지. 그을린 얼굴은 세월 따라 굵은 주름이 늘었지만 욕심 없는 한 평생이었으니 찌든 곳이 있을까. 주어진 일에 감사하며 살아 온 이들에게 근심 또한 있을까.

풋 감자가 든 망태기를 메고 돌아오는 농부의 얼굴은 온통 땀투성이다. 저문 들길로 시원스레 바람이 불어오면, 농부는 땀에 젖은 하루를 털어 말린다. 해질녘 농가의 굴뚝에 스물 스물 연기가 피어오르고 갖가지 푸성귀에 구수한 된장국이 시장기를 재촉한다. 조촐한 찬이지만 정성이 가득 담겼으니 푸짐한 밥상일 게다.

어둠은 서서히 마을을 감싼다. 불 켜진 대청마루에 식구들이 둘러앉아 애기꽃이 끝없고, 간간히 아버지의 너털웃음소리가 싸리문에 스며든다. 한 쪽에는 찐 감자며 산딸기가 바가지에 가득 담겨 있다. 어머니의 부채질에 아이들은 잠이 들고 여름밤은 깊어만 간다. 깊은 밤 아낙마저 잠이 들면 정화수가 달빛을 받아 장독 위에서 홀로 빛나고 있다.

아련한 추억 속에 내가 서 있다. 눈에 익은 동네가 보이고, 저 만치 물동이를 이고 가는 어머니가 바삐 집을 향해 걸어가고 있다. 소 꼴 베는 순돌이도, 나물 따는 숙이도 기억 속에서는 어린 아이들 그 모습이다.

　문득 저 마을에서 하룻밤 묵어가는 나그네이고 싶다. 그래서 지치고 힘든 삶의 옷자락을 잔솔가지에 걸쳐두고 푸른 하늘을 바라보면 좋겠다. 대청마루에 누워 모시 적삼 속으로 은근히 스며드는 미풍을 맞으며 단잠에 빠지고 싶다.

　한잠 자고 일어나 마당 한 켠에 심은 풋고추를 된장에 찍어 고슬고슬한 보리밥과 먹었으면 좋겠다. 푸릇한 호박잎을 쪄서 한입 가득 쌈을 싸 먹는다면 정말 꿀맛일 것 같다. 숲의 향기를 담은 차를 마시고, 솔바람이 전해주는 옛 이야기에 취해 복잡한 도시를 잠시나마 잊을 수 있다면 얼마나 좋을까.

　도심 속에서 나의 일상은 희색빛으로 시작한다. 맑고 밝음이 아닌 그렇다고 선명하지도 못한 어정쩡한 색이다. 부스스한 아침을 맞으니 자연 힘이 없다. 간밤에 깊은 숙면을 취하지 못했음이다. 늦도록 밖의 소음은 지칠 줄 모르고 있는 대로 들썩거린다.

　의식의 절반은 늘 현실과 연결되어 잠 속에서도 허덕대며 헤맨다. 일상의 반이 되도록 지친 삶을 회복하지 못한다. 겨우 정신을 차려 회색빛에서 벗어나려 하면 뉘엿뉘엿 해가 저문다. 반복되는 일상에 지쳐간다. 다람쥐 쳇바퀴 돌 듯 그 속에서 벗어나지 못하고 시간에 쫓기어 하루를 질질 끌려다닌다.

　이럴 때면 잠시 휴식이 필요하다. 지친 숨 고르기도 해야 하고, 느린 걸음으로 뒤도 돌아봐 주어야 한다. 소음으로 귀가 따갑고 숨이 막히면 난 무작정 여정에 오른다. 한 바퀴 휘이 산도 보고 물도 바라보다 보면 짓눌린 허리가 조금씩 펴진다.

생각에 빠져 길을 잃었나 보다. 산길을 돌고 나니 더 험한 산길이 기다린다. 굽이굽이 고갯길에 산세는 험해가고 이정표마저 보이지 않는다. 헤매기를 여러 번, 무작정 앞으로 나아가기엔 무리다 싶은데 마침 눈마저 날린다. 되돌아가자니 내리막이라 자신이 없다. 게다가 체인마저 없으니 정말 난감할 뿐이다. 휴식을 취할 겸 잠시 눈을 붙이기로 마음먹는다. 이부자리가 없어도, 다리를 쭉 펴지 못해도 잠이 스르르 날 잡아당긴다.

훤하다. 어느 새 아침인가. 숲의 소리가 정겹게 날 깨운다. 기지개를 켜고 깊은 숨을 들이마신다. 운무가 걷히고 하늘에 떠 있던 높은 산이 조금씩 땅에 발을 디딘다. 아침햇살은 차별 없이 온 세상을 고루 비추고 빛을 받은 청산은 푸름을 더해간다. 길옆에는 편편한 바위가 나그네에게 쉬었다 가라고 앉기를 청한다. 바위에 걸터앉아 마음을 다스린다. 청정한 산 기운이 세속의 묵은 때를 씻어 내리고 혼탁해진 마음의 눈을 닦아준다.

잘 쉬었으니 다시 길 떠날 차비를 해야겠다. 밤 내내 올랐으니 도로 내려가야 한다. 내리막이 쉴새없이 이어진다. 이미 일출의 장관은 놓쳤다. 급하게 서두를 필요가 더 이상 없다. 속도를 낮춘다. 그런데 어째 길바닥이 미끄럽다. 걱정이 되어 속도를 낮추려 브레이크를 밟는 순간 내 의지와는 상관없이 차가 멋대로 내달린다. 어딘가에 부딪쳤다. 잠시 넋 나간 사람처럼 멍해 있다 둘러보니 차의 앞부분이 조금 상했다.

처음 가는 길은 서툴고 생소해서 자칫 길을 잃기 쉽다. 어쩌면 우리네 삶도 미지의 세상을 향해 달리는 것 아닐까. 초행길에 뜻하지 않은 사고를 만나 어려움에 빠질 수도 있고 갈림길에서 선택해야 하는 경우도 있을 것이다. 또 선택한 길이 잘못되었을 경우 되돌아와야 하는 고달픔이 있을 테지만 가치 있는 삶의 이정표를 발견했을 때의 기쁨은 그 동안의 고통을 잊기에 충분하리라.

사람은 늘 계획한 대로만 살아갈 수 없다. 뜻하지 않은 변수도 있기 때문이다. 오늘 같은 경우가 그렇다. 예정대로 고속도로를 달렸다면 제 시간에 도착하여 동해의 일출을 보았을 것이다. 그런데 지루함을 벗어나려 국도를 선택했다. 산 속 마을을 바라보며 잠시 어린 시절을 돌아보는 추억을 맛보았지만 길을 잃고 어려움에 빠지기도 했다. 그러나 여기에서 멈출 수는 없다. 미지의 세상을 향해 나아가면서 조금씩 느끼고 경험하여 성숙해지는 것이기 때문이다.

힘들었던 산길을 벗어나 드디어 휴게소다. 무거운 삶을 잠시 벗어두어서일까. 오가는 길손들의 표정이 밝아 보인다. 생면부지의 사람들에게 환한 미소를 지을 수 있음은 동질감을 느껴서인가 마음이 넓어진 때문인가. 잠깐 스치는 인연일 뿐인데 오랜 벗을 만난 것처럼 반갑고 정이 느껴진다. 지치고 힘들 때 몸을 추스를 수 있는 쉼터가 있다는 것에 무한한 힘을 얻는다.

이제 자리를 털고 길 떠날 준비를 한다. 가치 있는 삶을 찾아 길 떠나는 나그네 되어. 이번 여행을 마치고 돌아오면 한 뼘쯤 더 성숙된 나를 발견할 수 있을 것 같다.

(1998. 12)

봄을 기다리며

지난 겨울은 무척 길고 어둡고 추웠었다. 그 혹한을 맨몸으로 버티며 봄을 맞이한 사람이 있다. 살갗이 터져 피가 흘러도 언젠가는 꼭 새살이 돋아날 것이라 굳게 믿으며 하루를 보내고, 일 년을 보내고, 다시 또 일 년을 굳건히 보낸 사람, 그가 이 세상에서 가장 사랑하는 내 남편이다.

잘 생기지도 키가 크지도 우람한 덩치를 가진 사람도 아니지만, 내게는 더없이 소중하고 잠시라도 잊을 수 없는 존재이다. 다정다감한 것과는 거리가 먼 무뚝뚝한 경상도 토박이지만 어쩌다 내뱉는 한 마디에 당신의 가없는 사랑이 다 들어있음을 안 지는 그리 오래지 않았다.

농촌 출신이라 부모님을 도와 농사일을 거들고 어렸을 때부터 소 풀을 먹이느라 앞산 뒷산을 종횡무진하며 보냈기에 건강에는 자신만만했으며 근력이 남아돌아 아파 본 일이 없었다고 했다. 실제 나와 결혼하여 아프기 전까지는 결근 한 번 없었을 만큼 건강한 그였다.

그런 그이가 심한 감기를 앓았다. 고열에 헛소리까지 하고 식은땀을 흘리며 이틀씩이나 앓았지만 남자들 거의가 그렇듯 남편 또한 병원 가는 일을 무지 싫어했다. 한 이틀 직장을 쉬고 나면 언제 아팠냐는 듯 출근을 했다. 그러나 두어 달 뒤에 또 심한 감기증세로 결근을 하고 자리에 눕더니 어쩔 수 없는지 내게 등 떠밀리다시피 하여 동네병원을 찾았다.

사실, 그 무렵 무심하게 지나친 일이 있었다. 고환에 혹 비슷한 게 생겨 약간 부은 것 같다는 남편의 말을 들었다. 병원에 가보라고 했다. 그랬더니 아프거나 불편한 느낌이 들지 않는다며 별일 아닐 것이라고 했다. 나 역시 그러려니 했었다. 몇 달이 지나고 남편은 또 심하게 앓아 누웠다. 고환의 혹도 조금씩 커지는 느낌이 들었다. 비뇨기과에서 암 검사를 받았지만 이상이 없는 걸로 나왔고 고환염이라고 했다. 커져 감당하기가 힘들면 절제수술로 제거하면 된다고 하여 약만 타왔다. 약을 먹으면 감기증세도 괜찮아졌기에 신경을 쓰는 것 같지 않았고 나도 적당한 기회에 수술을 권할 생각이었다.

거의 일 년이 되어가던 날 남편이 종합병원에 가려고 했다. 아무래도 수술을 해야겠다는 것이다. 혹도 제법 커져 있었고 허리가 많이 아프다고 했다. 근래에 들어 자꾸 힘들어하고 조그만 일에도 쉽게 지치는 것 같았다. 그러면서도 나쁜 병이 있을지 모른다는 생각은 전혀 하지 않았다. 오히려 마흔이 넘어가니 허약해지는 모양이라며 나이 탓만 하는 것이다. 어리석게도 나 역시 병원을 찾기보다는 근력이 떨어져서 그런가보다 하며 근처의 한의원에서 약 한 재를 지어와 먹게 했다.

검사결과를 보는 날 나에게 갑자기 일이 생겨 남편 혼자 병원에 갔다. 그 날 남편은 퇴근을 하면서 일거리를 한 무더기 가져왔다. 수술을 하면 한 일주일 자리를 비우게 되니 미리 일을 다해 놓아야 한다는 것이다.

토요일부터 일요일까지 식사시간을 제외하고 내내 일만하더니 저녁에 슬며시 웃으며 남편이 말을 꺼냈다. 수술을 다른 병원에서 하라는 의사의 권유가 있었다면서 소견서와 의뢰서를 보여주었다. 별일 아니니 걱정하지 마라면서 예약도 다 해놨다는 것이다. 뒤에 들은 바로는 병원에서 의심이 간다는 조금의 얘기가 있었고 남편은 나에게 그 말을 하지 않았을 뿐이었다.

소견서는 물론 의뢰서에 적혀 있는 의학용어를 알 수 없었다. 별일 아닐 거라 생각하면서도 걱정이 되어 의학사전을 찾아보았다. 고환염에서 암까지 쭉 읽어가다가 가슴이 철렁 내려앉았다. 고환염과 암의 증세가 거의 같았기 때문이다. 아무리 생각해도 예사롭지가 않았다. 의뢰서도 그렇고 다른 병원 운운하는 것도…. 저녁 내내 눈물을 찔끔거리며 짐을 챙겼다. 시댁이나 친정집에 알리지 말라는 남편 때문에 아이들도 이웃에 부탁을 했다.

월요일 입원을 했고 이틀 뒤에 부분 마취로 한 쪽 고환절제수술을 했다. 참을성 많은 남편은 마취가 깨면서부터 기어이 혼자 일어나 화장실에서 일을 볼 만큼 나의 손을 필요로 하지 않았다. 떼어 낸 혹은 조직검사에 들어갔다. 확실한 것은 조직검사결과가 나와 봐야겠지만 아마도 별일 없을 것이며 수술도 잘 되었다는 의사의 말에 기뻐서 남편의 친구들에게 전화를 했다. 답답한 병실에 혼자 있는 게 안 되어 보여서 친구들과 지내게 하자는 생각에서였다. 그 동안 나는 아이들이 걱정되어 집에 다녀오기로 했다.

퇴원할 날이 내일이면 그 전날 저녁에 의사는 CT 찍은 결과를 알려주었다. 고환암이라는 것이다. 조직검사에서도 같은 결과라는 의사의 청천벽력 같은 진단이 우리 부부의 머리에 떨어졌다. 남편은 담담했고 오히려 내가 중심을 잃었다. 아무런 생각도 행동도 할 수 없었다. 그저 꿈이려니 했다. 정신을 차린 나는 친정에 전화를 했다. 시댁의 형님과 시누이에게도 알렸다. 순식간에 초상집처럼 울음바다가 되었다.

이 무슨 꿈같은 일이란 말인가. CT촬영에 나타난 또 다른 혹들이 배 주위에서 남편이 섭취한 영양분을 고스란히 받아먹으며 자라고 있었던 것이다. 그래서 매사에 힘없어 하고 얼굴이 자꾸 검어졌던 거였다. 입술이 새파래지기에 담배 때문이라고 얼마나 잔소리를 해댔는지 모른다. 몸이 그렇게 안 좋아졌는지도 모르고…. 나 자신을 있는 대로 나무라고 책망했다. 왜 신경을 안 썼는지. 아파할 때 강제로라도 병원을 찾았어야 했는데 내버려둔 것이 너무너무 후회가 되었다. 처음 아팠을 때 갔더라면 배에 주렁주렁 열린 혹은 없었을 텐데. 허리를 펴지 못할 만큼 아픈 이유가 있었는데 바보같이 참기만 한 남편이 정말 미웠다.

남편은 곧바로 서울에 있는 아산병원으로 옮겼다. 친정오라비가 이리저리 뛰어다녀 겨우 입원을 시켰고 그곳에서 검사를 해나갔다. 마음은 급한데 왜 그리 더디든지. 하루가 고통이고 암흑천지였다.

가장 큰 고통은 남편의 모습을 바라보는 거였다. 어떤 땐 창가에 앉아 한 동안 꿈쩍도 하지 않고 먼 곳을 바라보았다. 눈도 깜박이지 않는 걸 보니 특정한 사물을 보는 것이 아니라 그저 시선을 눈이 가는 대로 두고 있었던 모양이다. 내가 옆에 있는 것조차 귀찮아했다. 잠시만 자리를 비워도 내 앞에서 사라져 가슴을 졸이게 하던 그이는 밤에 도통 잠을 자지 못했다. 토끼잠을 자는 나를 용케도 피해 어둠 속으로 숨어들었다. 무슨 생각을 하는지. 그이의 눈빛에는 슬픔도 아픔도 보이지 않았다. 무감각이었다. 누군가에게서 기가 막히는 일을 당하면 표정이 없어진다고 한 말이 실감났다.

남편은 처음으로 내게 등을 보였다. 연민의 정이 느껴졌다. 지금까지 한 번도 그런 일이 없었다. 항상 당당했고 듬직한 남편이었기에 오히려 남편과 비교하면 내 자신이 불쌍하다고 생각해왔던 터였다. 그런데 그날따라 왜 그리 작고 초라해 보이던지. 남편은 담배를 피웠다. 나는 뺏을 수가 없었다. 오죽했으면 그럴까 싶어서였다. 그이가 입을 열었다. 차라리 듣지 말 것을.

"아무래도 나, 안 될 것 같다."

그런 말하면 가만두지 않겠다고 화를 내었다. 그러면서도 속으로 얼마나 무서웠는지 모른다. 나 역시 내내 그런 생각밖에 없었으니까. 숨어서 흘리던 눈물을 남편에게 보였다. 이유 있는 눈물이었기에 실컷 울 수 있었다. 그리고 기도했다. 나의 삶 중에 십 년만 남편에게 떼어주라고.

항암치료가 시작되었다. 남편은 몹시 힘들어했다. 어쩌다 먹은 것은 모조리 토하고 나중에는 아무것도 먹지 않았다. 나 역시 옆에서 같이 굶어가며 남편의 시중을 들었다. 괴로움에 내가 밥을 챙겨먹는지 어쩌는지도 남편은 알지 못했다.

암 병동은 다른 병동과 달랐다. 육중한 무게가 가슴을 짓누르는 것 같아 내내 답답했다. 환자들의 표정은 어두웠고 별다른 반응이 없었다. 절망과 고통 속에 침묵했고 그 옆에서 손발이 되어주는 보호자들도 지친 표정이었다. 남편은 옆에서 괴로워하는 다른 환자들을 바라보며 자신의 미래라고 생각하는 것 같았다. 옆 병실에서 곡성이 들려왔다. 그 소리는 입원해 있는 병동의 환자들, 그들에게 닥칠지도 모르는 공포 그 자체였다. 주위의 분위기가 우리 부부의 마음을 한층 더 무겁게 했다.

옆 병동의 사람들이 부러웠다. 그래도 그들에게는 희망이 있었다. 깁스를 한 사람은 뼈가 붙으면 퇴원을 할 것이고 수술한 사람도 수술자국이 아물면 나갈 수 있을 테니 그들의 표정은 우리와 달랐다. 내원객들의 잦은 발자국소리와 한바탕 왁자지껄한 소음이 나의 귓전을 스치고 지나갔다. 그러나 암 병동은 조용했고 웃음도 없었다. 그 때마다 남편의 외로움이 떠올랐다.

홀로 자신과 싸워야하는 시간이 얼마나 힘들고 처절할 것인가. 이제 겨우 마흔을 넘긴 나이인데…. 앞이 불투명한 상황에서 생각은 오죽 많을 것인가. 육체적 고통은 얼마든지 이겨낼 것이다. 평소에 강한 사람이 아니던가. 그러나 정신적인 고통에서 이기지 못하면 어쩌나 걱정이었다. 삶 아니면 죽음의 갈림길에서 절망을 딛고 희망의 줄을 잡아 끝까지 매달릴 수 있는 강한 힘을 갖기를 바랐다.

나 또한 죽음이라는 명제 앞에서 한동안 벗어나지 못했다. 얼마나 무서웠는지 모른다. 나 자신은 물론 어린 내 아이들에게까지도 언제 죽음이 닥칠지 모른다는 불안감이 엄습해 와 세상 사는 것조차 버거워 안정제를 먹어야 했다. 순간들이 너무 힘들어 한 알만 삼키면 십 년의 세월이 후딱 지나버리는 약이 있었으면 했다. 조금만 아파도 '혹시나?' 하여 병원을 찾게 되고, 불쌍한 내 아이들 생각에 형제들에게 미리 당부의 말을 적어 놓았다. 내 마음이 그랬는데 남편은 오죽 했을까.

치료를 받다가 중단이 되었다. 아무래도 고환암이 의심스러웠던지 앞전 병원에서 조직 검사한 필름을 가져오게 했다. 그 필름으로 재검사한 결과는 달랐다. 병명은 악성림프종이었다. 치료도 중단하고 무거운 발걸음으로 집에 왔다. 백혈구 수치가 정상이 될 때까지 기다렸다가 림프종에 대한 치료를 다시 시작해야 한다는 것이다.

고환암은 완치율이 높다고 했다. 그러나 림프종은 알 수가 없었다. 담당의사도 바뀌었다. 앞전 의사는 나에게 희망을 주었다. 긍정적인 성격이었다. 암과 싸워 꼭 이기게 될 거라며 용기를 갖게 했다. 그때 이미 다른 곳으로 전이가 되었는데도 초기라며 걱정마라고 했다. 다시 그런 의사를 만날지도 걱정이었고 새로운 방법으로 어떻게 치료를 할 건지도 궁금했다.

한 달을 보내고 치료가 다시 시작되었다. 다행히 앞전보다 덜 고통스러웠다. 치료 후 삼일쯤 누워 지내다가 일어나 산책을 하고 음식도 조금씩 먹기 시작했다. 항암치료를 받으면서 남편은 머리칼이 다 빠졌다. 그 대신 몸 속의 지독한 놈은 점점 기운을 잃고 허물어져 갔다. 비로소 남편은 희망을 가지는 것 같았다. 담배도 끊기 시작했고 민간요법에도 관심을 가졌다. 또 내가 철석같이 믿고 의지하는 신神이란 존재에 대해서도 부정하지 않았다. 나는 기쁨에 소리소리 질렀고 남편을 보듬어 안았다. 남편도 내 손을 꼭 잡아주었다.

집에서 나는 바빠졌다. 항암치료 후의 음식에 신경을 써야 했고 신선한 녹즙과 콩을 갈아 먹이기에 힘든 줄도 몰랐다. 민간요법대로 현미에 온갖 잡곡을 섞어 밥을 지었고 민들레 등의 야채와 된장국을 식탁에 올렸다. 일절 육류와 기름진 생선은 피했다. 또 항암효과에 좋다는 영지

버섯과 상황, 아가리쿠스 버섯을 달여 마시게 했다. 그 방법은 지금까지 하루도 거르지 않고 있다. 모든 것은 남편 위주였다. 암에 대한 책을 여러 권 사와서 거의 외우다시피 했고 그 병에 대하여 의학박사가 강의하는 텔레비전도 놓치지 않았다.

몇 권의 책에서 공통으로 주장하고 있는 것은 현미 등 잡곡밥을 오래 씹어 삼키는 것과 신선한 녹즙을 마시고 또 콩으로 만든 된장에 버섯을 넣어 끼니 때마다 먹으라는 것이었다. 농약을 치지 않은 신선한 갖가지 야채와 비타민이 풍부한 과일로 몸 속에 있는 독소를 씻어내라는 것이다.

또 하나는 운동이었다. 남편은 집 뒤의 야산을 오르기 시작했다. 신선한 공기를 마시고 속에 있는 응어리를 풀어버리기 위해 무리가 가지 않는 범위 내에서 거르지 않고 산책을 했다. 답답한 방 안에서 하루 종일 우두커니 있는 것보다 훨씬 보기가 좋았다.

남편은 항암치료도 마치고 방사선 치료까지 끝냈다. 방사선 치료 후 살이 익어 거동도 못하는 남편의 고통을 지켜볼 수밖에 없었다. 화상을 입은 것처럼 벌겋게 되었고 짓물러 진물이 흘러내렸다. 대신 나눌 수만 있다면 가슴 아픈 게 덜 하련만⋯ 절실한 내 마음을 아는지 그이 혼자 꿋꿋이 이겨나갔다.

방사선에 대한 부작용이 있을까 걱정이었다. 다른 사람들에게 들은 얘기로는 장기에 구멍이 날 수도 있고 소변의 증상을 전혀 느끼지 못해 기저귀를 차기도 한다는 것이다. 예사가 아니었다. 치료한 주변의 상처가 여간 심한 정도가 아니었으니 걱정이 앞섰다. 그러나 다행스럽게도 상처는 점점 아물어갔고 염려한 일은 일어나지 않았다. 요즘은 의학이 발달하여 부작용이 거의 없다고 하는데 당시에는 남의 말이 왜 그렇게 내 귀에 쏙 들어오던지. 처음에는 남들에게서 좋다는 말만 들으면 이것 저것 가리지 않고 구해와 먹였다. 남편은 짜증을 부렸다. 하긴 잠시도 쉴 틈 없이 먹이기만 했으니 그럴 수밖에.

남편의 몸에는 더 이상 암 덩어리가 남아 있지 않았다. 2년 만에 병마를 몰아낸 것이다. 그 사이 머리도 길어났고 팅팅 부어 있던 몸과 얼굴도 조금씩 붓기가 빠져 제 상태로 돌아왔다.

여전히 음식에 대해 조심하고 열심히 민간요법을 해왔다. 무엇보다도 취미이고 낙樂이던 산행을 다시 시작했다. 산에 올라 몸에 좋다는 약초도 캐고 맑은 공기를 마시면서 서서히 몸을 회복시켜나갔다. 그러나 행복도 잠시 자꾸 다리에 통증이 온다는 것이었다. 원래부터 관절염을 앓았던 터라 대수롭지 않게 생각했는데 뼈에도 이미 암이 퍼져있었던 것이다.

나의 절망은 컸다. 뼈까지 번졌다면 희망이 없을 지도 모르는 일이었다. 실망이 되어 자리에 눕고 말았다. 그러니 남편은 얼마나 충격이었을까. 그런 마음인데도 오히려 나의 어깨를 두드리며 힘내라고 했다. 치료를 또 받겠다고 했다. 남편은 씩씩하게 혼자 서울을 오르내리며 다시 치료를 받기 시작했다.

그 동안 나는 암환자들과 연락을 하여 궁금한 사항을 서로 물어가며 답답함을 풀기도 했다. 또 책을 쓴 저자에게 직접 전화로 상담을 받기도 했는데, 어떤 사람은 자신의 체험을 바탕으로 하여 병원치료는 중지하고 오로지 민간요법에만 의지를 하라는 것이었다.

남편과 나는 그들과 생각이 달랐다. 병원치료가 주된 목적이지 민간요법만으로는 병을 잡아내지 못한다는 것이 우리의 굳은 생각이었다.

다만 치료가 끝나고 재발을 방지하기 위해 항암효과가 있는 식품을 꾸준히 복용하며 책에서 말한 그대로 운동을 하기로 했다. 술 담배는 물론 육식을 금하고 규칙적인 생활을 하는 것이다. 직장생활도 그대로 하고 가능한 한 일상인과 다를 바 없는 생활 속에서 '이렇게 할 것이다'라고 한 자신과의 약속을 지켜야 한다는 거였다. 또 스스로 절제하는 생활을 기본으로 해야 하며 늘 자신의 몸을 체크하는 것이 이상적인 자기관리라고 생각했다.

이제 두 달 뒤에 남편은 정밀 검사를 받게 된다. 그 때쯤이면 다리에 있는 암 덩어리가 완전히 사라졌는지 알 수 있을 것이다. 그러나 나는 불안하지 않다. 그 동안 최선을 다해 병을 이기려 노력한 남편의 의지가 있었으며 아직 해야 할 일이 많은 젊은 나이가 아닌가. 우리 부부의 간절한 바람과 병원에서 수고하는 담당 선생님의 노고를 신도 못 본 척하지는 않을 것이기에.

우리 가정은 예전의 모습으로 돌아왔다. 아니 그 전보다 더 행복한 모습이다. 사실 남편이 아프기 전까지 나는 아내로서의 부족함이 너무 많았다. 철부지였다. 생일을 챙겨주지 않는다고 며칠씩 토라져 각방을 쓰기도 했고 남편은 그런 나를 버거워했다. 남편이 한 달 내내 노력한 대가로 받아 오는 봉급에 대해 한 번도 감사한 일이 없었다. 무슨 일을 하든지 그것은 당연한 일이고 남편은 가족에 대해 마땅히 헌신해야 한다는 생각이었다.

어쩌다 동료들과 어울려 귀가 시간이 늦어지면 충실하지 못한 가장이라며 못을 박았고 우리 부부는 점점 대화가 단절되어 가는 중이었다. 그런 중에 닥친 시련은 나에게 많은 의미를 남겼다. 처음에는 신神을 원망했었다. 억울해 했고 왜 하필 우리 집이냐고 소리질렀다. 그러나 지금은 남편의 자리가 얼마나 크고 육중한지를 깨닫게 하기 위해 시련을 준 것이라 생각한다.

시간이 지난 지금 난 많이 변했다. 여전히 남편은 나의 생일을 잊고 결혼기념일도 챙겨주지 않는다. 또한 동료들과 어울려 늦기도 하고 쉬는 날이면 등산화 신고 휘파람을 불며 산행을 떠난다. 그런 그이에게 동료들 점심까지 챙겨서 새벽 다섯 시에 배웅한다. 그저 당신의 마음이 즐겁기를 바라서이다. 예전 같았으면 어림도 없을 일이다. 입이 툭 튀어나오고 가든지 말든지 이불만 뒤집어쓰고 있을 터였다.

지금은 남편이 내 곁에 있어주는 것만으로도 고맙다. 잠든 얼굴을 보고만 있어도 좋다. 남편의 손을 살짝 잡으면 잠결에도 내 손을 꼭 잡아준다. 그럴 때면 나도 모르게 눈물이 난다. 남편과 아이들이 현관문을 나설 때도 시간이 걸린다. 저녁이면 다시 모일 거지만 아들은 나의 볼에다 진하게 뽀뽀를 하고 남편은 약봉지를 챙겨든 채 나를 포옹한다. 엘리베이터 문이 닫히기 전에 또 한 번 한쪽 눈을 슬쩍 감으며 미소를 보낸다.

가슴이 찡해온다. 다시는 이런 날이 올 것 같지 않았기에 남들보다 더 눈물겹고 더 감격스러운지도 모른다. 끈끈한 가족의 정이 뭉실뭉실 저절로 솟아난다. 언제부터인지 몰라도 우리 부부는 서로의 마음을 읽는 것 같다. 얘기하지 않아도 텔레파시가 통한다.

뒤를 돌아보면 새삼스럽다. 아픔 때문에 공연히 화를 내고 짜증 부리는 남편의 투정을 받고 보면 괜히 서러워 혼자 고개 돌려 눈물짓던 일, 무거운 당근을 싸게 사느라 박스 채 들고 와 다리를 주무르던 일, 한밤에 우두커니 앉아 있는 남편의 등을 바라보는 아픔, 남편의 팔을 베고 싶은데 그럴 수 없어 그저 바라만 보는 것으로 만족해야 했던 지난날들이 시리다.

매일 밤 식구들을 다 재워놓고 울며 매달린 기도는 시작한 이래 지금껏 한 번도 빠진 적이 없다. 오늘 하루도 무사한 것에 감사하며 두 손을 모은다. 또 나 자신에게 시한부 삶을 산다고 최면을 건다. 나에게는 내일이 없고 오로지 오늘만 존재하는 삶이라 생각하며 하루를 보낸다. 그래서 일 분이 아깝고 소중하다.

누군가 말했던가. 신이 인간에게 고통을 줄 때 견딜 수 있을 만큼의 양을 준다고. 다행스럽게 힘들고 고통스러웠지만 그 시간들을 무사히 보냈다. 아직도 넘어야 할 산이 많을 것이다. 그래도 지나온 산을 쳐다보면서 무사히 넘어 온 것에 감사한다.

나에게 닥친 시련을 통해서 그 동안 보지 못했던 세상을 보았다. 그 세상은 병들어 고통받고 있는 사람들의 절망이 들어 있었고, 가난에 멍들어 병원조차도 가보지 못하고 아까운 생을 마감하는 서러움도 섞여 있었다. 동병상련이라고 했던가. 남편의 병마로 인해 타인의 아픔을 알았고 지금은 비록 작지만 남을 위해 무언가 할 수 있는 일이 있다면 서슴지 않는다.

지금까지 나의 시렸던 가슴을 열었다. 한 가지 하고 싶은 말은, 희망을 가지면 신은 절대 외면하지 못한다고, 같은 병으로 암울한 생활을 보내고 있는 사람들에게 용기를 가지라고 말하고 싶다.

우리 의학은 시시각각으로 발달하고 있다고 들었다. 곧 암은 정복된다고 한다. 미리 실망하고 좌절하면 쉽게 지치고 고통도 크다. 여러 사람들의 말을 다 듣다 보면 주관을 잃기가 쉽다. 병원의 치료를 계속 받고 꾸준히 운동하며 병에 대한 생각을 잊고 생활했으면 한다. 내 몸 속에 병이 있다는 것을 자꾸 생각하게 되면 그것에 대한 부담감이 자극이 되어 몸이 더 나빠진다. 또 힘이 없어지고 자리에 눕고 싶고 의욕도 없다. 힘든 일을 하라는 것이 아니다. 집에 종일 있는 것보다 일을 가지고 규칙적인 생활을 하기 바란다.

또 하나는 산행을 하라고 권하고 싶다. 대자연을 바라보며 모든 욕심의 찌꺼기를 털어 버리고 맑은 공기를 마음껏 마셔 보라. 지나다 발밑에 나 있는 이름 모를 풀 한 포기에 애정을 갖다 보면 세상사 고난을 잊게 되고 병마도 자연스럽게 물러나리라 믿는다.

바쁘고 고달파 다른 곳으로 시선 한 번 주지 못했던 내가 문득 바라본 세상 끝에 봄이 와 있었다. 집 앞의 전선을 타고 목이 쉬어라 겨울 내내 울어 제치던 삭풍도 봄기운에는 어쩔 수 없는지 꼬리를 감췄다. 나뭇가지 끝에도 물오른 잎사귀가 소담스럽게 피어난다.

긴 겨울 끝에 따스한 봄이 있음을 몸으로 깨닫는 오늘이다.

(≪동아일보≫ 투병문학상 수상. 2003)

도장의 의미

작은아이 초등학교 졸업식이다. 이사를 왔기 때문에 딱히 친분이 있는 학부모가 없어 혼자 가야 했다. 조금 허전한 마음이 든다. 큰아이 졸업식은 왁자지껄하여 그야말로 잔치 분위기였다. 형제지간이 다 모였고 또 이웃들도 축하하러 함께 와 주었었다.

이번 졸업식은 좀 쓸쓸하겠구나 생각했다. 작은아이도 제 누나 졸업식에 가 봤으니 잘 알 것이고, 서운해 하지 않을까 염려되었다. 그런 마음을 눈치챘는지 고등학생인 큰아이가 왔다. 한 손에는 카메라를, 또 한 손에는 꽃다발을 들고 내 옆에 슬그머니 선다. 역시 누나는 누나다. 큰아이의 표정이 너무도 밝다.

식이 막 시작되었다. 국민의례와 애국가 제창이 끝나자 빛나는 졸업장 수여가 있었다. 한 아이가 졸업생 대표로 나가 혼자 받는 것이 지금까지 내가 보아온 광경이었기에, 당연히 그러려니 했다. 그런데 여기서는 달랐다. 아이들 모두의 이름을 일일이 호명하는 게 아닌가. 시간은 걸렸지만 145명의 졸업생은 앞으로 나와 교장 선생님과 악수를 하며 졸업장을 품에 안았다.

이번 졸업생들은 육학년 이학기에 고현초등학교로 옮겨왔다. 이 학교는 작년 가을에 개교한 신설학교로 역사가 아주 짧다. 겨우 반 학기를 마치고 제 1회 졸업생이 되었으니 다들 좀 특별한 졸업식으로 기억할 것이다.

식이 끝나고 아이는 졸업장과 상장, 학교생활을 담은 앨범을 내게 안겨준다. 기특한 마음에 흐뭇해 하는데 끝이 아니라는 듯 호주머니에서 뭔가를 꺼내 손바닥에 올려놓는다. 도장이다. 분홍색 주머니에 얌전히 담긴 도장은 오롯이 나를 과거 여행을 시킨다.

생각나는 분이 있다. 큰아이 초등학교 때 선생님이다. 담임 선생님은 아이들에게 매주 수학경시시험을 보게 했다. 십위 권에 들면 상을 주었고, 또 등수가 월등히 올라도 상장이 주어졌다.

우리 아이는 중간 정도의 성적을 받아왔다. 나름대로 열심히 했지만 별 진전이 없이 제자리걸음이었다. 아이는 성적이 오르지 않자 부끄러움에 마음이 상했던지 풀이 죽고 말수도 줄었다. 매주 등위가 공개되기 때문에 그 시험은 아이에게 커다란 부담이었다.

자연히 나 또한 선생님에게 원망스런 마음이 생겨났다. 다른 반에서는 수학경시시험을 따로 치지 않는다는데, 유독 우리 아이의 반만 이러는 걸까. 잘하는 아이들은 괜찮지만 조금 처지는 아이들에겐 기죽이고 마음을 상하게 할 수도 있다는 걸 모르시는 걸까. 유별나다는 생각밖에 들지 않아 한 학기를 선생님에 대한 원망으로 보냈다.

그러던 아이가 처음으로 상장을 받아왔다. 아이의 수학 실력이 어느새 차곡차곡 쌓여가고 있었던 것이다. 선생님을 원망하던 마음이 봄눈처럼 녹아가고 있었다. 만약 그 때 선생님이 혹독하게 시키지 않았다면 우리 아이는 지금쯤 꼴찌를 면하지 못하고 있을는지도 모른다.

학년이 끝나갈 무렵 큰아이가 선물이라며 예쁜 도장을 내밀었다. 담임 선생님이 손수 파 주신 거라며 꽤나 좋아했다. 아이들이 땀을 뻘뻘 흘리며 수학시험을 치르는 동안 선생님도 손목이 시리도록 도장을 파셨을 것이다. 아이들 이름 석자를 새기면서 얼마나 많은 축복과 건강을 비셨을까. 그 때의 도장을 큰아이는 지금도 간직하고 있다. 그리고 잊을 수 없는 좋은 선생님이라는 마음도 함께.

도장에 이름을 새긴다는 것, 이름 석자의 의미를 새긴다는 것은 가벼운 일이 아니다. 그 옛날 큰아이의 담임 선생님이 그러했듯이, 이번에 졸업식에서 준 도장도 성장하는 아이들에게는 커다란 의미로 남을 것이다. 자신의 이름 석자가 얼마나 소중하고, 그 이름의 명예를 지킨다는 것이 얼마나 중요한지를 가슴에 새기게 하는 일이었다.

오늘, 졸업생들은 참으로 소중하고 귀한 선물을 받았다. 도장은 나를 대신하여, 내가 한 일에 책임을 지는 도구이다. 그 의미를 잘 모르는 아이들에게 우선 눈에 들어오는 학용품이나 앨범이 아닌 도장을 줌으로써 제 이름 석자를 지키도록 일깨워준 선물이다. 앞으로 모든 일에 책임감을 가지고, 삶을 설계하고 가꾸어서 훌륭한 역군이 되기를 진심으로 기원하는 마음이 담겨 있는 선물이다. 내 아이를 비롯한 졸업생들이 이런 스승의 마음을 잘 새겼으면 하는 바람이다.

(≪거제신문≫. 2006. 3)

진정한 행복

초인종을 누른다. 그러나 사람은 나오지 않고 낯익은 목소리만 현관 밖으로 튀어나온다. 열려 있으니 그냥 들어오라는 소리가 재차 들린다. 잠시 후, 손에 뭔가를 감싸쥐며, 안방에서 나오더니 날 반긴다. 매사에 낙천적이고 느긋한 사람이라 허허 웃는 얼굴이 언제 봐도 그대로다. 나 같으면 힘들다 하소연하느라 정신없을 터인데 참 성격이 좋다.

그녀는 시어머니를 모시고 산다. 그것도 중풍과 치매로 꼼짝 못하는 시어머니를 팔 년째 섬긴다. 워낙 성격이 밝고 구김이 없는 사람이라 어려운 이야기도 대수롭지 않게 하여 전부터 소식을 듣고 있었지만 사실 속사정까진 몰랐다.

방 두 개에 부엌과 거실이 전부다. 어른을 모시고 살기엔 공간도 그렇고, 여러 모로 불편해 보인다. 시어머니가 안방에 계시니 그녀의 방은 어딜까. 아이들 책상과 옷장이 있으니 당연 아이들 방일 테고. 나의 생각을 읽었는지 거실 한 쪽에 쳐진 커튼을 가리킨다.

보통 일이 아닌 것을 설렁설렁 참 쉽게도 한다. 찡그림 없이 어린 제 자식 기저귀 갈 듯 쓱싹 해내고, 부드럽게 만든 간식을 삼키기 좋도록 양도 잘 맞춘다. 텔레비전 채널도 이리저리 바꿔주고, 욕창이 들까 이쪽저쪽 돌려가며 몸을 주물러준다. 아까 안방에서 들고 나오던 뭉치가 무엇인지, 이젠 알 것 같다. 노인 특유의 냄새가 나지 않으니 평소에 얼마나 지극 정성으로 씻기고 닦아주는지 알 것 같다.

노인의 얼굴은 구김살이 전혀 없다. 구박대기였다면 인상부터 달랐을 것이다. 어딘가 모르게 찌들고 갈망하는 눈빛으로 날 바라봤을지도 모른다. 정신을 놓고서도 며느리 없으면 안 된다며 머리를 좌우로 흔든다.

어지간한 마음으론 해낼 수 없을 터이다. 병 없이 지낸다면 얼마나 편할 일인가. 측은한 마음으로 바라보는 나에게, 편하게 생각하기에 늘어난 게 체중이라며 뱃살 잡는 시늉을 한다. 바라보는 사람이 오히려 힘들겠다는 생각을 할 뿐이지, 그런 마음을 애당초 안 가진 사람이다.

한두 달도 아니고 수년을 병 수발 드느라 어지간히 힘들었을 것이다. 흔히 하는 계모임도 못 나갔을 것이고, 부부동반 외출은 꿈도 꾸지 못했을 것이다. 잠시 잠깐 시장 봐 오는 것도 신경이 쓰여 허둥지둥 돌아오기 바쁘다 보니 다른 걸 생각이나 했을까.

그녀는 모든 걸 받아들이고 있었다. 살아가면서 지치지 않는 원동력은 있는 그대로를 다 받아들이는 삶을 살기 때문이었다. 하나부터 열까지 재어보고 따졌더라면 아마도 몇 달 못 갔을 것이고, 가족간의 우애도 깨졌을 것이다. 당신 한 사람이 짐을 짊어졌으니 다른 사람이 다 편하다는 것이다.

그녀의 말을 듣다 보니 부끄러움에 얼굴이 화끈거린다. 내게도 시어른이 계신다. 팔순을 넘긴 고령이지만, 여태껏 농사일을 하며 두 분이 사셨다. 그런데 어머님이 덜컥 자리에 누우신 것이다.

남편이 휴가를 내어 병원에 모셨다. 형제들이 왔다가면서 병원비에 대해 신경쓰지 말라고 했다. 십시일반 보태면 된다고 했다. 여태 나의 의식 속에 부모 부양은 맏이의 당연한 소임이라 생각했다.

어머님은 맏이에 대한 애정과 기대를 한시도 놓지 않으셨다. 그래서 늘 막내며느리인 나에게 형님을 부모 대하듯 하라 하셨다. 당신도 사랑하시지만 맏이에 대한 각별함을 남편이 모를 리 없다.

퇴원하는 날, 남편이 병원비를 전부 계산했다는 시누이의 말을 들었다. 아울러 고맙다고 내 손을 잡는다. 아마도 둘이 의논해서 결정한 것이라 생각한 모양이다. 내색은 안 했지만 화가 났다. 월급보다 많은 액수를 혼자 감당한 것도 화가 났지만, 의논도 안한 것에 더 마음이 상했다. 앞으로 돈이 얼마나 더 들지 모르는데 그것까지도 계산에 두고 있는 것 같았다.

한 번 마음이 틀어지니 사사건건 남편이 밉다. 먼 거리에 있는 우리가, 더욱이 맏이도 아닌데, 왜 어머님의 치다꺼리를 도맡아 하는건지도 속상했다. 형님도 있는데 왜 앞서서 그러냐고 속으로 대들었지만 남편의 물기어린 눈을 보며 삭혀야 했다.

퇴원하면서 어머님을 집으로 모셔왔다. 살다보니 어느 새 친정어머니마냥 정이 들었고, 또 자식 된 당연한 도리라 생각했다. 남편이 서운

했지, 어머님이 미운 건 아니었기에 편한 마음으로 지내시라 했다. 약도 해드리고, 밖에 나가서 외식도 시켜드리고 내친김에 옷도 한 벌 해드려야지 했다.

그러나 생각과 달랐다. 시집살이를 해서가 아니다. 일이 갑자기 많아진 것도 아니고, 어머님이 딱히 부탁하신 것도 없다. 그런데도 편하지가 않는 것이다. 괜히 음식 간 맞추는 것도 신경이 쓰여 어머님을 부르게 되고, 제 때에 밥상 들여가면서도 소홀하지 않았나, 마음이 쓰였다. 외출할 일이 있어도 미뤄야 하고, 이웃과 함께 차 마시는 일도 중단되었다. 아침나절 잠시 눈 붙이던 습관이 배여 억지로 참느라 혼났다.

어머님이 내가 하는 일에 참견을 하는 것도 아니고, 하지 마라, 하신 적도 없다. 그럼에도 오시기 전에 하던 일을 단번에 끊어버렸다. 일테면 외출을 한다든가, 이웃과 차 마시는 일 같은 것 말이다. 뭐든 마음 상하지 않게 잘 해드려야 한다는 생각이 도리어 무거운 짐을 나 스스로 지게 한 것이다.

난 어머님의 수발을 겨우 며칠 들었다. 기저귀를 갈아주는 것도 아니고, 끼니 때마다 떠 먹여 주는 일도 하지 않았다. 그냥 몇 가지 찬을 더 올려서 상을 보았고, 간식거리도 직접 만든 것이 아니라 시장에서 사다 드렸다. 그게 내가 어머님께 해드린 전부다.

부끄러웠다. 마치 실오라기 하나도 걸치지 않은 채 내 모습을 보여준 듯한 수치심이 온몸을 휘감았다. 몇 푼의 병원비를 혼자 감당한 것이 못내 속상했던 속 좁음이 야속했고, 더구나 맏이에게 모든 걸 지우려한 얄팍한 내 양심이 미워졌다.

그녀는 하나부터 열까지를 다 감당하면서도 평화롭기만 하다. 늘 웃음이 배여 있다. 팔 년의 삶을 허비해서 억울해 하는 게 아니라, 며느리인 당신만 찾는다는 시어머니로 인한 행복감에 빠져 산다. 그녀는 행복하다. 시어머니의 삶까지 더불어서이니 두 배나 더 행복한 것이다.

오늘 차 한 잔을 대접하기 위해 그녀가 날 부른 것은 결코 아니었다.

(2006. 7)

후배

가끔 후배와 통화를 한다. 처녀시절 직장에서 만난 것이 인연이 되어 여태껏 안부가 오간다. 같은 남쪽이라도 나는 거제도에서 살고 후배는 진도에서 살다 보니 가까운 거리는 아니다. 고향도 다르고 사는 곳도 멀리 떨어져 있어 소식이 끊어질 만도 했건만 늘 후배가 먼저 안부를 챙겨주어 지금껏 이어지고 있다.

후배의 남편은 성직자다. 처음에는 상상이 되지 않았다. 목사 부인이 된 그녀를 떠올리기가 쉽지 않았기 때문이다. 눈가에 굵은 주름이 져 있어 웃지 않아도 늘 웃는 얼굴을 한 장난기 많은 모습이 떠오른다. 그런 그녀가 근엄한 목사 부인이 되어 남편 옆에 가만히 앉아 기도하는 모습을 상상하니 절로 웃음이 난다.

직장에 다니던 시절 그녀는 밝고 장난기 많은 아가씨였다. 그 날도 퇴근 후, 식당에서 간단히 저녁을 해결했지 싶다. 둘 다 객지생활이라

집에 가봤자 맛난 밥상이 차려져 있을 리가 없었다. 또한 반겨줄 부모님도 아니 계실 자취방이었다. 오늘따라 을씨년스럽고 썰렁하니 내 집에서 지내자 했다. 마음이 맞은 우리는 저녁 간식을 사기 위해 시장에 갔다.

장에서 집까지는 오 분 거리였다. 버스를 타자니 한참을 기다려야 했고, 걷자니 어둑한 골목길이 무서웠다. 둘인데 설마 무슨 일 있으랴 싶어 용기를 냈다. 조심조심 긴장하여 걷는데 저만치에서 남자 둘이 걸어오는 것이다. 어떻게 할까. 시장 쪽으로 되돌아가야 하나. 궁리 끝에 태연히 걷기로 했다.

남자들이 우리 앞을 지나치는가 하여 안도의 숨을 내쉬었다. 그런데 그게 아니었다. 그냥 가면 될 것을 되돌아서더니 우리를 따라온다. 모르는 척 걸음을 빨리하는데 점점 따라 붙으며 수작을 걸어왔다. 무섭기도 하고 애가 탔다. 어두운 골목길에서 붙잡혀 낭패를 당할 수도 있는 일이었다. 그런데 후배가 나더러 눈짓을 한다. 후딱 신발을 벗어 들고 무조건 자기 뒤를 따르라는 것이다.

"언니, 뛰어."

그러곤 냅다 달리는 것이다. 나 역시 안간힘을 다해 뛰는데 후배가 남의 집 대문을 닥치는 대로 밀기 시작했다. 다행히 잠기지 않은 대문이 있었다. 내가 들어가자마자 후배는 곧바로 문을 닫아버렸다. 코앞에서 우리를 놓친 남자들은 대문을 몇 번 밀다가 가버렸다. 한동안 뛰는 가슴을 진정시키느라 정신이 없었다.

난 당황하고만 있었는데, 후배는 그 생각까지 한 모양이다. 그들을 힘껏 밀쳐버리고 그 틈을 타서 내달린 것도 그렇고, 남의 집 대문 안으로 들어갈 생각을 어찌했는지, 가상할 뿐이었다. 만약 달리기만 했다면 우린 곧 잡혔을 것이다. 넘어졌다 일어나는 사이의 거리까지와 남의 집 대문 안으로 들어가 도움을 청할 생각도 짧은 순간에 하고 있었던 것이다.

그녀를 처음 만난 건 사회생활을 막 시작한 때였다. 같은 해 내가 몇 개월 앞서 들어온 바람에 본의 아니게 선배가 되어버렸다. 나보다 한 살 아래여서 친구가 될 수도 있었지만 처음부터 깍듯이 선배 대접하는 바람에 지금껏 언니가 되어버렸다.

사실 난 처음에 그녀를 탐탁치 않게 생각했다. 입사할 때 누구의 입김으로 들어왔다는 소문이 있어 제대로 인정하려 하질 않았다. 실제 같이 근무해 보니 일하는 방식도 마음에 들지 않았다. 서류정리도 그렇고, 상품 코드 외우는데도 요령이 없었다. 워낙 많은 종류 때문에 쉽지는 않았을 테지만, 웬만하면 익숙해져 가야 할 시점인데도 나아지지가 않았다.

난 될수록 냉정하게 대했다. 속마음은 그렇게 대하고 싶지 않았지만 하루 빨리 일을 배웠으면 해서였다. 그녀가 해야 할 몫을 거의 내가 하고 있어서 빠른 시일 내에 돌려줄 참이었다. 보고서 하나 작성하는데도 시간이 걸렸다. 그 일로 퇴근이 더뎌지면 공연히 화가 돋아 말도 걸지 않고 혼자 가버렸다.

시간이 가면서 점차 그녀도 일머리를 배워갔다. 조회시간에 상품 설명하는 것도 나아졌고, 판매원들의 교육도 번갈아 할 수 있을 만큼 적응해 갔다. 차가운 공기가 사무실을 돌 때에도 장난말을 걸어 금세 주위를 웃음바다로 만드는 재치가 있었다. 처음엔 워낙 냉랭한 바람에 내 앞에 서기만 하면 주눅이 들어 일머리를 잊게 되더라는 것이다.

넌지시 보니 의외로 순수하고 바른 성격이었다. 나 역시 그런 그녀가 좋아졌다. 자로 재고 하나하나 따지는 야무진 사람보다 장난기 많고 털털해서 뒤끝이 없는 그녀가 편했다. 지역 특성상 전라도와 경상도는 사이가 그리 좋지 않다는 통설을 무시하고 그녀에게 마음을 주었다.

우린 외로웠다. 주말이라도 마땅히 갈 데가 없었다. 자연스럽게 우린 둘이 지냈다. 후배는 직장 근처의 주택가에서 자취를 하고 있었고, 나는 버스로 두어 정거장 거리의 새로 지어진 아파트촌에서 방 한 칸을 빌려 쓰고 있었다.

어떤 땐 우리 집에서 보내온 먹을 거리를 선보이기 위해 그녀를 불렀다. 그녀도 어머니가 오셨다는 핑계로 날 불러 진수성찬을 대접하기도 했다. 그녀의 어머니도 날 친딸 대하듯 하셨다. 어찌나 잘해 주셨는지 지금도 그 때를 떠올리면 감사한 마음과 함께 불쑥 찾아뵙고 싶은 생각이 든다.

철저히 나를 손윗사람으로 대했다. 맏이라 위로 언니가 없어 더 나를 친언니처럼 대했고, 나 역시 그런 그녀를 살갑게 친동생으로 여겼다. 내 집에 오면 물 데워서 먼저 씻게 하고, 밥 지어서 먹였다. 설거지라도 하려 하면 극구 말려서 앉아 있게 한 것이 늘 고마웠던 모양이다.

우린 삼 년을 보내면서 한 번도 다툰 일이 없었다. 성격은 사실 달랐다. 그녀는 활발하여 속에 담아 두지 않는 반면 난 웬만하면 참는 형이었다. 그런 게 오히려 우리 두 사람이 오래도록 잘 지내온 방법이지 않았나 싶다. 조금 마음에 들지 않아도 내가 참으면 되었고, 그녀 역시 속에 두지 않고 먼저 말을 해 풀어버렸으니 서로 편했다.

지금 우린 불혹의 중반이다. 여전히 그 때가 그립고, 서로 보고 싶어 한다. 얽히고설킨 인연의 고리를 가지고 살다 보니 만나기가 쉽지 않다. 그러나 만나지 못한다 해서 달라진 건 없다. 아이들 얘기, 하고 있는 일 이야기에 남편 험담하다 보면 끝에는 꼭 예전, 그 시절로 돌아가 있다. 살아가면서 그 때가 자꾸 그리운 게다.

이번 여름엔 짬을 내어 중간 지점에서 만나 손이나 한 번 잡고 와야겠다.

(2000. 9)

이삭줍기와 의미 찾기
– 심인자 수필집 《야누스의 얼굴》의 세계

강 돈 묵(문학박사, 거제대학 교수)

들어가며

여러 문학 장르 중에서 수필은 삶에 가장 천착한 문학이라고 할 수 있다. 생활 속에서 늘 접하게 되는 크고 작은 소재를 작가의 개성적 시각으로 해석해 내어 의미를 부여하는 것이 수필문학의 궁극적인 목표이다. 이 때에 작가의 시각에 개성이 없다면 그 작품은 영원한 생명을 부여받지 못한다. 작가 나름의 삶에서 얻어진 정체된 시각에 의해 대상을 바라보는 것은 다른 사람과의 차별화에 기여하게 된다.

수필은 체험의 문학이기에, 그 속에는 수필가의 체취가 깃들어 있기 마련이다. 이 체취는 바로 작가의 삶을 토대로 하여 세상을 바라본 결과에서 얻어지는 것이다. 그러므로 이는 작가가 작품을 통해 궁극적으로 표상하고자 하는 의미 찾기인 것이다. 이것은 작가의 세계관과 문학

관과 개성에 의해서 완성된다. 이러한 작업이 수행되기에 수필작품은 영원성을 간직하게 되는 것이다.

대체로 사람들은 자신의 주변에 있는 사물들 중에서 커다란 것을 흘려버리는 실수는 범하지 않는다. 사물은 물론이요, 관념까지도 여기에서 예외는 아니다. 사랑에서도 매일반의 현상이 나타난다. 사랑을 키워가는 데에도 굵고 큰 것이면 다 되는 것으로 착각하고 있지만, 진정 사랑을 키우는 데에는 작은 것을 흘리지 않고 꼼꼼히 챙기는 것이 더 효력을 발휘한다. 가을 들판에서 추수를 할 때에 익은 곡식을 거두는 일은 어느 농부든 다 하는 일이다. 남들이 흘리기 쉬운 작은 곡식의 낟알을 주워 모으는 일은 아무나 할 수 있는 일이 아니다. 이른 봄부터 씨앗을 뿌리고, 장마와 가뭄 속에서도 애정을 가지고 바라본 농부가 아니면 가당치도 않은 일이다.

농부가 작물을 관리하는 데에도 나름의 재배법이 있듯이, 한 작가가 수필을 익혀서 생산해 내는 데에도 나름의 시각에 의한 소재 발굴법과 창작법이 있다. 이런 것들은 작가의 개성에서 창출되어 나온 것이어서 남들이 감히 흉내내기가 어렵다. 그리고 한 작가가 고유의 독특한 창작 기법을 소유하고 있지 않다면 그 생명력은 길지 않다. 왜냐하면 이 모든 것들이 작가의 삶에서 건져 올려지기 때문이다.

수필은 수필가가 다른 사람들과 똑같이 숨쉬고 잠자고 일하며 생활하면서도 그 속에서 흘려버린 이삭을 주워 해석해 내고, 그것에 의미를 부여하는 작업에서 얻어지는 소산물이다.

그런 의미에서 볼 때에 심인자의 수필세계는 철저히 삶에 뿌리를 내리고 있음을 알 수 있다. 그 삶의 현장은 대단한 것이 아니라, 아주 일상적인 것들의 현장인 것이다. 보통 사람이면 흔히 접하고 살아야 하는 그런 삶의 현장인 것이다. 부모가 있고, 남편이 있고, 자녀가 있는 가정이며, 함께 부대끼며 살아가야 하는 이웃이 있는 사회인 것이다. 다른 사람들은 그 삶의 현장을 가볍게 스쳐지나가지만 심인자의 시선에는 여지없이 잡히는 것이다. 늘 경험한 것들이 그에게는 새롭게 처음 접하는 것처럼 다가선다. 원래 예술이란 '낯설게 하기'에서부터 시작되었다면, 심인자는 현실에 임하는 태도가 철저한 예술적 입장을 견지하고 있다고 말할 수 있다. 그러니까 모든 물상들이 작가의 마음에 와 닿아서 의미를 창출하게 된다는 것이다. 여기에 심인자의 수필을 주목해야 할 이유가 있다. 이는 작가의 시선이 형식적인 데에서 멈추지 않고, 구체적이고 세심한 부분까지 배려하는 애정이 있기에 가능한 것이다. 그러면 작가 심인자의 정체성은 무엇일까?

이삭줍기 1 – 삼독三毒에서 벗어나기

심인자의 작품 속에는 삼독三毒에서 벗어나려는 조용한 몸부림이 여기저기에서 나타난다. 탐욕과 성냄과 어리석음은 인간을 괴롭게 만드는 삼독三毒인 것이다. 이것을 버려야만 마음이 편안하고 올바른 지혜 속에서 슬기롭게 살 수 있는 것이다. 그의 작품 <나를 찾아서>에서 보면 이 삼독에서 벗어나려는 작가의 노력이 한눈에 보인다. 그리고 그것들의 제거 근원은 언제나 자신에게서 찾으려는 태도를 견지하고 있다. 이러한 태도는 그의 작품 구석구석에 산재해 있다. 이것이 작가

심인자를 지탱해 준 힘이다. 본래 인간은 누구나 마음속에 두 개의 욕
망이 도사리고 있기에 괴로움에 싸이게 된다. 팽팽한 이 두 마음의 갈
등 속에서 작가는 어떤 쪽의 손을 들어주느냐에 따라 그 삶의 의미가
확연히 달라진다.

> 그 진리를 받아들이면서부터 오랜만에 편안함을 느꼈다. 탐욕과
> 성냄과 어리석음 때문에 버거웠던 고통이 조금씩 덜어지고 있었다.
> '모든 원인은 나 자신으로부터 시작 된다'는 그 한 마디가 나를 돌아
> 보게 했다. 누군가를 미워하기 전에 나를 돌아보면 그 역시 원인의
> 시작은 자신이었다. 쌀 한 톨 만한 말 한 마디가 상대방의 마음을
> 상하게 했고, 그것이 점점 불어 결국은 쌀 한 말의 무게가 되어 내게
> 로 다시 돌아온다는 평범한 진리를 모르고 살아온 것이다.
> — 〈나를 찾아서〉에서

이와 같이 작가 심인자는 모든 것의 책임을 자신에게 돌리고 자신에
게서 원인을 찾으려 한다. 그러한 의지의 굳힘에는 불교의 힘이 컸다.
풍경소리를 들으며, 서두름의 욕망을 잠재우고, 크지도 작지도 않은 존
재의 의미를 되새긴다. 자신의 지난 삶에서의 욕망을 그는 숨김없이
토로함으로써 그 굴레에서 벗어난다.

> 지난날 원대했던 꿈과 그것을 이루지 못해 가슴 아파한 일들이
> 눈에 선하다. 자신을 갉아먹어 상처투성이인 육신을 들여다본다. 한
> 때는 누구에게도 지기 싫어했고 겉멋만 부린 채 본연의 모습을 숨기
> 며 또 다른 나를 치장하기에 바빴던 삶이 있었다. 부족함이 너무도
> 많았던 나에게 할 일은 무조건 남을 앞서야한다는 생각에서였다.
> …〈중략〉… 나를 감쌌던 장신구며 허위를 위해 둘렀던 옷가지를 벗

어 던졌다. 헌옷을 걸쳐도 치렁치렁 매달던 패물들이 없어져도 불혹
을 앞둔 나이에 비해 늙어버린 손을 들여다봐도 부끄럽다는 생각이
들지 않는다. 덕지덕지 붙어 다니던 허영과 쓸데없이 늘어만 가던
객기를 떨쳐 내니 왜 그렇게 몸이 가벼워지던지.

— 〈나를 찾아서〉에서

자기 스스로 오만과 허위를 벗어던졌기에, 작가는 쉽게 자신의 모습
을 바라볼 수 있었고, 바른 길로 들어설 수가 있었다. 그래서 '성내고
욕심 부리며 멋대로 살아가라고 부추기는 또 다른 나를 본연의 내가
버려두지 않을 것'이라는 자세를 견지할 수 있게 된다. 마지막의 '참다
운 나를 찾아서 오늘도 두 손에 힘을 모아 합장을 한다.'는 작가의 건강
한 목소리를 들으며 우리는 마음을 놓아도 될 것이다. 이와 같이 작가
심인자는 늘 자신의 수련을 불교에 의탁하여 수행하고 있다.

삼배를 올리고 무릎을 꿇는다. 마음이 고요하다. 이 순간은 모든
끈을 놓는다. 오로지 나 혼자인 것이다. 예불이 시작되기 전에 법당
에 앉아 성찰의 시간을 가진다. 나를 돌아보는 시간인 만큼 거짓이
없다.
예불이 시작되고 일사불란하게 스님의 독경소리에 맞추어 삼배를
올린다. 오래된 사찰이라 벌어지고 틈이 생긴 마루 밑에서 냉한 바
람이 올라온다. 방석을 깔고 앉았는데도 무릎이 시리고 뺨이 얼얼해
진다.

— 〈대원사를 다녀오며〉에서

불교에 의탁하였어도 고행의 길은 쉽지 않음을 알 수 있다. 틈이 생
긴 마루 밑에서 올라오는 한기를 참아내야 한다. 그 한기 속에서도 큰

스님의 말씀은 놓치지 않으려 한다. 그리고 설법의 내용을 자신에게 연결한다. 설법 중에 나오는 한 여인이 첩 생활을 하다가 치매에 걸렸는데도 습관적으로 해오던 화장을 자정이면 한다. 그것은 첩이라서 밤늦게 찾아오는 남자를 기다리던 습관적 행위이다. 이 같이 잘못된 행위가 자신도 모르게 겉으로 드러나는 꼴을 바라보며 작가는 지나온 삶을 가다듬고 수행하는 자세를 잃지 않는다.

> 거울 속에 비친 나는 산문을 들어서는 수행자를 닮았다는 생각이 든다. 성난 얼굴이 아니다. 탐욕과 집착으로 가득 찼던 눈빛은 사라지고 평정을 되찾은 본연의 내가 서 있다. 화장기 없는 얼굴이 밉지 않다. 겉모습이 전부가 아님을 알면서도 치장하려는 속성을 버리지 못함은 나의 내면에 숨겨진 두 마음이 있기 때문이다. 세상일에 적당히 타협하며 통속적인 삶을 부추기는 마음과, 탐욕과 집착에서 벗어나려 안간힘을 다하는 본연의 마음이 서로를 억누르며 파문을 일으킨다. 이럴 때면 나는 어머니의 힘을 빌려 산문에 들어선다. 속俗을 끊고 정진에 든다. 철저한 수행으로 정화된 본연의 나를 찾는다.
> ― 〈다시 산문을 지나며〉에서

수행할 때에 가장 고통스러움은 갈등하는 두 마음이다. 언제나 인간에게는 이 두 마음이 야누스의 얼굴을 하고 달려든다. 심약한 사람인 경우에는 그 고통이 심대하고, 의지력이 있는 사람에게는 그 정도가 미약하다. 갈등하는 마음을 의지력으로 다스리고 나면, 산문을 나올 때의 발걸음이 가볍다. 욕심과 성냄과 집착으로 가득 찼던 마음이 물러가고, 새털 같은 가벼운 마음이 된다. 이렇게 가벼운 마음이 되면 자연의 순환도 눈에 들어오고, 진리도 마음에 와 닿는다. 여름 내내 달고 있던 무수한 이파리를 떨어뜨리는 나무를 바라보면서 삶의 지혜를 깨닫는다. 불변하는 자연의 모습만을 바라보던 눈과 귀에 밝음이 찾아오고, 피어오르는 희열을 맛보게 된다. 결국 삼독에서 벗어나면 가벼운 몸이 되는데, 그것을 한마디로 표현한다면 무소유가 아닐까.

지금 마음이 참 편하다. 아무것도 가진 게 없다는 것이 얼마나 맘 편한 것인지 새삼 느낀다. 온전히 놓아 버렸어야 했는데 반지를 남겨둔 것도 결국은 집착이었다. 하마터면 십여 년의 공이 한 순간에 무너질 뻔했다. 나 자신과의 약속을 파기하려는 순간, 일깨움을 주기 위해 반지는 내 곁을 떠나갔다. 곱게 치장된 모양으로 새롭게 태어나기보다 떠남으로써 주인에게 깨달음을 주려함이었을 게다. 깰 뻔했던 자신과의 약속을 지키게 해준 반지가 고마울 따름이다.
　잠시 갓길을 걸었다. 손아귀에 쥔 힘을 빼고 이제 본연의 길을 걸으려 한다. 나 자신과의 약속을 되새기면서 다시 한 번 무소유를 생각하는 오늘이다.

— 〈무소유〉에서

이삭줍기 2 – 가족 사랑하기

진실한 삶 속에서 소재를 발굴하여 작가의 개성에 의해 해석해야 하는 수필문학은 현실 생활을 떠나서는 이루어질 수 없는 문학이다. 이것은 수필가에게 안이함을 제공해 주며, 한편으로는 그 웅덩이에 빠져 헤어나지 못하게 하는 독소적 존재임에 틀림이 없다. 하물며 자신의 혈육에 대해서는 객관적 판단력을 상실하는 경우가 종종 있어서 글을 망가뜨리는 경우가 비일비재하다. 그래서 혹자는 남편 자랑, 딸 자랑, 아들 자랑하는 글을 쓰지 않기를 주문하기도 한다. 매우 일리 있는 일이다.

심인자의 글에도 이 같은 가족에 대한 글이 다수 보인다. 다만 기왕의 가족 관계 글들과 차이가 있다는 것이 우리의 마음을 오히려 편하게 해 준다. 그의 작품 속에는 진실된 삶 속에 가족에 대한 애정이 눅눅히 배어 있기에 독자들에게 감동의 파장이 일어나고 있는 것이다. 그 중 <고목>은 고부간의 깊은 신뢰와 애정이 작품 전체에 흘러넘친다. 작가는 결혼 직후 목격하게 된 시어머니의 유별난 마루닦이를 이해하지 못하다가 그곳이 그 분의 휴식처요, 베풂의 공간임을 알게 된다. 그래서 작가도 늘 그곳을 말끔하게 치우게 된다. 이러한 행동은 두 사람 간의 이해가 없이는 이루어질 수 없는 것이다.

그리고 그 시어머니는 담장 가에 서 있는 감나무로 대치되어 나타난다. 언제나 베풀기만 하던 시어머니. 이제는 늙어서 허약하기 그지없는 시어머니가 고목이 되어 예전처럼 풍성하게 열매를 맺지 못하는 감나무로 환치되고 있는 것이다.

예전엔 탐스럽고 맛난 감이 많이 열렸다. 사람들은 손을 뻗쳐 크고 잘 익은 것을 먼저 따려고 다퉜다. 나무는 미소를 지으며 아낌없이 주었다. 대가를 바라지도 않았다. 그저 열매를 먹어주는 것이 흐뭇하기만 했다. 사람들이 더 이상 딸 수 없는 높이의 것은 잠시 쉬어 가는 새들의 몫이었다. …〈중략〉…고목을 바라본다. 돌이 많고 거친 땅에 뿌리를 내리고 온갖 자양분을 빨아올려 결실을 맺는 수고를 평생 감내했다. 많은 것을 나눠주고 이제 앙상한 가지만 남았다. 흙이 패여 뿌리가 드러나고 바람에 부러져나간 자리가 허전해 보인다.
매끄럽던 가지가 뭉툭뭉툭해지고, 녹색 잎도 전에 같지 않게 투박하
다. 선홍빛으로 곱게 물들던 단풍도 검붉은 색이 된 채 빨리 떨어져
버린다. 검고 딱딱한 껍질은 울퉁불퉁 골이 패이고 여기저기 흠집이
많다. 나무를 안아 본다. 손바닥에 느껴지는 촉감이 딱딱하고 꺼칠
하지만 연민의 정이 느껴진다.

— 〈고목〉에서

작가의 시어머니에 대한 시선은 따뜻하다. 자식들을 위하여 젊은 날
을 모두 내어놓고 이제는 늙어서 허약해진 시어머니를 보며 연민의 정
을 느끼고 있는 것이다. 이 부분에서 고목이 된 감나무와 시어머니의
대비는 작품 구성의 백미라 할 수 있다. 치밀하게 계산된 구성이다. 그
러기에 작가는 고목이 된 감나무를 안을 수 있는 것이다. 손바닥에 느
껴지는 딱딱하고 꺼칠한 감촉에서 미래의 자신을 상상했을지도 모른
다. 이 글은 바로 이런 착상에서 출발하였다고 볼 수 있다. 이러한 구성
은 신뢰와 믿음의 극치이기에 마무리의 배려를 예측할 수 있게 해 준다.

아침상을 차려놓고 뒤꼍에 가니 감나무 밑에 어머님이 서 있다.
꺼칠한 손으로 고목이 된 감나무를 쓰다듬는다. 그 모습이 초췌하다.
오늘따라 감나무를 바라보는 어머님의 눈빛이 예사롭지가 않다.

— 〈고목〉에서

결국 이 글에서는 마무리를 완벽하게 끌어냄으로써 주제 제시에 성
공하고 있다. 작가 심인자는 가족에 대한 신뢰와 사랑이 극진하다. 그도
나이가 들어 성숙하기 전에는 단순하여 남을 원망하고 서운함을 키운

경험이 있다. 작품 <어둠 속에서>를 보면, 어린 날 아버지에 대한 원망이 그득하다. 작가의 아버지는 병약하여 시력이 좋지 않다가 종내에는 실명을 하고 만다. 결혼하여 자신의 아이가 병약한 것을 보고, 다 부친의 탓으로 생각한다. 늘 가슴에 아버지에 대한 원망을 안고 살다가 염려한 아들이 그렇지 않게 되자 자신의 생각이 잘못된 것임을 자각한다. 물론 이 이야기는 영화 '취화선'을 보다가 눈이 어두운 자신의 아버지의 모습을 떠올리는 데에서 시작된다. 어린 시절 병약하여 상흔이 많았던 아버지가 싫어서 도망을 놓았던 작가가 이제는 그 아버지의 아픔을 헤아린다.

> 아버지의 마음을 알지 못했다. 볼 수 없는 고통이 얼마나 참담하고 두려운 것인지. 잠시 눈을 감아도 무섭고 두려운 것을. 일 분도 견디기가 힘든데 그 많은 시간을 이겨내려 자신과의 싸움을 수없이 해야 했을 아버지를. 병치레하는 나를 노다지 업어 키운 아버지인데. 아버지의 고통이 싸하니 내 가슴에 전해온다. 당신을 원망했다는 것이 못내 가슴을 때린다. 자식을 낳아봐야 부모 마음 안다더니 자식을 둘이나 두고서도 부모 생각은커녕 힘들다고 원망만 늘어놓았다. 내 몸이 약한 것도 아버지 탓이고 아이 눈이 나쁜 것도 모두 다 아버지 책임이라며 철없는 원망의 눈물만 흘렸었다.
> — 〈어둠 속에서〉에서

아버지에 대한 회한은 자신의 못남을 자책하는 것으로 이어진다. 캄캄한 영화관에서 앞을 볼 수 없었던 순간의 어둠 속에서 아버지의 고통을 만난다. 육체의 눈을 뜨고서도 정작 봐야 할 것은 외면한 채 마음의 눈은 감고 있었던 자신에 대한 반성이 이어진다. 이러한 마음의 기술

속에는 가족에 대한 깊은 사랑이 내재해 있음을 읽을 수 있다.

　이 같은 현상은 <술 권하는 아내>에서도 잘 나타난다. 술을 잘 하지 못하는 남편의 주량을 늘리기 위해 아내로서 배려하는 모습이 안쓰럽고 눈물겹다. 남들 다 하는 술을 전혀 하지 못하여 분위기를 맞추지 못하는 남편이 이 글의 화두이다.

> 　야심한 밤에 안주를 장만하여 술상을 내왔다. 나의 정성에 웬만하면 한 잔 받을만한데도 그이는 미동조차 않았다. 오히려 '혼자 많이 드시게'하며 내게 술을 가득 따라준다. 허무하게 나의 계획은 빗나가고, 약이 올라 마신 몇 잔의 술에 취해 나 혼자 횡설수설하는 것으로 끝이 났다. 그 뒤에도 몇 번의 시도가 있었지만 실패하고 말았다. 술도 꾸준히 마시면 양이 늘어난다는데 남편은 시도조차 않는다. 나의 의도를 무 자르듯 단호하게 잘라버리니 물러설 수밖에 없다.
>
> — <술 권하는 아내>에서

　부부생활이란 이 세상에서 나에게 가장 맞는 사람을 골라서 사는 것이 아니다. 상대방의 성격에 맞추어가는 것이 부부의 마음 자세가 아닐까. 작가 심인자의 남편에 대한 사랑은 지극한 배려에서 출발한다. 남편의 주량을 늘리기 위해 술상을 차리며 원만한 사회생활을 도모할 수 있게 하려고 배려한다. 그러나 받아들이지 않는 남편 앞에서 제 풀에 취한 작가의 모습이 재밌다. 그러나 한 순간 물러서지만 완전한 물러남은 아니다. 세상일에는 그렇게 만만한 것이 없다. 꾸준히 도전하고 노력하는 것만이 요구되고 있을 뿐이다. 여기에서 끝이라면 이 글은 맛이 없다. 왜냐 하면 의미의 확대에서 차단기가 내려지기 때문이다. 꾸준히 다시 시도하는 아내의 모습을 보임으로써 이 글은 '주량 늘리기'에서 멈추지 않고 두 부부의 '사랑 늘리기'로 확대되어 나간다.

해마다 술을 담그다 보니 조그만 장식장이 술병으로 채워졌다. 술 담는 것을 멈출 생각은 없다. 다소 시간이 걸릴지라도 마주 앉아 정겹게 잔을 부딪치며 건배를 하는 그 순간까지.
창밖을 바라보는 남편의 모습이 편안해 보인다. 오늘, 야심한 이 밤에 정성껏 마련한 술상을 놓고 주량 늘리기 시도를 또 한 번 해볼까 한다.

— 〈술 권하는 아내〉에서

우리의 세상사가 그리 만만치 않다. 실패를 거듭하면서 좌절하지 않고 밀고 나가야 겨우 이루어지는 것이 세상사이다. 이 글은 남편의 주량 늘리기로 보이나 실은 그 뒤에 숨어 있는 의미가 더 크다. 좌절하지 않고 노력하는 작가의 모습이 잘 그려져 있다.

역시 부부의 사랑은 상대에 대한 배려에서 시작된다. 결혼생활이란 상대가 나에게 맞추어 주기를 소망하는 것이 아니라, 내가 상대에게 맞추어가는 것이 현명한 것임을 깨달은 것일까. <난蘭, 그 향기에 젖어>에서 보면 난에 심취한 남편을 이해하기 위해 어깨 너머로 기르는 법도 익히고, 산채山採에도 따라 나선다. 동행한 산행 길에서 손도 잡아 주고, 산과일도 따 입에 넣어주고, 모르는 야생화도 가르쳐 준다. 바로 이것이 부부의 사랑인 것이다. 상대방의 성격이나 취미에 맞추어 주면 그만한 대가와 보람도 돌아오게 되어 있다. 또한 세상이 아름답게 보이고, 가슴에 쌓여 있던 미움도 조금씩 사라진다.

남편 어깨너머로 난 기르는 법을 익히며 보살폈다. 적지 않은 시
간을 정성으로 가꾼 때문일까. 새 촉이 오르고 꽃을 피웠다. 잡티
하나 없이 곧게 뻗어 핀 꽃의 자태가 일품이었다. 비로소 즐거움을
느꼈다. 난은 이제 미움의 대상이 아니었다. 새 촉이 나는지 어떤
빛깔의 꽃이 피어날지 궁금해 하며 매일 들여다보았다.

가끔 남편을 따라 산행을 한다. 험한 산길에서는 손도 잡아주고
처음 보는 산과일도 따다 준다. 내가 모르는 야생화며 약초를 캐
와서 목소리를 높이며 설명하느라 여념 없다. 여태 느껴보지 못했던
자상함이 이 순간에 보인다.

산행을 하니 답답했던 마음이 트이고 바라보는 사물이 아름답게
와 닿는다. 가슴에 쌓였던 미움이 조금씩 사라져간다. 남편을 이제
는 이해할 수 있을 것 같다.

— 〈난蘭, 그 향기에 젖어〉에서

부부의 사랑과 신뢰가 싹트면 철저히 닫았던 문도 열게 되고, 상대의
행동의 가치와 의미도 저절로 알게 된다. 기대에 대한 서두름이 없어지
고 느긋해진다. 서로가 신뢰하게 되어 묵묵히 기다릴 줄도 알게 된다.
기다림이 실망으로 마무리되어도 결코 서운해 하지 않고 너그러워지는
것은 굳게 믿는 부부의 사랑이 있기 때문이다.

자식에 대한 사랑은 아무리 주어도 부모의 마음에는 모자란다 했던
가. 그러나 그것이 진정한 의미의 사랑이 아니라는 질타를 보내는 작품
이 〈어치〉이다. 어치는 제 새끼를 더 이상 가르칠 것이 없다고 판단이
되면 떠나보낼 준비를 한다. 아주 냉혹하게 그 과정을 진행시킨다. 그러
나 자식 앞에 나약하기 그지없는 우리 인간들은 오로지 주고자 하는
마음뿐이다. 중학생이 된 아들이 변성기를 맞고, 독방을 쓰려하자 부모
의 마음은 서운하다. 간섭하고 알려줄 것이 많은데, 떠나려하는 것이

서운하다. 아직 부모의 마음은 길도 건너 주어야 하고, 학원시간도 챙겨
줘야 하며, 머리를 감았는지, 머리는 말리고 등교하는지, 감기는 걸리지
않을지 매사가 궁금하고 불안한 것뿐이다. 그러나 이러한 육아와 교육
이 아이를 망치게 됨을 딸의 입을 통해 자각한다.

> 그런 나의 마음을 알아차린 딸이 그간 숨겨왔던 심중을 털어놓는
> 다. 자식을 사랑하는 마음은 잘 안다. 하지만 하나에서부터 열까지
> 엄마 손으로 다 해주다 보면 아이는 점점 다른 이에 비해 경험이
> 부족하여 제 스스로 해 나가야할 일이 서툴고 힘들어진다. 한 박자
> 늦다 보니 모든 경쟁에서 뒤쳐질 것은 자명한 일이고, 마침내 자신
> 감을 잃어 의욕을 상실케 될 것이다. 이것은 아이를 위하는 게 아니
> 라 망치게 하는 것이다.
>
> — 〈어치〉에서

진정한 의미의 사랑은 과잉보호가 아니고, 제 능력껏 일을 해결하게
하는 것이다. 제 스스로 일을 해결하고 홀로서기를 익히게 해 주는 것
이 진정한 부모의 사랑임을 깨닫게 한다. 맹목의 베푸는 사랑은 오히려
해독이 될 수 있음을 보여주고 있다.

이상에서 살펴보았듯이 작가 심인자는 가족간의 사랑은 소중한 것이
며, 그것을 키우기 위해서는 어떻게 해야 하는 것인지도 답을 내리고
있다. 사람의 삶에서 사랑이 얼마나 존귀한 것이며, 그것을 어떻게 기려
야 하는 것인지도 말해 주고 있다. 부모의 사랑은 가슴에 깊이 새길
일이고, 부부의 사랑은 서로 상대의 마음을 헤아려가는 것이고, 자식에
대한 사랑은 용기 있는 이어줌과 자름이 있어야 함을 말하고 있다. 이
모든 것이 우리네 가정을 지탱하게 하는 큰 힘인 것이다.

이삭줍기 3 - 야누스의 얼굴 찾기

로마의 신화에 나오는 문지기의 신神인 야누스는 문 안과 뒤를 볼 수 있는 두 개의 얼굴을 가지고 있었다고 한다. 이와 같이 야누스의 신이 두 개의 얼굴을 가졌다는 데서 비롯되어 오늘날 상반된 생각이나 사물을 비유하여 야누스라 이른다.

우리가 살고 있는 이 현세에는 두 개의 얼굴을 가지고 있는 것들이 너무도 많다. 어쩌면 우리 자신이 야누스인지도 모른다. 우리의 내부에는 언제나 두 개의 자아가 갈등하고 있다. 선하고자 하는 자아가 있는가 하면, 늘 욕심을 부리고 남을 괴롭히고자 하는 심술스런 악의 자아도 있는 것이다. 이 둘의 갈등 속에서 우리가 어느 쪽의 손을 들어주느냐에 따라 그 삶에 대한 평가가 달라진다. 앞에서 보았던 <다시 산문을 지나며>에서 작가 자신이 괴로워하며 고백한 것만 해도 그렇다. '겉모습이 전부가 아님을 알면서도 치장하려는 속성을 버리지 못함은 나의 내면에 숨겨진 두 마음이 있기 때문이다. 세상일에 적당히 타협하며 통속적인 삶을 부추기는 마음과, 탐욕과 집착에서 벗어나려 안간힘을 다하는 본연의 마음이 서로를 억누르며 파문을 일으킨다.'는 진솔한 고백은 역시 우리에게 두 개의 얼굴이 있음을 말해 주는 것이다. 또 <어치>에서도 자식에 대한 사랑에 이중적인 면이 드러나고 있다.

실증적인 면을 유념하여 몇 편의 글을 되새겨 본다. 우선 이 책의 표제가 된 <야누스의 얼굴>을 살펴본다. 이 글은 남편과 말다툼을 하고 나와 거리를 배회하는 데에서부터 시작된다. 배회하면서 철저하게 남편과 아이들의 생각을 하지 않기로 다짐하지만, 시간이 흐를수록 부딪치는 현실에서는 가족을 떠올리고 만다. 맨 먼저 옷가게에 들러 젊은 여성을 바라보며 자신의 모습과 비교하게 되고, 액세서리 집에 들러서는 딸아이를 떠올리며 아이의 요청을 매정하게 자른 자신에 대해 후회한다. 다음 음반가게에서도 역시 딸아이를 떠올린다. 아이가 좋아하는 음악을 부인하고 채널을 돌린 자신이 그 음악에 맞추어 몸을 흔들고 있음에 놀란다. 그러면서 종국에는 너무 자신의 아집대로 독단만 부리며 살아서 주위 사람들에게 상처를 주지 않았을까 돌아본다. 마지막으로 서점에 들러 독서를 하며 틀어졌던 마음의 평정을 되찾는다. 겨우 되찾은 평온 앞에 폭력의 거리가 고개를 든다. 그러자 다시 작가의 마음은 불안 속으로 밀려가고 만다. 술 취해 고함을 지르고 폭력을 쓰는 사람 앞에서 작가는 또 다른 거리의 얼굴을 접하게 되는 것이다. 찬란한 네온사인의 황홀함에 가려져 있던 어둠의 또 다른 얼굴인 것이다. 그 때 작가는 자신의 본연에 대해 생각하게 된다.

나의 본연은 무엇인가? 한 남자의 아내이며 두 아이의 어머니요, 그물 엮듯 엮어진 인연 타래에 얽힌 내가 아니던가. 그 모든 것을 거부하고 잠시나마 현실을 잊고자 했던 어리석음은 한 남자의 출현으로 종지부를 찍었다.

유리창에 비친 내 모습이 볼품없고 초라해 보이지만 지금껏 살아온 세월이 무상하지만은 않았을 것이다. 아이들 건사와 남편 뒷바라지에 쏟아온 시간들이 어찌 허무할 수 있단 말인가. 주름지고 윤기를 잃은 지금의 얼굴은 살아온 세월의 자국이다. 옷가게에서 봤던 예쁜 아가씨들을 비교하며 못났다고 자책하거나 주눅들어할 일이 결코 아니다. 남편과 아이들이, 주름지고 거칠어진 얼굴이니 이제는 나를 사랑하지 않을 것이라고 생각지 않는다. 나와 그네들은 가족이

라는 튼튼한 줄로 엮어진 때문이기에. 스무 살 시절의 삶을 꺼내
떠올려 보듯, 시간이 지나 노년의 언저리에서 지금의 나 자신을 떳
떳하게 바라볼 수 있도록 한시 바삐 본연으로 돌아가야 한다.
                                        — 〈야누스의 얼굴〉에서

두 개의 갈등 속에서 제자리를 찾아가는 작가의 모습을 보며 독자는
안심하게 된다. 주어진 현실에 냉정히 판단하고 반성하는 모습이 그래
도 독자들의 마음에 위안을 준다. 작가의 체험 결과에 따른 반성으로
다른 야누스의 얼굴을 택하는 것은 〈적과의 동침〉에서도 보이고 있다.
작가는 현실 속에서 하나씩 터득하여 삶의 연륜을 쌓아가고 있는 것이
다. 이 작품은 영화 '적과의 동침'이 화소이다. 남편의 결벽증에 허덕이
던 여인이 견디다 못해 도망을 치고, 다시 발견되어 잠시의 자유가 중
단되자 남편에게 방아쇠를 당긴다는 영화의 줄거리를 토대로 하고 있
다. 아내의 총에 쓰러진 남편에게서 문득 작가는 자신을 발견한다. 그리
고 청결을 지나치게 강조한 자신 때문에 나머지 식구들이 겪어야 했던
고통을 떠올린다. 바로 영화 속의 남자가 총탄에 사라지듯이 자신도
그런 몸임을 자각한다. 그러면서 영화와는 달리 잘 참아준 남편 덕에
해피앤딩으로 마무리하게 된 자신에 위안을 갖는다.

　　이런 나를 보고 남편은 결벽증이라며 넌더리를 떨었다. 그것도
한참 진행된 중증이라고 했다. 그런 남편이 오히려 이해되지 않아
허튼 소리 말라며 바락바락 대들었다. 질리도록 다퉜지만 결국 내
방식대로 해나갔다.
　　결혼한 지 열일곱 해다. 일 년 전쯤 해서 나에게 변화가 생겼다.
십수 년째 이어오던 의식이 바뀌었다. 매사 털고 닦던 예전의 내가

아니다. 이불을 털지 않고 잠자리에 들어도 쉬이 잠이 든다. 점심
때 먹었던 그릇을 저녁준비하면서 설거지한다. 서랍 안도 형편없다.
납부고지서와 수첩, 비상약상자와 바늘쌈지가 어지럽게 뒤섞여 있
다. 현관 바닥에 때가 묻어 있어도 지나친다. 깔끔하던 큰아이의 책
상이 어느 사이 너저분해 있고 작은 아이도 책가방을 아무데나 던져
놓는다. 남편도 마찬가지다. 등산복을 입은 채 안방으로, 거실로 돌
아다니며 흙먼지를 떨어뜨리고도 미안한 기색이 없다. 예전 같으면
정말 어림도 없을 일이다.

― 〈적과의 동침〉에서

작가는 삶의 현장에서 접하게 되는 자신의 모습을 수시로 도마에 올
린다. 바로 여기에 수필 문학의 특징이 있는 것이다. 고백의 문학이기에
그렇다. 그러면서 자신의 삶을 늘 갈고 다듬으면서 살아간다. 그러기에
이 삶은 가치가 있는 것이다. 항상 깨어있으며, 반성을 되풀이한다. 심
인자의 작품에서는 늘 자신의 삶을 되돌아보는 자세가 상존하여 있다.

텔레비전 시청에서 얻은 소재로 쓰인 글에 <한 삶에 대하여>가 있
다. '인간극장'에서 본 '친구와 하모니카'를 시청하면서 그곳에 등장하
는 세 사람의 모습을 새기고 있다. 한쪽 팔다리를 못 쓰는 '하늘'이와
노숙자가 아니면서도 그들과 어울리는 '두한'이와 그리고 무적자無籍者
인 '석현'이에 대한 이야기다. 이들은 육체적 장애를 갖고 있거나 정신
적 장애를 안고 살아간다. 그러나 그들은 사회가 멸시하는 천한 모습을
하고 있어도, 감히 남이 흉내낼 수 없는 사랑을 베풀며 살다 가는 사람
들이다.

우리 인간에게는 이와 같이 두 개의 상반된 얼굴이 존재한다. 그러나
그의 삶이 바람직한가, 그렇지 못한가에 대한 답은 또 다른 문제이다.

어느 길을 선택하여 사는 것이 현명한 것인가는 독자들 스스로 내릴
결론이다.

나가며

　수필은 삶의 현장에서 멀리 유리될 수는 없다. 그러므로 수필은 진실
된 삶이 그대로 반영되는 문학인 것이다. 현실에서 소재를 선택하여
그것에 대해 해석을 내리고, 그것에 의미를 부여하는 것이 수필이다.
그런 면에서 볼 때에 심인자의 수필은 철저하게 수필의 현장에서 주운
이삭만을 가지고 쓴 수필이라 할 수 있다. 남들 눈에도 쉽게 띄는 그런
것이 아니라, 남들이 흘리기 쉬운 작은 것들을 주워 모아 수필의 종자
로 사용하고 있다. 그리고 그것들을 모으는 데도 나름의 법칙이 존재한
다. 불교적인 것에 뿌리를 내린 삼독 벗어나기와 가족간에 사랑하기와
이중의 얼굴로 인해 사람들에게 가치의 혼란을 초래하는 것들에서 벗
어나려는 몸부림 등이 그것이다. 이것이 바로 심인자 수필의 특징이다.
철저히 자신의 삶에서 얻어진 것을 토대로 글을 써 가고 있다. 진솔한
삶 속에서 더욱 빛나고 있는 소재를 발굴하여 해석을 내리고 의미를
부여하고 있는 것이 심인자 수필의 주목할 부분이다.

심인자 수필집
야누스의 얼굴

인　　쇄 / 2006년 8월 17일
발　　행 / 2006년 8월 22일

지 은 이 / 심 　인 　자
펴 낸 이 / 서 　정 　환
펴 낸 곳 / 수필과비평사

출판등록 / 1984년 8월 17일 제28호
주　　　소 / 서울시 종로구 익선동 30-6
　　　　　　운현신화타워빌딩 2층 207호
전　　　화 / (02) 3675-5633, (063) 275-4000
팩　　　스 / (063) 274-3131
홈페이지 / http://www.shin-a.co.kr
전자우편 / shina@shin-a.co.kr
　　　　　　shina321@chol.com

값 8,500원

ISBN　89-5925-154-2　03810

■저자와 합의, 인지는 생략합니다.
■잘못된 책은 바꿔드립니다.